증명된＿＿＿사실

이산화 소설집

아작

# 차례

세상은 이렇게 끝난다

폭발은 교문 오른쪽의 작은 연못가에서 일어났다. 작은 폭발은 아니었다. 운동장 건너편의 급식실에서 막 나오던 내 귀에까지 요란한 꽝 소리가 들릴 정도였으니까. 후딱 저녁을 해치우고 공을 차던 녀석들 얘기론 불꽃과 물기둥이 크게 치솟고 돌이 사방으로 날아다녔다지만, 직접 본 게 아니니 어디까지가 과장이고 또 어디까지가 진실된 목격담인지는 알 길이 없었다. 다만 현장에 파인 구덩이와 그을음 자국을 보며 그 파괴력을 추측해볼 수 있을 뿐이었다. 원래 연못에는 오리 몇 마리가 살았지만, 지난 모의고사의 영어 시간 듣기평가 도중에 소리를 높여 몇 번 꽥꽥거리는 중죄를 범한 이래 행방이 묘연해진 뒤였고, 그래서 폭발로 인한 희생자는 다행스럽게도 전혀 없었다.

범인 또한 실망스러울 정도로 금방 잡혔다. 사실 '잡혔다'고 말하기도 좀 모호했다. 피어오르는 연기 주변에 몰려든 학생들에게서 좀 떨어져서 근처를 서성이고 있다가, 뒤늦게 달려온 체육선생에게 다가가서 바로 자수하는 모습을 직접 보았으니까. 범행 동기를 진술하는 태연한 목소리가 웅성거리는 저녁 공기 속에서도 또렷이 들렸다.

"연못에 나트륨을 던지면 어떻게 될지 궁금해서….".

흥미진진한 사태에 정신이 팔린 학생들을 해산시키려 교사 몇 명이 더 도착했기에, 이후의 이야기는 나도 소문으로밖에 듣지 못했다. 야간자율학습 시간 내내 학생들의 속삭임을 통해 학교를 한 바퀴 돈 끝에 다음 날 아침 완성된 총정리판 소문이었다. 폭발 자체만큼 흥미진진한 내용은 딱히 없었다. 그래도 범인이 교장실에 불려 갔고, 소지품 검사를 해봤더니 과학실에 보관돼 있던 나트륨 병이 가방에서 나왔고, 부모님이 호출되었다고 했다. 그런 가십들은 하루 동안 충실히 확산되어 내 귀에까지 들어왔다.

소문은 이후로도 몇 차례 추가로 업데이트되며 입에 오르내렸지만, 9월 모의고사가 다가올 때쯤엔 전교생의 관심사에서 완전히 벗어났다. "9월 모의 점수가 곧 너희 수능 점수"라고 선생들은 하루에도 몇 번씩 강조했다. 이렇게나 중요한 시험에 비하면 폭발 사건의 뻔한 결말쯤이야 실로 아무래도 좋은 문제였다. 어차피 사건이 어떻게 마무리될지는 누구나 처음부터 알고 있었다. 왜냐하면 범인은 SKY반 학생이었으니까.

입시 실적만이 학교를 평가하는 유일하고도 절대적인 지표임을 잘 알았기에, 학교에선 내신과 모의고사 성적이 좋은 학생들을 'SKY반'이란 이름으로 1학년 때부터 따로 모아 관리했다. 자습실이 따로 있었고, 면접 및 논술 특강과 기도 모임도 따로 열었으며, 학부모들의 돈을 모아 매주 간식도 따로 제공해주었다. 그리고 이렇게 눈에 보이는 혜택이 전부가 아니었다. 3년 내내 어지간하면 이과반 수석을 놓친 적 없는 유명한 SKY반 학생의 경우엔, 1학년 여학생의 치마 밑을 휴대폰 카메라로 찍다가 걸리고서도 별다른 징계가 내려지지 않았다. 담배를 피우거나, 남의 물건을 훔치거나, 주먹다짐을 했을 때조차도 SKY반 학생은 언제나 특별대우를 받았다. 그러니 누구 한 명 다치지도 않은, 그저 호기심에 저지른 사고 정도야 학교 안에서 조용히 마무리되는 게 자연스러운 절차였다.

주말에 학원을 다닌 게 효과가 있어 2학년 때 운 좋게 SKY반에 들어간 이래, 나 또한 줄곧 그런 특권을 누리는 소수의 학생 중 하나였다. 특별 초빙된 외부 강사에게서 논술을 배웠고, 수요일 밤의 특식을 손꼽아 기다렸으며, 자습 중간의 쉬는 시간에는 같은 SKY반 학생끼리 모여 수다를 떨었다. 교장이 주최하는 기도회에 강제로 참석해야 하는 건 싫었지만, 불만을 굳이 입 밖으로 내지는 않았다. 그저 가속도의 법칙, 일정 성분비의 법칙, 분리의 법칙 등 수능 시험 범위 내의 자질구레한 과학 법칙들처럼 학교라는 작은 세상에 적용되는 법칙이겠거니 여길 뿐이었다. 나트륨을 훔쳐 연못 한쪽을 날려 버린 학생이 고작해야 반성문 몇 장으로 용서를 받았다 한들 그런 법칙의 작용일 따름이었다.

그런데도 모의고사의 수리영역 마지막 문제를 오답 노트에 베껴 적을 때, 실전처럼 시간을 맞춰놓고 기출문제를 푸는 사이사이, 수능 전 마지막 기도회에서 교장의 말을 한 귀로 흘리는 동안에도 내 머릿속에는 연못 폭발 사건에 대한 생각이 얼핏 나타났다가 깜박여 사라지곤 했다. 조잡한 사설 모의고사의 비문학 지문처럼 그 폭발에는 어딘가 딱 들어맞지 않는 구석이 있었다. 사건을 처리하는 학교의 방식이 아니라 사건 자체에, 그리고 사건을 일으킨 범인 자신에게.

아무리 생각해도 범인이 연못에 나트륨을 던지는 장난을 쳤을 리 없었다.

적어도 그게 사건의 전부였을 리가 없었다.

'텔러'는 그럴 애가 아니었다.

✷

2학년 때 SKY반에 들어가서 처음으로 받은 혜택은 면접 대비 특강이었다. 구술면접 전형에서는 괜히 긴장해서 실력 발휘를 못 하거나 실수하는 경우가 있으니, 일찍부터 여러 번 경험해서 익숙해져야 한다며 강사는 우리에게 매번 다양한 연습을 시켰다. 면접자와 면접관 역을 각자 돌아가며 맡아 서로를 평가해보는 것도 그런 연습의 일환이었다. 남들 앞에서 말하는 데엔 별로 긴장하지 않는 체질 덕분에 나는 일찌감치 차례를 마치고 쭉 면접관 역할을 할 수 있었다. 그렇게 1시간 정도 예상 질문을 던지고, 시선 처리와 발성과 답변 내용을 점수로 매기던 도중, 문득 시시한 가설 하나가 떠올랐다.

강사가 준비해온 예상 질문 중에는 "가장 존경하는 과학자가 누구입니까?"라는 것이 있었다. 이과 면접에서 충분히 나올 만한 질문이었다. 그러니만큼 실제 면접관들이 이런 질문을 던졌을 경우엔, 아마 입시용으로 멋들어지게 다듬은 거짓말밖에 들을 수 없으리라. 하지만 내가 질문했을 때는 달랐다. 철저한 사전준비 따위 되어 있지 않았으니, 뻔한 예상질문 앞에서도 다들 조금씩은 당황하고 또 우물쭈물하게 마련이었다. 다듬어지지 않은 생각, 떠오르는 그대로의 속마음이 자연스레 튀어나왔다. 이런 상황에서 가장 존경하는 과학자가 누구인지 물어보면 어떤 대답을 하게 될까? 내 가설에 따르면, 그 혼란스러운 답변이야말로 답변자가 어떤 사람인지 명확히 드러내준다. 나아가 혈액형이나 별자리처럼 존경하는 과학자를 가지고 답변자를 분류할 수도 있다. 성적 좋은 이과반 학생을 위한 일종의 심리 테스트인 셈이었다.

이를테면 리처드 파인만을 존경한다고 답하는 '파인만' 타입은 자신이 특별하다고 생각하며, 자서전 속 슈퍼스타 물리학자처럼 규칙에 얽매이지 않는 쿨하고 특별한 천재 이미지를 유지하려 애를 쓴다. SKY반의 '파인만'은 과연 머리가 좋아 언제나 1등을 독차지했지만, 동시에 시험마다 부정행위를 하면서도 걸리지 않는 게 자신의 기발한 천재성 덕분이라고 여기는 녀석이었다. 글쎄, 학부모 시험감독관이 "부정행위자를 잡으면 징계 절차를 밟아야 해서 학교 외적으로도 소란스러워지니 그냥 감독하는 척만 하라"는 지시를 받는다는 걸 '파인만'이 과연 알았을까 모르겠다.

'도킨스' 타입 또한 자신의 지적 능력을 과신한다는 점에서는 '파인만'과 유사하지만, 미션스쿨에서 굳이 존경하는 과학자로 리처드 도킨스를 꼽는 그 성격이 바로 차이점이다. '도킨스'와 나는 같은 반이었고, 그래서 녀석이 아침 예배시간마다 일부러 책상에 《만들어진 신》을 올려놓는다는 사실을 잘 알았다. 수업시간에 창조과학 영상을 틀어준 화학 선생과 싸웠던 건 그래도 칭찬할 만한 일이었다.

'다윈'은 조금 더 얌전하지만 그래도 반골은 반골이었다. 기도회가 끝난 뒤 함께 불평을 늘어놓을 땐 이만한 친구가 없었다. "교장 기도하는 거 들었어? 어떻게 학생들 앞에서 자기 부동산 문제까지 도와달라고 기도하냐?" 다음으로는 테슬라, 퀴리, 세이건, 하이젠베르크, 이휘소…, 전부 자기가 고른 과학자를 존경할 법한 애들이었다. 그리고 여덟 번째, 그 애의 차례가 되었다.

"제가 가장 존경하는 과학자는, 음, 에드워드 텔러입니다."

잠깐 귀를 의심했다. 물론 모르는 이름은 아니었다. 유명한 핵물리학자이긴 하니까. 하지만 동시에 고등학생의 존경을 받을 인물과는 거리가 한참 먼 것도 사실이었다. 나는 '오펜하이머'였기에 그 사실을 누구보다 잘 알았다. 미국의 핵물리학자 줄리어스 로버트 오펜하이머의 전기를 읽었으니까. 냉전 도중 누구보다 소리를 높여 원자력의 평화적 이용을 외치던 오펜하이머가 1954년 청문회에 불려 갔을 때, 그 마녀사냥의 현장에서 오펜하이머에게 불리한 증언을 한 사람이 바로 에드워드 텔러였으니까.

텔러의 악명은 여기에서 그치지 않았다. 무기 개발에 앞장서고, 레이건의 전략방위구상을 옹호하고, 심지어는 알래스카에 수소폭탄을 터뜨려 항구를 만들자고 주장하기까지 한 '수소폭탄의 아버지'. 하필이면 그런 사람을 존경한다니. 돈 보이고 싶었을까? 강사가 싫어할 법한 대답을 일부러 내뱉은 걸까? 나는 '텔러'와 특별히 친한 사이가 아니었고, 얘기를 나눠본 적도 그다지 없었으니 어느 쪽일지 확신하기에는 정보가 부족했다. 궁금증을 해소해줄 더듬거리는 대답이 곧 이어졌다.

"그…, 많이 비판을 받았지만요, 에드워드 텔러는 과학기술을 나쁘게, 아니면 가볍게 사용하려 한 사람이 아닙니다. 비록 수소폭탄을 만들었지만, 자기가 개발한 기술이 어떡하면 인류에 더 도움이 될지 계속 생각했고, 그 생각을 굽히지 않았습니다. 텔러와 같은 상황에 부닥쳤을 때, 저도 텔러처럼 믿음을 갖고, 목적을 갖고 옳다고 생각하는 일을 하고 싶습니다."

시선과 발성에서 기계적으로 2점씩을 깎으며, 나는 '텔러'

타입이 어떤 사람인지에 대해 나름대로 결론을 지었다. 첫인상과 달리 '텔러'는 '파인만'처럼 무작정 튀고 싶어서, 혹은 '도킨스'처럼 청개구리 짓을 하려고 에드워드 텔러라는 과학자를 고른 것이 아니었다. 다만 자신만의 신념이 있을 뿐이었다. 뭔지 몰라도 아주 드물고 확고한, 어쩌면 에드워드 텔러 본인의 신념만큼 위험하기까지 한.

이후로도 딱히 '텔러'와 친하게 지낸 것은 아니었지만, 적어도 SKY반에서 함께 자습하는 동안 내 결론이 틀리지 않았다는 사실만은 확인할 수가 있었다. '텔러'는 조용하고 성실했다. 급식 시간 내내 어딘가에서 공부를 하다가 종이 칠 때쯤 자습실로 들어오는, 무의미한 시간 낭비 따위는 절대로 하지 않는 애였다. 그런 애가 그저 '궁금해서' 연못에 나트륨을 던져봤다니, 도무지 이해가 가질 않았다.

고등학생은 자극에 굶주린 족속이고, 알칼리 금속과 물 사이의 격렬한 발열반응은 고등학교 화학의 교과 범위 내에서 가장 자극적인 지식이다. 그러니 연못이 있는 학교의 이과반 학생이라면 누구나 한 번쯤 똑같은 상상을 품어보게 마련이었다. 하지만 상상을 현실로 옮겨놓기 위해서는 그만한 동기가 필요했다. 만일 '텔러'가 단순히 뭐가 터지는 광경을 보고 싶어서 나트륨을 훔쳐낼 만한 애였다면, 내가 진작 눈치를 채지 못했을 리 없었다. 정말로 어떻게 될지 궁금했기에, 과학적 호기심을 참지 못해서? '뉴턴'이라면 모를까. 과학적 호기심을 참지 못하는 사람처럼 보이고 싶어서? 글쎄, '파인만'이 실제로 연못 폭발 사건에 지대한 관심을 보이기는 했다. 선생들 속을 긁어놓으려고? 그건 '도킨스'나 할 짓이었다. 내가 아는 '텔러'라면 분명 더 진지한 이유가 있어서 일을 벌였을 것이다. 장난도 자기과시도 아닌 확실한 목적이 있어야만 했다.

생각하면 할수록 수수께끼는 더욱 깊어졌지만, 수능이 코앞에 닥친 고등학교 3학년 학생에게 탐정 놀이를 할 여유 따위는 없었다. 자습실의 건너편 자리에서 태연히 문제집을 푸는 '텔러'를 바라보며, 시간 낭비를 하지 않으려고 나는 하루에도 몇 번씩 필사적으로 주의를 다잡았다. 모든 수험생의 운명이 달린 마지막 몇 주 동안 '연못 폭파 사건에 대해 더 알아보기'는 수능이 끝나고서 할 일 목록에, '악기 한 가지 배우기'와 '미뤄두었던 영화 보기' 사이에 가만히 잠들어 있어야만 했다.

✳

그리고 수능이 끝났다.

시험장에서 막 나올 때는 그다지 만족스럽지 못했는데, 사전채점을 해 보니 평소보다 점수가 좋았다. 수능우선선발 전형으로 원하던 대학 화학과에 입학할 수 있을 정도였다. 다시 말해서 논술이나 면접 따위의 번거로운 뒷일에 신경을 덜 써도 된다는 의미였고, SKY반의 다른 녀석들처럼 자습실에 틀어박히는 대신 교장이 신경 써서 가꿔놓은 꽃밭이나 산책해도 뭐라 할 사람이 없다는 의미이기도 했다. 애초에 분위기가 흐려진다고 자습실에 들여보내주지도 않았지만. 꽃밭에 서서

해방감과 우월감을 만끽하는 것만으로도 시간이 그렇게나 잘 간다니 신기한 일이었다.

하지만 무거운 책가방을 짊어지고 튤립과 팬지 사이를 가로지르는 '텔러'를 볼 때마다, 고이 잠들어 있던 의문이 꿈틀거리는 것을 도무지 참을 수가 없었다. 아무리 생각해도 말이 안 됐으니까. 내 눈썰미와 심리테스트 가설 모두가 완전히 틀렸거나, 아니면 연못 폭발 사건의 뒤편에 내가 모르는 비밀이 숨겨져 있는 게 분명했다. 그리고 내 생각에 가능성이 큰 건 아무래도 후자였다.

여유는 넘치도록 많았고 할 일은 정해져 있었다. 일단은 정보를 가능한 한 많이 수집했다. 소문에 과장이나 왜곡은 없었을까? 미처 내 귀에까지 도달하지 못한 내용이 있는 게 아닐까? 그리고 무엇보다도, 도대체 얼마나 큰 폭발이었을까? '텔러'가 구체적으로 어떤 스케일의 사고를 친 것인지 확실하게 가늠해보고 싶기도 했거니와, 먼발치에서 소리만 들었을 뿐 실제 폭발을 두 눈으로 보진 못했다는 사실이 못내 아쉽기도 했다. 잡초처럼 무성히 자란 '카더라' 사이에서 진짜 목격자를 찾는 건 생각보다 쉽지 않은 일이었지만, 그래도 좀 노력하니 2학년 후배 하나가 레이더망에 들어와주었다. 심판의 날까지 1년도 채 남지 않은 후배라면 누구나 수능을 성공적으로 마친 선배와 이야기하고 싶어 하는 법이다.

"아, 그거요! 가까이서 봤죠. 저녁 시간에 바깥 매점 갔다가 돌아오는 길이었거든요."

"그날 급식이 쓰레기였긴 했지. 그래서, 실제로 보니까 폭발이 어땠어?"

"장난 아녔어요."

잔뜩 상기된 얼굴로 늘어놓은 묘사는 소문 속 내용과 크게 다르지 않았지만, 더 생생하고 꾸밈이 없었다. 신기한 일이었다. 공 차던 놈들이 꽤 많이 과장했으리라고 생각했는데, 불꽃의 높이와 사방으로 튄 돌조각의 크기 정도를 제외하면 그때껏 들은 얘기가 대체로 사실이란 뜻이었으니까. 한편 폭발을 거의 코앞에서 목격한 사람만이 들려줄 수 있는 증언도 하나 있었는데, 이 또한 예상을 벗어나긴 마찬가지였다.

"소리! 소리가 엄청나게 컸어요. 막 멍해지고 균형도 못 잡겠고, 그날 내내 귀가 윙윙거렸다니까요."

그야 기억을 되새겨 보면 운동장 건너편까지 울릴 정도로 큰 소리기는 했다. 하지만 정말 그 정도였다고? '텔러'가 그렇게나 화려한 폭발을 일으켰다고? 이건 정말로 들어맞지 않았다. 후배의 증언을 의심하는 것은 아니었다. 내 의심은 연못 폭파 사건에 대해 알려진 가장 기초적인 정보, 누구도 의심하지 못한 전제를 향해 서서히 움직이고 있었다.

＊

이미 얘기했듯이, 나트륨과 물이 만나면 빛과 열과 수소기체를 내뿜으며 격렬히 반응한다. $2Na + 2H_2O \rightarrow 2NaOH + H_2$. 수능이 끝난 뒤에도 기억이 날 만큼 간단한 반응식. 실제 반응을 체험해보는 것도 불가능하지는 않다. 수업보단 기출문제 풀이와 자습을 더 중요시하는 이 학교에도 일단 실험 수업이라는 건 있었으니까. 덕분에 물에 나트륨 알갱이가 떨어졌을 때 어떻게 치직거리며 춤을 추는지 정도는 내 지식 범위 내였다. 하지만 과학실에서 잔뜩 훔친 나트륨을 통째로 연못에 내던졌을 경우엔? 이런 상황은 수능 출제 범위를 벗어난다. 고등학생에게 출제 범위 바깥의 세상은 지도의 바깥, 상상의 나라에 불과하다. '격렬한 반응'이라고 배웠으니 분명 어마어마한 폭발이 일어날 거라고만 상상할 뿐, 실제로 얼마나 큰 폭발이 일어날지에 대해선 학교도 학원도 가르쳐주지 않았다.

그렇다고 알 방법이 없는 건 아니었지만. 나트륨과 물의 반응에 열광하는 사람은 한국 고등학생만이 아니어서, 인터넷에는 온 세상의 괴짜들이 직접 촬영한 실험 영상이 널려 있었다. 예전에 열심히 본 영상을 하나하나 다시 찾아가, 인기를 끌어보려고 따로 폭약을 설치해 터뜨리는 사기꾼을 걸러낸 다음, 얼마나 많은 나트륨을 던졌을 때 어떤 식으로 폭발이 일어나는지 몇 번씩 돌려가며 재차 확인해보았다. 이상했다. 역시 이상했다. 그날의 불꽃과 연기는 나트륨을 물에 던져서 만들 수 있는 게 아니었다.

다음으로는 오랜만에 샤프를 들어 직접 계산해볼 차례였다. '고양시 전체에서 하루 동안 쓰이는 전력량은 얼마나 될까?'라든가 '63빌딩에는 화장실이 몇 개나 있을까?' 따위의 난

해한 어림짐작 문제라면 논술 특강 때 풀어본 적이 있었다. 이번 문제를 해결하는 데 필요한 변수는 물의 비열, 나트륨과 물 사이 반응의 반응열, 과학실에 보관되어 있던 나트륨 병의 크기 등등. 과연 병에 가득 든 나트륨을 전부 연못에 쏟아부으면 후배의 증언만큼 큰 폭발이 일어날 수 있을까? 계산에는 하루가 꼬박 걸렸다. 답은 '아니요'였다. 영상을 봐도, 계산 결과를 봐도, 그만큼 큰 폭발을 일으키려면 '텔러'가 나트륨을 몇 병은 더 던졌어야 했다. 하지만 소지품 검사했을 땐 빈 병이 하나밖에 안 나왔다고 들었는데? 애초에 과학실에 나트륨이 그렇게 많이 있긴 했을까?

아, 그래. 애초에 나트륨이 아니었다면 어떨까.

자백도, 증거도 그저 미끼에 불과했다면. 전부 '텔러'의 계획대로 된 거라면.

번뜩이는 가정 하나가 떠오른 순간, 이미 발걸음은 교문 옆 연못가를 향하고 있었다.

＊

연못에서 폭발이 일어났고, '텔러'는 자신이 나트륨을 던졌다고 말했다. 가방에서는 정말로 과학실에서 훔친 나트륨 병이 발견되었다. 얼핏 생각하기엔 인과관계가 명확해 보이지만, 치사한 고난도 문제처럼 여기엔 빈틈이 숨어 있다. 왜냐하면 '텔러'가 병 안의 나트륨을 연못에 던지는 걸 본 사람이 아무도 없으니까. 폭발 이후 물의 pH를 검사해본 사람도 없고, 나트륨이 그런 폭발력을 낼 수 있을지 의심해본 사람조차 지금껏 없었으니까.

무엇보다 의심할 이유가 없었다. 누구나 학교 연못에 나트륨을 던져보는 상상을 하고, 또 그 폭발력이 굉장할 거라고 지레짐작하게 마련인데, 정말로 연못에서 굉장한 폭발이 일어났으니까. 나트륨에 의한 폭발이 아니라는 사실을 가장 먼저 깨달았어야 할 화학 교사는 창조과학이나 믿는 놈이고, 경찰 감식반이 도착했다면 바로 알았겠지만 일이 커지는 건 학교에서 원하는 바가 아니었다. 특히나 범인이 언젠가 입시 실적에 한 줄을 보탤 SKY반 학생이었을 경우에는 더더욱. 여기에 자백과 증거라는 촉매가 더해지면, 학교라는 작은 세상의 법칙은 예정된 대로 흘러가게 되어 있었다.

'텔러'가 정말 터뜨린 게 뭐였을지는 아무도 모르는 채로.

하지만 모든 폭발은 증거를 남기는 법. 물이 빠져나간 11월 말의 연못은 차가운 돌 구덩이에 지나지 않았지만, 그 사건이 일어났을 땐 더러운 물이 그래도 종아리까지는 닿을 깊이로 차 있었다. 바닥으로 폴짝 뛰어내려 눌어붙은 낙엽을 긁어내니 폭발의 중심지를 가리키는 그을음이 보였다. 물기둥이 높이 치솟았다는 증언을 고려할 때 폭발 위치는 물속이었을 테고, 그 에너지가 모든 방향으로 동등하게 확산되었다고 가정한다면 연못 안으로도 파편이 튀었을 가능성이 있었다. 돌을 쌓아놓은 연못 벽에는 틈이 많았고, 손가락을 집어넣어 긁어보니…, 그럼 그렇지. 찢어진 천, 녹은 플라스틱 조각, 그리고 반쯤 탄 하얀 알갱이가 차례로 떨어졌다. 이 정도면 충분했다. 그날 이 연못에서 실제로 일어난 화학반응을 그려보기에는 더없이 충분한 증거였다.

＊

나트륨을 물에 던지면 확실히 꽤 격렬하게 반응하지만, 그건 기껏해야 고등학교 화학 수준의 격렬함이다. 공사 현장이나 전쟁터에서 폭발을 일으키려고 나트륨을 쓰는 경우는 없다. 너무 불안정하고 효율이 떨어지니까. 출제 범위 바깥의 세상에는 훨씬 더 화려하고 파괴적인 화학반응이 얼마든지 있었다. 그리고 일단 재료를 입수하고 제조법을 달달 외웠다면, 폭발물 제조가 수리영역 4점짜리 문제 맞히기보다 딱히 어려운 일이라고 하기도 힘들었다.

연못 벽 틈마다 콕콕 박힌 하얀 알갱이는 갖가지 제조법에 단골로 등장하는 악명 높은 재료인 질산암모늄이었다. 비료로 널리 쓰이는 물질이지만 규제 때문에 개인이 구하기는 쉽지 않은데, 어째서 고등학교에 이렇게나 널려 있을까? 그야 급식실, 도서실, 화장실 시설 개선에는 그 누구보다 인색하신 우리의 교장 선생님께서 꽃밭 가꾸는 데에는 쓸데없이 공을 들이고 계시니까 그렇지. 과학실에서 나트륨을 훔쳐낼 수 있다면, 창고에서 비료를 훔치는 것도 어려운 일은 아닐 것이다.

하지만 비료에 불을 붙인다고 바로 폭탄이 되진 않는다. 질산암모늄은 강력한 산화제고, 여기에 연료를 섞어주어야 비로소 폭약이 완성된다. 중유를 섞은 버전은 1970년 미국의 학생운동에서 시작되어 IRA가 특히 애용했고, 레이싱카와 무선조종 장난감의 연료로 쓰이는 나이트로메테인을 혼합하면 티모시 멕베이가 1995년 오클라호마 연방정부청사를 폭파하기 위해 트럭에 가득 실은 녀석이 된다. '텔러'는 어떤 걸 썼을까? 나트륨을 훔치면서 연료도 같이 손에 넣었으리라고 가정하면, 별도의 폭약 없이도 폭파할 수 있어야 편리하니까, 아마 금속 분말 정도? 다른 재료일 가능성도 물론 배제할 수 없었다. 실험 수업이 이렇게 빈약한 학교에선, 설령 과학실을 통째로 털었더라도 한동안은 들키지 않을 테니까.

폭탄의 완성은 디자인이다. 폭약을 담을 밀폐용기의 형태, 뇌관을 작동시키는 방법, 사소한 디테일이 용도와 기능을 결정한다. 파편을 분류해 보니 대부분은 페트병이나 반찬통에서 나온 것 같았지만, 휴대폰 조각도 적잖이 눈에 띄었다. 테러리스트들이 즐겨 사용하는 원격 기폭 방법이다. '텔러'는 아마 연못에 폭탄을 던져놓고 근처에서 지켜보고 있다가, 원하는 타이밍에 전화를 걸어 기폭시켰을 것이다. 폭발 장소를 수중으로 고른 이유는 불꽃과 파편이 튀는 걸 막아 혹시라도 일이 커질 가능성을 미리 방지하기 위해. 아아, 정말이지 훌륭한 솜씨였다. 사전 준비도, 폭탄의 만듦새도, 폭파 이후의 은폐공작도 전부 흠잡을 데가 없었다. 메마른 연못 한가운데서 나는 감탄하며 그렇게 결론지었다.

✳

하지만, 결국 최초의 의문은 풀리지 않은 채였다. '텔러'가 아주 근사한 폭탄을 터뜨리고서, 나트륨을 이용해 그 사실을 성공적으로 숨겼다는 것까지는 알았다. 하지만 왜 그런 짓을 했는지는 여전히 수수께끼였다. 실력 확인을 해보려고? 공들여 만든 폭탄을 들키지 않고 터뜨리기 위해서? 가능한 이야기였지만, '텔러'는 '테슬라'가 아니었다. 이렇게까지 번거롭고 눈에 띄는 일을 벌였다면 분명히 어떤 궁극적인 목적이 있었을 텐데, 있어야만 하는데! 매캐한 연기 속에 감춰진 그 동기를 알아내려 애쓰는 동안 11월은 허무하게 지나가, 어느새 이 지긋지긋한 학교에서 보내는 마지막 달이 되었다.

12월은 인생에서 가장 쓸모없는 시험, 고등학교 3학년 2학기 기말고사가 있는 달이기도 했다. 입시가 끝나 더 이상 내신 점수에 신경을 쓰지 않아도 되는 학생이 대부분이니, 언제나 살벌했던 시험 기간의 공기는 온데간데없이 다들 풀어질 대로 풀어진 지 오래. "이럴 때 열심히 하는 사람일수록 성공한다"고 일부 선생들은 우겼지만, 어떻게든 수능만 잘 보면 성공한다는 3년 동안의 가르침을 뒤집기에는 아무래도 역부족이었다. 수업 진행을 일찌감치 포기하고서 불법으로 내려받은 영화나 매시간 틀어준 선생들이 차라리 솔직하다고 할 수 있었다. 심판의 날이 지나면 천국이 찾아오리라는 예언을 지키려고 나름대로 노력한 셈이니까.

결과적으로는 4교시 시험이 시작되자마자 엎어져 자는 사람이 넷, 문제지는 펼쳐보지도 않고 OMR 카드에 한 번호로 쭉 마킹하는 사람이 일곱, 똑같이 문제지는 펼쳐보지도 않았으면서 쓸데없이 신중하게 번호를 찍는 사람이 둘. 그래도 나는 쉬운 문제는 풀고, 귀찮은 문제만 획획 건너뛰는 정도의 성의를 보이기로 했다. 고등학교에서의 마지막 영어 시험이 엄청난 속도로 마무리되어가고 있었다. 옆 반에서 아주 익숙한 목소리가 쩌렁쩌렁 울려 퍼진 것은 그때였다.

"아, 신경 끄시라고요!"

드르륵, 문이 열린 다음엔, 쾅! 누군가가 뛰쳐나오고, 분노에 찬 발소리가 그 뒤를 따랐다. 고성이 복도에 메아리쳤다.

"너 어디 가! 지금 시험시간이야! 당장 돌아오지 못해!"

이런 상황에서 영어 문제나 읽고 있을 학생은 없었다. 담임이야 뭐라고 당부하든, 죄다 귀를 쫑긋 세우고 들려오는 말싸움에 귀를 기울일 뿐.

"저 이미 대학 붙었거든요! 어차피 이딴 시험 안 봐도 된다고요!"

역시 귀에 익은 목소리였다. 학교의 자랑, 이과반 수석, SKY반의 에이스 '파인만'을 모르는 사람이 있을까. 한편 그 당당한 목소리에 맞서는 사람 역시 익숙하긴 마찬가지였다. 옆 반 담임인 물리 선생은 정말 단단히 화가 난 모양이었다.

"시험을 안 봐도 되면 차라리 문제를 풀지 말았어야지! 어딜 선생님이 보고 있는데 대놓고 부정행위를 해!"

물리 선생의 그 말에 온 교실이 술렁였다. 부정행위를 했다고? 3학년 2학기 기말고사에서, 대학도 이미 붙은 애가? 어이가 없는 일이었지만, 사실 놀랄 만한 사건은 아니었다. '파인만'은 거의 습관적으로 부정행위를 했다. 물리 선생도 그 정도는 잘 알았을 것이다. 차이점은 시험의 내신 반영 여부뿐이었다. 여태까지의 시험에서 '파인만'의 부정행위가 들통 났다간 낙제점을 주어야 했을 테고, 그랬다면 플래카드에 적을 자랑스러운 이름 하나가 사라졌겠지. 이번에는 달랐다. 중요하지 않은 시험이니 부정행위를 제대로 적발할 수 있었다. 말했듯이 어이가 없는 일이다.

"맘대로 하세요! 점수를 깎든 생기부에 적어놓든 하면 되잖아요! 어차피 아무 소용도 없는데, 이번 학기 끝나면 서로 볼 일도 없는데!"

"너, 너 그렇게 양아치 짓이나 하고, 사회 나가서 어쩌려고 그래! 학교생활이 학교에서 끝나는 줄 알아? 사회생활의 연습이야! 그냥 시험 치고서 점수 받는 게 다가 아니라, 사회생활을 미리 연습하는 거라고!"

틀린 말은 아니었다. 3년 동안의 학교생활을 통해 중요한 사실 하나를 배우기는 했으니까. 바로 세상의 법칙이란 바뀌는 법이 없다는 사실이었다. $F$는 $ma$고 화학반응 전후의 질량은 보존되며, 무슨 사립학교 연합회 회장이기도 한 교장이 대놓고 "고등학교는 애들 대학 잘 보내려고 있는 겁니다." 같은 소리를 해도 여전히 교장이고, 그나마 괜찮다고 생각했던 생물 선생이 고민을 털어놓는 학생에게 "동성애는 일종의 질병이라고 생각한다"고 말했을 때도 이 세상은 그대로였다. 이런 경험이야말로 피가 되고 살이 되는 배움이라면, 사회생활을 하며 겪을 일의 예행연습이라고 한다면…, 연습이겠지.

연습, 그래, 예행연습.

《수학의 정석》실력편에서 가장 어려운 문제를 풀어냈을 때처럼, 복잡하게 얽혀 있던 생각이 순간 텅 비는 느낌이었다. 끓어오르는 말싸움 소리가 붉은빛으로 점점 멀어져갔다. OMR 카드의 마지막 둥근 칸이 검게 칠해지는 모습이 보였다. '텔러'의 범행 동기, 호기심도 반항심도 제외하고 나면 최종적으로 남는 단 하나의 선택지…. 시험 시간이 끝나도록, 그 해답은 전능한 자의 광채와도 같이 머릿속에서 강렬히 빛나고 있었다.

\*

1954년 3월 1일, 태평양의 비키니 환초에서 첫 번째 실전형 수소폭탄이 폭발했다. TNT 15메가톤에 육박하는 에너지가 일시에 폭발하자 지름 2킬로미터의 크레이터가 생겨났고, 버섯구름의 높이가 40킬로미터에 달했으며, 방사성 낙진이 주변 1만8천 제곱킬로미터를 오염시켰다. 근처에서 조업하던 제5 후쿠류마루호의 승무원들이 최초의 희생자가 되었고, 주변의 론지랩과 론게릭 환초에 살던 사람들 또한 폭발 후 3년 동안이나 떠나 있다가 돌아왔음에도 방사능의 마수로부터 무사할 수 없었다. 왜 미군은 아름다운 외딴 섬에서, 적군도 외계인도 없는 곳에서 이런 무시무시한 폭탄을 터뜨렸던 것일까? 장난삼아서? 순수한 과학적 호기심을 참지 못해서? 그럴리가. 단지 언젠가 이 새로운 폭탄을 실전에서 써먹기 위해서는 먼저 시험을, 예행연습을 해봐야 했을 뿐이었다.

그리고 '텔러'도 마찬가지였다. 폭탄을 만들어보는 건 재료와 제조법만 있다면 누구나 할 수 있지만, 그렇게 만든 폭탄이 제대로 폭발하리라고 장담할 수는 없는 노릇이다. 단 한 번이라도 실제로 폭파해보기 전까지는. 교문 옆 연못은 '텔러'의 비키니 환초였다. 철없는 장난으로 위장해 안전하게 폭탄의 위력을 테스트하기 위한 무대였다. '텔러'가 실제 에드워드 텔러보다는 조금 더 꼼꼼한 애였던 게 다행이었다. 후쿠류마루호 승무원의 피폭에 대해 에드워드 텔러는 "어부 하나 죽는다고 난리를 피우다니 비합리적인 짓"이라 말했다고 전해진다. '텔러'의 연습에선 적어도 누가 다치지는 않았다.

하지만 연습은 연습이었다. '텔러'가 자신만의 어떤 확고한 신념에 따라 실전을 계획하고 있다면, 그 심판의 날은 물기둥과 반성문으로 끝나지 않을 게 분명했다. 폭탄 하나가 얼마나 큰 파괴력을 낼 수 있을지 실험해보았으니 실전에서는 양을 늘려서, 아니면 여러 개를 동시에…. 하지만 폭약을 그렇게 많이 만들려면 무엇보다 장소가 필요하다. 재료를 보관하고 섞고 포장할 장소가. 티모시 맥베이는 창고를 빌려 폭약을 쌓아둘 수 있었지만 우린 이 좁디좁은 세상에 갇힌 신세였다. 하루 대부분을 학교 안에서 보내니, '텔러'의 작업실도 수백 명이 온종일 바글대는 여기 어딘가에 숨어 있어야만 했다.

종례가 끝나자마자 학교 구석구석을 향해 달리고 또 달리며, 나는 머리를 쥐어짜 '텔러'가 둥지를 틀었을 만한 장소를 떠올리고 또 떠올렸다. 과학실? 실험기구와 시약이 많긴 하지만 하필 교무실과 같은 층이었다. 몰래 작업할 만한 공간이 아니었다. 기숙사 지하? 합창부 연습실이 있으니 안 될 일이었다. 예배당에는 마땅한 곳이 없고, 2~3학년용 급식실에는 사람이 너무 많이 드나들며, 지하 기계실이 유력하다고 생각했는데 막상 가 보니 아무것도 없었다. 숨이 가빠지면서 머리가 다시 빙글빙글 돌았다. 이 학교에 과연 작업실을 꾸릴 곳이 있기는 할까? 공간은 넓고, 환기는 잘되고, 자유롭게 드나들 수는 있지만 정작 아무도 방문하지 않는 곳이….

"아, 맞다. 우리 학교에 그런 데가 있었지."

…존재한다는 사실은 알고 있었지만, 찾아갈 일은 3년 내내 단 한 번도 없었다. 수업은 교실에서, 자습은 자습실에서 했으니 도대체 갈 시간이 있었어야 말이지. 아무도 갈 사람이 없으니 돈을 들여 관리할 이유도 없어서, 구색갖추기로 만들어놓았을 뿐 실상은 버려진 것이나 다름없는 비밀의 방. 그래도 일단은 개방된 장소이니만큼 들어가고 싶으면 얼마든지 들어갈 수 있었다. 아예 작업실을 꾸린다 한들 눈치채일 위험도 없었다. 장소의 특성상 좁지도 않을 테고 창문이 달려 있으니 환기도 잘되겠지. 세상에 이런 일이, 이 학교에도 '도서

실'이라는 곳이 있었을 줄이야.

✳

위치는 1학년 급식실이 있는 건물 3층, 엘리베이터는 작동하지 않고 복도의 불조차 아예 꺼진 채, 아무도 찾지 않는 도서실 문에는 하다못해 '도서실'이라는 표시조차 없었다. 문에는 작은 연보라색 자물쇠가 대롱대롱 매달려 있었지만 운 좋게도 풀린 채였고, 조심스레 문을 여니 지금까지 본 모든 도서실 중에서 가장 실망스러운 공간이 눈앞에 펼쳐졌다. 사서도 흔해빠진 추천도서 목록도 없이, 책을 읽을 만한 장소는 테이블 몇 개가 전부인 데다가 가장 중요한 책장은 초등학교 도서실의 절반 정도인 일곱 개. 그중 절반은 철 지난 베스트셀러 아니면 종교서적이었고, 그나마도 몇 년 동안 아무도 손을 대지 않았는지 죄다 먼지를 갑옷처럼 두르고 있었다. 아, '죄다'라는 표현은 취소. 최근에 사람의 손이 닿은 서가 몇 칸을 찾았으니까.

교장이 직접 쓴 얼토당토않은 학교 홍보서적이 한쪽 구석에 주르륵 꽂혀 있었는데, 책 판형에 비해서 너무 튀어나와 있는 게 아무래도 수상했다. 뽑아서 뒤쪽을 확인해보니 과연 갈색 시약병이 줄지어 서 있었다. 몇 개는 과학실에서 훔친 것 같았다. 유기용매는 직접 산 걸까? 다른 칸에서는 메스 실린더, 전자저울, 고무장갑과 마스크 따위가 발견되었다. 가장 중요한 비료는 밀폐용기에 담긴 채 상자 속에, 햇빛이 닿지 않는 테이블 아래쪽에 차곡차곡 쌓여 있었다. 연못에서 터진 폭탄을 수십 개는 만들고도 남을 양이었다. 교정을 비틀비틀 가로지르던 그 애의 가냘픈 몸과 묵직한 가방이 떠올랐다. 가방에 든 게 문제집이 아니었을 줄이야. 저녁 시간에 놀지도 않고 어디서 혼자 공부하러 간다고 생각했는데, 설마 여기다가 도난품을 옮겨놓고 있었을 줄이야.

더욱 놀라운 비밀은 옛날 졸업앨범 사이에 슬쩍 숨겨져 있었다. 몇 권만 먼지가 안 쌓여 있었기에 수상쩍어서 꺼내 보니 프린트물이 우수수 떨어졌다. 유명한 《무정부주의자의 요리책》, 일본 적군파의 게릴라 매뉴얼 《하라하라토케이》, 알카에다에서 유포한 문건 등으로부터 세심하게 발췌된 각종 폭탄 제조법이었다. 색색 형광펜으로 밑줄이 쳐져 있는 데다가 놓치기 쉬운 부분에는 별표까지. 파괴력이며 안정성 개선 방안을 나름대로 정리한 필기도 몇 장이나 있었다. 선생들이 입에 달고 다니던 상투적인 표현들이 차례로 떠올랐다. "외우는 데서 그치지 않고 자기 것으로 만들어야 한다", "수능은 엉덩이 무거운 놈이 이긴다", "남들 놀 때 공부해야 등급이 오른다"…. 그런 말들이 아주 헛소리는 아니었겠구나 생각하게 될 정도로, 무심코 정신을 빼앗겨버릴 정도로 무시무시한 노력의 결과물이었다.

겨우 정신을 차리자, 왼편에서 서늘한 시선이 느껴졌다.

'텔러'가 가만히 선 채 이쪽을 응시하고 있었다.

＊

　자물쇠가 풀려 있는 걸 보고서 바로 들어온 게 실책이었다. 학교 비품이 아니라 바깥 매점에서 파는 조그만 녀석이었으니, '텔러'가 걸어놓았으리란 걸 알아챘어야 했는데. 아마 잠깐 화장실이라도 다녀오느라 열어두고 간 거겠지. 내가 그 생각을 못 하다니. 수능에서도 안 한 실수를 하다니. '텔러'의 얼굴에는 읽을 수 있는 일말의 표정조차 떠올라 있지 않았고, 다만 보이지 않는 방사선처럼 내 몸을 날카롭게 꿰뚫고 지나가는 눈빛이 느껴질 뿐이었다. 피폭되는 세포 하나하나가 긴장으로 경련했다. 모든 사고가 얼어붙은 머릿속에 그 애의 무기질적인 목소리만이 일방적으로 스며들어 왔다.

　"우연히 찾아온 게 아니구나, 너."

　도망칠 길부터 우선 틀어막는 한마디였다. 아무도 관심을 두지 않을 옛 졸업앨범을 굳이 꺼내서 펼쳐놓은 데다가, 사방을 들쑤셔놓은 흔적까지 있었으니 알아채는 건 그리 어렵지 않았을 것이다. 내가 이 도서실에 일부러 침입해서 무언가를 찾고 있었다는 사실은 변명의 여지 없이 명백했다. 그러니 다음으로 나올 말도 정해져 있었다.

　"다 알고서 온 거겠네."

　그렇게 말하는 '텔러'의 표정에선 희미하게나마 놀라워하는 기색이 엿보였다. 들킬 거라는 생각은 못 했던 걸까? 하기야 놀랍도록 철저하게 은폐된 계획이었으니까. 내가 몇 달 동안이나 집착하지 않았더라면 들키는 일 따위는 결코 없었으리라. 게다가 들켰다는 점에서는 피차 마찬가지인 상황이기도 했다. '텔러'는 옅은 놀라움을 거둬들이며 이쪽으로 한 발짝 다가왔다. 다시 한 발짝, 또 한 발짝, 목소리는 고통스럽도록 푸른빛을 띠고 있었다.

"이를 거야?"

그 애와 이렇게나 가까이에서 마주 본 건 처음이었다. 같은 자습실을 썼을 뿐 제대로 대화 한 번 나눠본 적 없는, 말로만 '학교 친구'였지 실제론 3년 내내 차라리 경쟁자에 가까웠던, 몰래 학교에서 폭탄을 제조하고 있었던 아이의 낯선 입술이 굳게 닫힌 채 대답을 요구했다. 잘못 대답했다간, 어중간하게 모면하려 했다간 절대 무사히 넘어갈 수 없겠지. 이 애는 '텔러'였다. 자기 뜻을 이루기 위해서라면 어부든, 학교 친구든, 그 누구든 신경조차 쓰지 않을 타입이었다.

그런데 제 발로 일촉즉발의 상황에 걸어 들어오고 말았는데, 어째서 이렇게나 웃음이 나오는 걸까.

"저기, 내가 이걸 일러바칠 애 같아?"

나도 모르게 흘러나온 미소가 '텔러'를 조금 동요시킨 모양이었다. 바닥에 떨어진 프린트를 조심스레 피해 한 걸음 물러나는 동작이 다소 휘청였다. 당장에라도 목을 조르려는 듯 힘이 들어갔던 두 손은 목적지를 잃고 가벼이 허우적거렸다. 시선은 여전히 내게 고정된 채였지만, 그 목소리는 조금 붉게 물들어 있었다.

"넌…, 오펜하이머를 존경하잖아."

"사실이긴 한데, 그게 왜?"

"면접 연습 때 그랬잖아. 오펜하이머를 존경하는 이유는, 윤리를 저버리지 않은 과학자였기 때문이라고. 너도 오펜하이머처럼 세상을 생각하는 과학자가 되고 싶다고."

이번에는 내가 놀랄 차례였다. 2학년 때 일을, 친하지도 않은 애가 한 말을 지금껏 기억하고 있었다니. '텔러'가 따지듯 내뱉은 말은 분명 그날 내가 어설프게 주워섬긴 답변이었다. 존경하는 과학자가 누구냐고 묻기에 망설임 없이 '줄리어스 로버트 오펜하이머'를 외치기는 했는데, 그 이유까지는 솔직하게 말할 수가 없었으니 되는 대로 지어낸 거짓말이었다. 이제 와서 생각해도 말이 안 되는 소리였기에 무심코 헛웃음이 터져 나왔다. 슬쩍 '텔러'의 얼굴을 확인하니, 과연 자기가 뭘 잘못 생각했는지 깨달은 모양이었다.

"어쩐지 대답을 너무 잘하더라. 그새 꾸며낸 거였구나. 나는 그런 거 도저히 못하겠어서, 그냥 솔직히 말해버렸는데. 내 기준으로 생각하면 안 되는 거였어."

"뭐, 사람이 오해할 수도 있지. 오펜하이머를 존경하는 건 진짜기도 하고. 하지만 내가 오펜하이머를 존경하는 진짜 이유는…."

"원자폭탄을 만든 사람이니까. 맞지?"

드라마틱하게 외치려던 선언이 그 애의 입술 사이에서 먼저 흘러나왔고, 이건…, 이건 완전히 예상외였다. 설마 말하기도 전에 알아챌 줄이야. 완벽하게 숨기고 있었을 텐데, 절대로 안 들킬 거라고 생각했는데! 머릿속에서 누가 핵실험이라도 한 듯 얼굴이 뜨겁게 달아올랐다. 가슴이 통제할 수 없이 뛰었다. 이 부끄러움의 연쇄반응에 사로잡혀 어쩔 줄 모르는 나를 빤히 쳐다보며 '텔러'는 힘이 쭉 빠진 듯 서가에 기대더니, 별안간 웃음을 터뜨렸다. 실험의 성공을 기뻐하는 에드워드 텔러처럼. 일시에 폭발하는 천 개의 태양만큼이나 환한 얼굴로.

*

도서실에 가득했던 긴장과 위협의 방사선이 걷히고, 웃음과 부끄러움마저 어느 정도 잦아든 뒤에야 비로소 나는 걱정을 그만두고 '텔러'와 대화다운 대화를 할 수 있었다. 이상한 기분이었다. 3년 내내 같은 학교에 다녀놓고선, 마지막 학기가 끝날 때쯤에야 처음으로 말을 걸게 되다니. 이렇게나 말이 잘 통하는 애라는 걸 알았더라면 진작 친하게 지냈을 텐데.

"《하라하라토케이》 원본은 어디서 났어? 난 검열된 버전밖에 못 봤는데."

"아, 그건 진짜 우연히 구한 거야. 나중에 메일로 보내줄게."

"고마워! 혹시 네 필기 복사해 가도 돼? 이거 정리 너무 잘했더라."

내 칭찬에 '텔러'는 조금 수줍어했지만, 더 이상 자신의 가장 빛나는 계획을 꽁꽁 감추지는 않았다. 설명도 얼마든지 해주었다. 뇌관 만드는 법, 비료 안전하게 훔치는 법, 살상력 높이는 법, 그리고 폭약을 대량으로 만들기 위한 새로운 공정까지 전부. 이 주제에 대해서만은 교내에서 나보다 잘 아는 사람이 없으리라고 굳게 믿어왔건만, 솔직히 말해 '텔러'의 열정적인 수업을 듣는 동안 자존심이 조금 깎이는 건 어쩔 수가 없었다. 그래도 누가 등수를 매기는 건 아니었으니까. 폭탄 제조 성적이 학교 게시판에 내걸리는 것도 아니었으니까.

그날 '텔러'가 내게 해준 이야기를 전부 정리하면, 아마 알카에다 교본보다 훨씬 위험한 책이 한 권 만들어지고도 남았을 것이다. 하지만 그 애가 정말로 모든 질문에 대답해준 것은 아니었다. 폭탄을 잔뜩 만들 거라고도 말했고, 정말로 터뜨릴 거란 의사도 내비쳤지만, 이어진 마지막 질문만은 미소를 지으며 넘겨버린 것이다.

"그래서 타깃은 정하셨나요, 텔러 박사님?"

"음, 기밀 취급 권한이 없는 분께는 그것까지 알려드리면 안 돼서요. 죄송합니다, 오펜하이머 박사님."

어쩔 수 없었다. 결국 이 멋진 계획의 책임자는 '텔러'였고, '오펜하이머'는 멋대로 끼어든 관찰자에 불과했으니까. 여기서 더 파고들어 책임자를 곤란하게 할 생각은 없었다. 임무에 나선 '텔러'를 방해하는 건 새파란 빛에 둘러싸인 핵융합로에 맨몸으로 뛰어드는 짓만큼이나 위험한 일이라는 사실을 나는 잘 알았다. 아쉽지 않은 건 아니었다. 조금 더 일찍 친해졌더라면, 이 학교의 비밀스러운 로스앨러모스에서 '텔러'

와 줄곧 함께할 수 있었더라면, 그랬더라면 나도 후회 없이 학창시절을 마무리할 수 있었을 텐데. 그런 내 마음을 읽기라도 한 듯, 석양이 쏟아지는 창문을 등지고서 '텔러'는 나지막이 입을 열었다.

"만일 수소폭탄이 실전에서 쓰였더라면, 어떻게 됐을까?"

글쎄, 아마도 냉전 때였다면 가능성이 있었을 것이다. 그땐 미국도 소련도 각자 수소폭탄을 잔뜩 들고서, 너희가 미사일을 쏘면 우리도 버튼을 누르겠다며 단단히 벼르고 있었으니까. 그때 정말로 어느 한쪽에서 수소폭탄을 쏘았다면, 기어이 핵전쟁을 시작하고 말았다면, 멈출 수 없는 상호확증파괴가 시작되었다면….

"…세상이 끝났겠지."

"맞아, 그랬을 거야."

말을 마치고서 '텔러'는 몸을 돌려 창밖을, 해가 저물어가는 12월의 교정을 향했다. 가만히 다가가서 어깨를 맞대고 선 나의 눈에도 같은 광경이 비쳤다. 노을빛을 받아 지옥처럼 붉게 타오르는 꽃밭, 자습실, 교실, 운동장, 지긋지긋한 이 작은 세상. 지금 '텔러'도 나와 같은 상상을 하고 있으리라는 생각이 문득 들었다. 연못이 있는 학교의 이과반 학생이라면 누구나 연못에 나트륨을 던져보는 상상을 하듯, 이 학교 학생이라면 누구나 한 번쯤 그런 상상을 품어보게 마련이었다. 세상 만물이 잿더미가 되어 어둠 속으로 무너져 내릴 때까지, '텔러'와 나는 그렇게 같은 꿈을 조용히 내려다보고 있었다.

*

졸업식 날 학교에서 다시 만난 '텔러'는 조금 피곤해 보였지만, 평소와 다름없이 차분한 모습이었다. 함께 온 가족들에게 나를 "제일 친한 친구"라고 소개하기도 했다. 친하게 지내줘서 고맙다며 손을 꼭 붙잡는 '텔러'의 부모님을 나는 어색하게 웃으며 대할 수밖에 없었지만, 생각해보면 겨울방학 전 마지막 며칠 동안 나와 '텔러'는 분명 그 누구보다 가까운 사이였다. 3년 동안 우리를 둘러싸고 있던 세상의 공식적인 종말이 다가오고 있었다. 인간관계란 수능과 같아서, 지금까지 어떻게 지냈든지 심판의 날에 친구인 사람이 진짜 친구인 법이었다.

그리고 진짜 친구가 아니라면 '텔러'가 내게 이런 제안을 할 리도 없었다. 졸업생들이 반별로 모여 강당으로 들어갈 때였다. 먼저 입장하던 그 애가 내 앞에서 잠깐 멈추더니, 생긋 웃으면서 이렇게나 고마운 귓속말을 했다.

"때가 되면 신호를 줄게. 오펜하이머 인용할 만한 타이밍에. 하고 싶지?"

"말도 안 돼. 이건 네 프로젝트잖아. 네가 해야지."

"그래도 오펜하이머를 존경하는 건 너잖아. 좋아, 그러면 같이하자."

그 말을 마지막으로 '텔러'는 강당을 향했다. 이윽고 내 발걸음도 그 뒤를 따랐다. 머릿속에서는 첫 번째 원자폭탄 실험 성공 당시를 회고하며 줄리어스 로버트 오펜하이머가 남긴 말이 고요히 재생되고 있었다. 귓가에 남은 그 애의 간지러운 속삭임이 위대한 핵물리학자의 목소리와 함께 섞여 들렸다.

✳

졸업식이 시작되었다.

우리는 세상이 결코 이전과 같지 않으리라는 사실을 알았다.

교가가 연주되는 동안 몇몇은 웃었고, 몇몇은 울었으나, 대다수는 조용했다.

교장이 입시 성과에 대한 자랑을 마치고서 졸업생 대표를 강단 위로 불러낼 때 나는 힌두교 경전《바가바드 기타》의 한 구절을 떠올렸다. 비슈누는 왕자가 자신의 사명을 다하도록 설득하고자 한다. 졸업생 선서가 시작되자 저 앞자리에 앉아 있던 '텔러'가 이쪽을 돌아보았다.

왕자에게 위압감을 심어주기 위해 비슈누는, 그 애는 팔이 여럿 달린 형상을 취하고서, 한 손으로는 교장과 귀빈과 선생들과 수석 졸업생이 모두 올라가 있는 강단 아래쪽을 가리키고, 또 다른 손으로는 휴대폰을 슬쩍 내보이며, 나와 입 모양을 맞춰 소리 없이 이렇게 말했다.

"'나는 이제 온 세상을 파괴하는 자, 죽음 그 자체가 되었노라.'"

그때 우리 둘은 아마도, 어떤 식으로든, 똑같은 생각을 하고 있었을 것이다.

## 세상은 이렇게 끝난다: 후기

　제가 나온 고등학교 교문 옆에는 정말 연못이 있었습니다. "연못에 어떤 선배가 나트륨 덩어리를 던져봤더니 그해 여름에 모기가 안 나왔다더라."라는 내용의, 사실 여부가 불분명한 소문도 들은 적이 있습니다. 그 얘기를 바탕으로 아기자기한 일상계 미스터리를 쓰겠다는 게 원래 계획이었어요. 과학을 좋아하는 고등학생들을 주인공으로 삼은 유쾌한 청춘 추리물 말이에요. 하지만 결과물은 보시다시피 매우 범죄적인 글이 되고 말았군요. 작중에 등장하는 범죄 관련 묘사에는 모방을 막으려고 일부러 왜곡 및 생략된 부분이 있습니다.

　한편, 작중 배경인 학교에 대한 묘사는 대부분 직접 보고, 듣고, 경험한 바를 거의 그대로 옮겼습니다. 분명히 이 점이 문제였을 거예요. 고등학생 때 들은 소문을 갖고 글을 쓰려다

보니 기억 속 학교가 배경에 그대로 담겨버렸는데, 그게 딱히 유쾌한 공간은 아니었던 거죠. 물론 즐거울 때도 있었습니다. 삶에 그럭저럭 도움도 되었다고 생각합니다. 다만 그 모든 짜증 나는 부조리와 질척거리는 앙금을 한때의 추억으로 포장해 전부 용서할 수는 없을 뿐입니다. 아직도 제 악몽에는 항상 그놈의 학교가 나온다고요.

제대로 자각도 못 했던 이 원한이 일상계 추리물을 쓰겠다는 계획을 완전히 망쳐놓았습니다. 안정적이고 평온한 일상의 배경이 되기에는 제가 기억하는 학교라는 장소가 너무나도 불합리했어요. 이런 공간을 무대로는 좀 다른 이야기를 하는 수밖에 없었습니다. 고발이나 풍자도 좋지만 일단은 화풀이를 하고 싶었어요. 실은 이 화풀이를 어떻게 끝맺어야 할지 한참을 고민했고, 탐정이 범인을 성공적으로 저지하도록 만들 생각도 없지는 않았습니다만…. 다들 알다시피 학교는 그런 정의와 질서의 파수꾼을 길러내는 공간이 아니잖아요. 학생은 결국 학교 교육의 영향을 받습니다. 그리고 괴물을 창조한 과학자는 그 괴물의 손에 보복당해 최후를 맞이하는 법입니다.

이런 종류의 이야기에서 괴물은 유전자 조작 생명체일 수도 있고, 치명적인 바이러스일 수도 있으며, 대량살상을 위해 만들어진 최신식 폭탄일 수도 있습니다. 물론 오만하고 죄책감 없는 이과 고등학생들일 수도 있고요. 작중의 다른 요소들과는 달리 '오펜하이머'와 '텔러'는 현실의 과거로부터 소환된 유령이 아니라 일상계 미스터리 기획의 폐허에서 탄생한 변이체이고, 그 존재 곳곳에는 원한에 스멀스멀 잠식당하며 뚫린 공백이 가득합니다. 두 사람의 성별을 특정하지 않은 건 그다지 의도적인 일이 아니었어요. 정하지 않고 시작했는데, 쓰다 보니까 끝까지 안 정해도 괜찮겠다는 생각이 들어서, 그냥 그대로 갔습니다. 제가 수능 출제위원이 아니라서 정말로 다행이에요.

제목 〈세상은 이렇게 끝난다〉는 T. S. 엘리엇의 시 〈텅 빈 사람〉에서 가져왔습니다. 글의 마지막 장면은 1965년 NBC 다큐멘터리에서 오펜하이머가 핵실험 성공 순간에 대해 남긴 유명한 말의 인용이고요. 줄곧 고등학생 때를 회상하면서 쓰지 않았더라면 이런 낯부끄러운 인용구를 넣진 않았을 겁니다. 그래도 고등학생 이산화의 복수는 끝났으니, 앞으로는 학교 악몽을 조금 덜 꾸게 되지 않을까요? 음, 하지만 여전히 이런 생각이 들긴 하는데요, 그날 조회 때 교장이 뱉은 말을 녹음만 해뒀어도….

증명된 사실

깊은 산길을 차로 한참 달리는 동안, 아무래도 속은 것 같다는 생각이 머릿속을 도통 떠나지 않았다. 구인 사이트에 올라온 채용공고를 보았을 때부터 계속 든 생각이었다. 하지만 내겐 당장 일자리가 필요했고, 최종 면접까지 합격한 곳은 여기 하나뿐이었다. 찬밥 더운밥 가릴 처지가 아니었다. 그래도 혹시 수상하면 바로 돌아가야지, 차에서 내리지도 말아야지, 그렇게 생각하고 있던 차에 나를 합격시킨 문제의 연구소가 그 모습을 드러냈다. 한적한 산속에 무슨 거대한 묘비처럼 불쑥 솟아오른 허연 건물이었다.

사전에 통보받은 대로 주차장에 차를 대고 잠깐 기다리니, 호리호리한 중년 여성이 정문에서 나와 이쪽으로 천천히 다가왔다. 위협적으로 보이지는 않았다. 가볍게 비틀거리며 걷는 모습이 오히려 피곤하고 불안해 보일 정도였다. 머뭇머뭇 차에서 내리자 그 여성이 메마른 목소리로 인사를 건네왔다.

"이남민 박사님 맞으십니까?"

"네, 맞습니다. 정말로 이런 산속에…."

"반갑습니다. 연구소장 임윤재입니다. 따라오시죠."

그 짧은 문답만으로도 임 소장이 어떤 사람인지 파악한 나는, 쓸데없는 소리를 이어가는 대신 그녀를 따라 즉시 발걸음을 옮겼다. 물론 수상하다는 생각이야 계속하고 있었다. 여기가 정말 연구소일까? 폭력배들한테 속아서 장기 적출이라도 당하는 게 아닐까? 지극히 당연한 의심이었다. 영혼과 사후세계를 연구한다는 곳에 부임하게 된 물리학자라면 누구나 품게 될 정도로 당연한.

✳

연구소 건물에 들어서자마자 그런 의심은 곧 사라졌다. 건물 내부는 조직폭력배들의 장기 적출 시설 같지도, 그렇다고 귀신의 집 같지도 않았다. 을씨년스럽거나 괴상하다는 느낌은 전혀 없었다. 오히려 산속에 있는 이름도 안 알려진 연구소치고는 규모도 컸거니와, 모든 곳이 지나칠 만큼 깔끔하게 관리되어 있었다. 무심코 이런 말을 내뱉게 될 정도였다.

"자금 사정은 좋나 보네요."

이전에 있었던 대학 연구실을 떠올리며 한 말이었다. 귀신이나 유령과 달리 이론의 여지 없이 존재하는 소립자들을 연구하는 곳이었는데도 항상 연구비 부족에 시달렸으니까. 다행스럽게도 소장은 내 말에 담긴 가벼운 비아냥거림을 눈치채지 못했거나, 아니면 무시하기로 한 모양이었다.

"본 연구소는 순수하게 기업과 개인의 기부로 유지되고 있습니다."

"아, 기부금이 많이 들어옵니까?"

"우리가 죽은 뒤에는 어떻게 되는지, 그것을 알고 싶어 하시는 분들이 사회 각계각층에 굉장히 많이 계십니다. 이 연구소는 그분들의 뜻으로 설립된 것입니다."

그 설명을 들으니 이해가 갈 것도 같았다. 아무리 돈이 많고 지위가 높아도 죽음이란 사라지지 않는 걱정거리일 테니까. 어느 대기업 회장은 이미 간당간당한 목숨이라도 계속 붙여놓으려고 최고의 의료진에게 24시간 둘러싸여 있다지만, 그조차도 영원할 수는 없다. 죽은 뒤에 뭐라도 있다는 걸 증명해낼 수만 있다면 돈이야 얼마든지 들이고 싶겠지.

"그러면 제가 할 일도 대강 알겠네요. 물리학자가 필요하다고 해서 지원한 것이니, 뭐 유령의 존재를 물리학적 방법으로 증명하거나, 그런 연구를 하면 됩니까?"

"아뇨."

소장은 딱 잘라 대답했다.

"그것은 이미 증명된 사실입니다."

내가 일하게 될 물리학 연구실은 지하 1층이었다. 새하얀 복도는 지상과 마찬가지로 깨끗했지만, 벽에는 연구 내용을 알리는 포스터며 안내문 따위가 난잡하게 붙은 것이 대학 연구실과 크게 다르지 않았다. 연구실 창 너머로 보이는 이런저런 기기도 익숙했다. 어마어마한 고가의 장비가 아무렇지도 않다는 듯 몇 대씩 늘어서 있었다는 것을 제외하면.

"여기는 뭐 하는 곳입니까?"

커다란 철문 앞을 지나면서 물었을 때, 소장은 대수롭지 않다는 듯 이렇게 답했다.

"무진동실입니다. 이곳에서의 연구는 종료되어, 지금은 쓰이지 않습니다."

"아니, 영혼 연구하는 데 무진동실도 필요합니까?"

"극히 정밀한 저울을 이용해 말기 암 환자가 사망하는 순간의 무게 변화를 측정했습니다. 저울이 외부 진동의 영향을 받을 수 있으니만큼, 이런 시설이 꼭 필요했습니다."

'영혼의 무게를 재보았더니 21그램이더라.' 하는 이야기가 문득 생각났다. 과학적으로 영혼이란 걸 연구해보겠다면 일단 과거 실험결과의 검증에서부터 시작하는 것이 합리적으로 들리기도 했다. 궁금한 것은 그 결과였다.

"영혼의 존재를 이미 증명했다고 하셨는데, 혹시 그 실험으로 입증한 겁니까?"

"아뇨. 영혼의 존재는 훨씬 이전에 증명이 끝난 상태입니다. 무진동실에서의 실험으로 입증한 것은, 영혼에는 우리가 측정할 수 있는 무게가 존재하지 않는다는 사실이었습니다."

궁금증만 더 늘어날 뿐인 대답이었다. 새로운 걱정거리가 머릿속에 떠올랐다. 이 연구소에서 하는 일이 죄다 이런 식이면 어쩌지? 가장 중요한 전제를 이미 증명했다고, 다 끝난 실험이라고 치고서 무의미한 연구만 계속 쌓아 올린다면? 배정된 사무실에 도착하고 나서도, 소장이 출입증을 건네주고 떠난 뒤에도 그 걱정은 한동안 사라질 줄 몰랐다.

✳

그조차도 본격적으로 일을 시작하기 전의 이야기였다. 연구소에서 발행한 보고서를 읽어보니 과연 소장이 "이미 증명된 사실"이라고 요약한 내용이 아주 자세하게 적혀 있었고, 실험 방법이나 결론 도출 과정에 별 하자가 없다는 사실도 쉽게 알 수 있었다. 영혼의 존재라는 것이 그렇게 번듯한 과학 연구의 형태로 주어지고 나니 받아들이기도 생각보다 어려운 일이 아니었다. 어쩌면 내 뇌가 이미 상식적으로는 납득하기 힘든 소립자 세계의 현상을 이해하는 데에 이골이 나 있었기 때문인지도 모른다.

그런 내게 주어진 일 역시 소립자 연구와 크게 다르지 않았다. 이 연구소에서 물리학자들의 주된 업무는 영혼의 에너지를 측정하는 장비를 개발하는 일이었는데, 마침 나는 다른 입자들과 도무지 상호작용을 하지 않으려 드는 각종 골치 아픈 소립자들을 이론적으로 다뤄본 경험이 있었으니까. 이런 저런 모델을 세우고, 동료들과 토론을 하고, 시뮬레이션을 돌리고, 이런 일들이 전부 익숙하기 그지없어서 나 자신도 놀랄 지경이었다.

물론 업무의 모든 부분이 익숙하기만 한 것은 아니었다. 이를테면 연구의 주된 목적이 학회지 기고가 아니라 부자들을 안심시키는 것이라든가, 동의를 받은 불치병 환자들이 수십 명이나 있어 언제든지 인체를 대상으로 실험할 수 있다든가 하는 부분이 그랬다. 하지만 그중에서도 특히 이질적인 점은 한 연구 참여자의 존재였다. '연구원'도 아니고 '실험대상'도 아니기에 그렇게 부를 수밖에 없는 문제의 '참여자'와 처음 만나게 된 것은, 측정 장비 개발이 이론을 넘어 실현 단계까지 거의 도달했을 무렵이었다.

"반가워. 차연주라고 해."

연구실에서 마주친 여자애는 대뜸 그렇게 인사했다. 고등학생쯤 돼 보이는 애였는데, 눈초리가 매서워 약간 움찔하게 되는 걸 제외하면 어딜 보나 평범하기 그지없었다. 하지만 연구실 동료들의 말에 따르면 이 애는 연구소 전체에서 가장 귀중한 존재이기도 했다.

"4층에서 빌려오느라 얼마나 고생했는데. 안 내주려고 하더라니까."

"얘가 그렇게 중요해?"

"당연한 소릴. 귀신 보는 애 없이 무슨 실험을 하겠어?"

그러니까 연주는 소위 말하는 '신기가 있는' 애였다. 영혼의 존재를 느낄 수 있는 사람이라도 그 위치와 모습을 정확하게 짚을 수 있는 경우는 매우 드문데, 연주는 그 정도로 영혼에 민감했다. 우리가 만들려고 몰두하던 영혼 측정 장비의 인간 버전인 셈이었다.

"물론 애보다는 더 정확해야지. 정량적으로 측정할 수 있어야 하고. 그래도 기준은 연주야. 연주의 관측이 우리 기계가 내놓는 결과랑 맞아떨어져야 하니까."

이 여자애의 필요성을 단적으로 설명하는 말이었다. 연주는 우리가 개발하려는 장비의 일차적인 목표이자 기준이었다. 그 말은 즉, 연구가 끝날 때까지는 싫든 좋든 이 애와 함께해야 한다는 뜻이기도 했다.

✳

처음에 내가 연주와 진행하게 된 실험은, 죽어가는 환자의 몸에서 영혼이 떠나가는 순간을 정확히 알아맞히는 일이었다. 연주는 의료장비가 감지하는 것보다 몇 초나 빨리 환자의 죽음을 알아맞혔다. 하지만 얼기설기 만들어진 우리의 첫 측정 장비에는 어떠한 반응도 잡혀주지 않았다.

"뭐가 잘 안 돼?"

세 번째 실험이 실패했을 때 연주가 대뜸 그렇게 물었다. 막다른 길에 부딪힌 것은 자명했기에 고개를 끄덕였는데, 다음 질문이 날아왔다.

"구체적으로 뭐가 문제야?"

이론적인 설명이라도 원하는 건가? 학교 다니느라 낮에는 실험 참여도 못 하는 애가? 하지만 곧 지금 눈앞에 있는 여자애가 영혼에 대해서라면 나보다 훨씬 전문가라는 사실이 떠올랐다. 전문가에게 자문을 구하면 뭔가 돌파구가 생길지도 모르는 일. 밑져야 본전이라고 생각하며 나는 어떻게든 복잡한 이론을 뺀 설명을 해주었다.

"앞에서 사람이 죽든 말든 이 기계가 대답을 안 하는데, 이게 기계 고장인지, 애초부터 이론이 잘못된 건지, 아니면 이론에는 문제가 없는데 감지 성능이 그만큼 안 나오는 건지 모르겠다. 감지능력을 개선하는 방향으로 가는 건 쉽거든. 이론을 갈아엎으려면 솔직히 답이 없고."

"음, 감지 성능이 부족하다는 건, 더 강한 혼에는 반응할 수도 있다는 거야?"

정확히 허를 찌르는 지적이었기에 나는 다소나마 놀랐다. 어쩌면 암 환자의 영혼은 우리 장비가 감지하기에는 너무 미약한지도 모를 일이었다. 정확한 검증을 위해서는 더 강한 에너지를 가진 측정 대상, 그러니까 '강한 혼'이 필요했다.

"혹시 그런 게 어디 있는지 알아?"

내 물음에 연주는 뭔가 각오한 표정으로 고개를 끄덕였다. 그 표정의 의미를 깨닫기까지는 오랜 시간이 걸리지 않았다. 연주가 직접 제안한 계획을 듣고 나서는 나도 각오를 굳혀

야만 했으니까.

\*

　오랜만에 연구소를 벗어나 차를 모는 기분은 썩 나쁘지 않았지만, 그 목적지를 생각하면 빈말로라도 유쾌하다고는 할 수가 없었다. 이제부터 장마철에 인명피해가 여러 번 발생한 계곡, 산불 피해 지역, 주인이 자살한 빈집 따위를 순회할 작정이었으니까. 연주의 설명대로라면 그런 곳에는 무언가가 '있을' 가능성이 컸다.

　"아무나 이승에 남는 게 아니야. 강한 미련이 있어야 해."

　연주에게 더 자세한 설명을 요구했더니, 운전하는 내내 뒷좌석에서 중얼거리는 목소리를 들을 수 있었다. 대체로는 내가 알던 귀신 이야기와 다르지 않은 내용이었다. 대부분의 영혼은 죽은 뒤엔 어딘가로 사라지지만, 때때로 떠나가지 못하고 남는 영혼이 있으며, 그런 영혼일수록 힘이 강해서 위험하다는 것이다.

　"위험하다면 뭐, 어떻게 위험한데? 막 물건 집어 던지고 그래?"

　"아니, 그럴 힘은 없어. 움직이지도 못하고 그냥 그 자리에 있다가, 지나가는 사람한테 들러붙어서 해를 끼치는 거야."

　"들러붙어? 야, 그건 또 무섭다. 직접 본 적도 있어?"

　"그런 귀신 달래서 떠나보내는 게 우리 할머니 일이었어."

　아무래도 연주의 능력은 자기 할머니에게서 이어받은 모

양이었다. 영혼을 보는 힘도 유전적인 요소가 작용하는 걸까? 잠깐 의문이 들긴 했지만, 이건 4층 사람들이 연구할 일. 첫 목적지까지 가는 길은 꽤 멀었고, 나는 연구에 필수적인 인원과 조금 더 친해져보기로 마음먹었다.

"넌 그럼 그, 가업? 그런 거 이으려고 연구 돕는 거야?"

"가업 같은 거 아니야."

친해지려는 내 노력에는 아랑곳없이, 백미러 속의 연주는 창밖을 내다보며 심드렁하게 대답했다. 그 입에서 튀어나온 것은 아주 익숙한 의문이었다.

"나도 궁금해서 그래. 다들 어디 있는지."

*

다들 어디에 있는가?

내 전공분야의 까마득한 대선배라 할 만한 물리학자 엔리코 페르미도 같은 질문을 던진 적이 있었다. 동료들과 외계 지적생명체의 존재에 관한 이야기를 나누던 도중이었다고 전해진다. 대수롭지 않아 보이는 이 한마디 질문은 이후 '페르미 역설'이라고 불리며, 외계 지적생명체를 주제로 한 모든 논리적 말다툼의 핵심으로 쓰이게 되었다.

개요는 이렇다. 우리 은하에는 태양과 유사한 항성이 수십억 개가 있을 것이며, 그중 일부에는 지구와 비슷한 행성도 있을 것이고, 그렇다면 또 그중 일부에는 지적생명체가 살고 있을 텐데, 그들 중 일부는 성간 항해까지 가능할 만큼 기술을 발달시켰을 테니, 계산해보면 이미 외계인들은 은하계를 샅샅이 탐사하며 지구 또한 방문했어야 한다. 그렇다면 도대체 그 외계인들은 어디 있단 말인가?

유령에 대해서도 비슷한 의문을 가질 수 있을 것이다. 무수히 많은 사람이 이 지구 위에서 죽고 또 죽어왔지만, 이 세상은 유령으로 가득 차 있지 않다. 그 많은 유령은 다들 어디에 있는가? 연주의 말대로 오직 강한 집착을 가진 영혼만이 이 땅에 간신히 들러붙어 있을 수 있다면, 나머지 천억 명은 도대체 어디로 갔는가? 논리적으로 두 가지 대답만이 가능하다. 사라졌거나, 아니면 다른 어딘가에 있거나. 후자의 가능성을 점치기 위해 부자들은 연구소에 돈을 댔고, 우리는 측정 장비를 개발하느라 밤을 새웠지만, 가시적인 결과는 도무지 나올 생각이 없었다.

사후세계의 존재.

그것만은 아직 증명되지 않은 채였다.

✳

계곡에 도착했을 즈음에는 이미 날이 어둑어둑했고, 연주가 바위 사이를 멍하니 돌아다니는 모습은 위험천만하게만 보였다. 이러다가 괜히 물귀신만 하나 늘어나는 건 아닐까 노심초사하며 나는 이렇게 외쳐 물었다.

"꼭 그렇게 가까이 가야 해? 여기선 안 보여?"

"안 보이지! 바로 앞에 가야지 보여!"

즉, 우연히 유령과 맞닥뜨릴 때까지 사방팔방을 샅샅이 뒤지는 것이 유일한 방법이라는 소리였다. 생명체가 살 만한 외계행성을 찾는 천문학자의 노력이 이런 식일까 싶었다. 그렇게 계곡에서 휘적거린 결과는 허탕이었고, 산불 피해 지역도 마찬가지. 세 번째 목적지인 빈집을 찾아갔을 때는 이미 늦은 밤이었다. 귀중한 장비 들고나와놓고서 가지고 돌아가는 게 없었다간 동료들한테 적잖이 까이겠다 싶었는데….

"여기 있네."

집 문간에 발을 디디려던 연주가 멈춰 서더니 말했다. 내 눈에는 그냥 허공이었는데, 연주한테는 문 앞에 버티고 선 노인이 보이는 모양이었다. 줄줄 읊는 인상착의는 인터넷에서 찾은 집 주인 정보와 일치했다. 차에서 허둥지둥 장비를 내리며 나는 걱정스레 물었다.

"그…, 상태는 어때? 막 갑자기 달려드는 거 아니지?"

"괜찮다니까. 내가 멀리 있는 귀신은 못 보는 것처럼, 귀신도 바로 앞에 있는 사람밖에 못 봐. 다가가지 않으면 들러붙는 일 없어."

그 말에 용기를 내서 장비를 들고 한 발짝 다가갔다. 다시 한 발짝, 또 한 발짝… 더 다가가기 싫다는 생각이 들 무렵 마침내 모니터에 작은 신호가 흘러가는 것이 보였다.

"어? 성공인가? 잠깐만, 더 가볼게."

한 발짝을 더 나아가니 신호도 더욱 커졌다. 거리에 따라 세기가 증가하는 양상도 명백했고, 그 양상을 함수로 나타내

볼 수도 있을 것 같았다. 강한 핵력이 펨토미터 단위의 아주 가까운 거리에서는 전자기력보다 137배나 강하지만 조금만 거리가 벌어져도 무시할 만한 수준이 되듯이, 영혼이 가진 힘도 아무리 강력하다 한들 수 미터 밖에서는 전혀 느낄 수 없을 정도로 줄어드는 것일까? 머릿속에서는 이미 그래프가 그려지고 있었다. 데이터를 조금만 더 얻으면….

"조심해!"

그 외침을 들었을 때는 이미 늦은 뒤였다. 머릿속이 순간 멍해졌고, 몸이 마음대로 움직여주지 않았다. 의식을 잃기 전 내가 마지막으로 한 일은 장비를 안전히 땅바닥에 내려놓는 것이었다.

＊

눈을 떴을 때 나는 땅바닥에 털썩 주저앉아 있었다. 팔다리가 마구 저려왔고, 손전등 빛은 따갑게 얼굴을 비쳤다. 그 사이로 연주의 차가운 눈동자가 반짝였다. 아직도 상황을 파악하지 못한 내게 조용한 목소리가 화살처럼 날아왔다.

"다가가면 안 된다니까."

부축을 받아 간신히 몸을 일으키는 동안, 연주는 내 무모한 행동을 몇 번이고 질책했다. 도대체 어디에 정신이 팔렸기에 악령을 향해 성큼성큼 나아갔느냐는 것이다. 허공으로 몇 발짝 떼었을 뿐인 나로서는 그런 질책이 다소 억울했지만, 아마 연주에게는 불길로 걸어 들어가는 사람만큼이나 멍청하게 보였겠지.

"붙잡힐 뻔했잖아. 내가 달래서 보내드렸어."

"너 그런 것도 할 줄 알아?"

"할머니한테 배웠지."

무슨 된장찌개 끓이는 법이라도 배웠다는 말투였다. 이어지는 설명을 들어보니, 귀신을 떠나보내는 것은 영적인 능력이라기보단 정말로 기술이나 노하우에 가까운 모양이었다. 본래 이승에 남아 있어서는 안 되는 존재가 억지로 매달려 있는 것이라, 한순간이라도 원한을 누그러뜨리는 데에만 성공하면 바로 저세상으로 사라지고 만다는 것이다.

"저승사자가 붙잡고서 계속 끌어당기고 있거나 뭐, 그런 거야?"

나는 간신히 몸을 추스르고 장비를 집어 들면서 물었다. 멀리까지 나와서 겨우 발견한 샘플은 사라졌지만 데이터는 얻었으니, 유령이 떠나간 곳에서 같은 방법으로 측정한다면 배경 잡음도 얻어낼 수 있을 테니까 따위의 흐리멍덩한 생각을 하면서. 그런데 대답하는 연주의 목소리에는 희미하게 불안한 기색이 섞여 있었다.

"아니. 빨리 달리는 버스에 매달려 있는 것처럼, 놓치면 떨어져버릴 것 같대."

"귀신이 설명해준 거야? 친절한 귀신도 있는 모양이다, 야."

"할머니가 말해준 거야."

연주가 꺼낸 비유가 관성이며 가속도 따위를 설명할 때 흔히 드는 예시와 비슷하다는 사실에 정신이 팔려, 이어진 말이 의미하는 바를 나는 다소 뒤늦게 깨달았다. 아무래도 무거운 화제에 발을 들인 모양이었다. 어떻게 이 상황을 타개할까 급히 눈치를 살피고 있었는데, 연주가 의외로 덤덤하게 제안을 해왔다.

"궁금하면 더 말해줄게."

이럴 때만은 억누를 수 없는 것이 호기심이라는 녀석이었다.

✳

"할머니는 마지막에 많이 무서워했어."

돌아가는 차 안에서 연주는 그렇게 운을 뗐다.

"지금까지 귀신들을 속여왔다는 거야. 좋은 데로 가실 거라고 달래서 보내드렸는데, 사실은 본인도 귀신이 어디로 가는지는 전혀 모른다면서. 막연히 저승이란 게 있겠거니 생각은 하고 계셨지만 막상 돌아가실 때가 되니까 걱정이 된 거지."

아마 연주의 할머니에게 영혼이며 귀신은 불확실한 믿음의 대상이 아니라, 눈에 보이고 대화도 할 수 있는 당연한 존재였을 것이다. 하지만 사후세계는 달랐으리라. 그거야말로 순전한 믿음의 영역이니, 못 믿는 사람은 어떻게 해도 못 믿는 것이다.

"그래서… 할머니는 나한테 달라붙으려고 했어. 자기가 귀신이 돼버린 거야. 그땐 어떻게 되는 줄 알았다니까."

"잘 해결됐어? 내 말은, 할머님께서 아직 계신 건 아니지?"

"당연히 아니지. 내가 직접 보내드렸으니까. 꼬박 사흘 걸렸어."

연주는 대수롭지 않다는 듯 말했지만, 가볍게 떠는 몸이 백미러를 통해 똑똑히 보였다. 그 모습에서 느껴진 것은 할머니를 자기 손으로 보내드려야 했다는 슬픔이 아니었다. 떨쳐낼 수 없는 두려움이었다. 평생 귀신을 달래왔지만 결국 죽은 뒤가 두려워서 귀신이 되어버린 할머니의 모습을 직접 보았을 테니까…. 연주가 왜 연구소 일에 적극적으로 도움을 주고 있는지도 이젠 알 것 같았다. '다들 어디 있는지 궁금하다'는 말은 얄팍하게 감싼 진심이었다.

"할머님께서 어디로 가셨는지, 그걸 알고 싶은 거였구나."

연주는 대답 없이 고개만 끄덕였다. 사후세계의 존재가 증명되기 전에는 절대 풀리지 않을 의문이었지만, 다행스럽게도 위안을 줄 방법 정도는 마침 손에 넣은 참이었다. 연주 덕분이었다.

"그래도 오늘 실험은 그래도 성공했잖아? 이게 아주 큰 진전이야. 장비 민감도 높이고, 나는 또 내 나름대로 계산 돌리고, 그러다 보면 영혼이 어디로 가는지 알아내는 것도 먼 미래 일은 아니라고 보거든. 원래 물리학은 관측 장비 나오면 다 나온 거야. 왜, 중력파 얘기 들어봤지? 관측해낸 게 전부인데 세기의 대발견이라고 그 난리였잖아."

사람을 위로하겠다고 중력파 얘기를 꺼낸 것이 과연 좋은 선택이었을지 고민했는데, 아무래도 먹힌 모양이었다. 연구소로 돌아오는 동안 나와 연주는 더 이상 별다른 이야기를 나누지 않았지만, 적어도 연주는 기대를 품은 채였고 나는 확신에 차 있었다. 돌아가자마자 세워볼 모델이 적어도 세 개는 떠올랐으니까. 이대로 가면 정말로 사후세계의 존재를 증명할 수 있을 것도 같았다.

＊

측정 장비의 감도를 개선하는 작업은 어쨌든 순조롭게 진행되었다. 이론물리학자인 내가 그 틈에서 할 일은 별로 없었다. 개선된 장비들이 3층이며 4층 연구팀과의 공동연구를 위해 이리저리 불려다니는 동안에도 마찬가지였다. 하지만 여러 연구에서 얻어진 데이터는 매일같이 문 앞에 쌓였고, 그걸 바탕으로 모델을 완성하는 일만은 이 연구소에서 오직 나밖에 할 수 없는 작업이었다. 가끔 동료가 찾아와서 잘되고 있는지 물으면 나는 항상 이렇게 답했다.

"괜찮아요. 데이터만 더 보내주세요."

사실 데이터는 충분했다. 각종 변수에 따라 영혼의 힘을 측정한 결과는 매끄러운 그래프가 되어 나타났고, 이를 하나의 방정식으로 표현하는 일 역시 진작에 끝나 있었다. 문제는 그다음이었다. 얻어진 결과를 기존에 알고 있던 물리학적 틀에 적용하려고 하니, 깔끔하게 딱 떨어지지 않는 부분이 매번 튀어나왔다. 꼬박 한 달을 그렇게 머리만 싸매고 있었는데, 의외의 손님이 사무실로 찾아왔다. 연주였다.

"진전이 있어?"

어디서부터 말해야 하지? 내가 요술처럼 사후세계의 존재를 입증해낼 것이라는 기대를 품은 애한테, 복잡한 방정식 속 사라지지 않는 항의 존재에 대해 하소연하는 것은 의미가 없는 짓이었다. 결국 나는 우물쭈물 고개를 젓는 것밖에 할 수가 없었다. 연주가 다시 입을 열었다.

"학교에서 물리 배우는데, 너무 어렵더라."

"그렇지. 어렵지. 내가 왜 이 길을 골랐는지 모르겠다."

"천재라서 그런 거 아니야? 물리학자들 다 천재 같던데."

그러고서 연주는 이런저런 천재 물리학자들에 대해서 읊기 시작했다. 아무래도 최근에 과학 선생이 조는 애들을 깨우고자 '재미있는 과학자 이야기'라도 해준 모양이었다. 아인슈타인이나 파인만, 아니면 뉴턴의 일화 따위를.

"정말 뉴턴이 연금술 연구했어?"

"나는 물리학자인데 유령 연구하잖아. 뭐라고 말할 처지냐."

"그러면 뉴턴하고 비슷한 거네. 뉴턴처럼 머리에 사과라도 맞아보면 뭐 떠오르지 않을까?"

첫째로 뉴턴은 머리에 사과를 맞은 것이 아니라 떨어지는 모습을 보았을 뿐이며, 둘째로 그 장면을 보자마자 만유인력의 법칙을 깨달은 것도 아니었다. 훨씬 이전부터 품고 있던 고민의 해답이 스쳐 지나갔을 뿐이었지. 셋째로 지금 내 방정식에서 문제가 되는 항이 바로….

"잠깐, 잠깐만, 중력이야. 중력 항이 언제나 문제였어."

"어, 뭐 떠올랐어?"

"아직은 몰라. 아직은 모르는데, 일단 연주 너는 좀 나가 줄래? 정말로 해결된 거면 내가 꼭 말해줄게. 연필, 연필 어디에다 뒀지?"

연주가 조심스럽게 방을 나서는 동안, 나는 급히 종이를 붙잡고서 아이디어를 휘갈기기 시작했다. 방정식을 풀어서 다시 정리하고, 과격한 가정을 대입하고, 그 결과들을 한데 모아 맞추고, 계산이 정확했는지 다시 한 번 확인해보았다. 그다음에는 지금까지의 실험결과가 새로운 모델과 일치하는지를 검사할 차례였다. 지루한 과정이 몇 번이고 반복되며 지나갔다. 그 끝에 남은 결론은 명확하기 그지없었다.

'영혼은 중력의 영향을 받지 않는다.'

믿기 힘든 결과였다. 하지만 수십 수백 번의 검증을 거쳐 도달한 움직일 수 없는 증명이었으며, 수학적으로 너무나 아름다운 해답이기도 했다. 물론 지금까지 배워온 물리학 이론들은 머릿속에서 끊임없이 태클을 걸어왔다. 빛이나 중성미자조차도 중력의 영향을 받는데, 범우주적인 현상인데, 아이작 뉴턴이 발견해낸 그 위대한 힘조차 영혼에는 어떠한 영향도 끼칠 수 없다고? 그게 말이나 되나? 내면의 아우성에 반박하듯이 나는 속으로 중얼거렸다.

'아무리 터무니없어 보여도, 증명되었다면 곧 사실이지. 받아들여야 해.'

이것만으로는 부족했다. 스스로를 납득시키기 위해서 나는 다른 논리도 고안해냈다.

'중력이라는 것도 터무니없는 개념이긴 매한가지잖아. 보이지 않는 힘이 우리를 지구에 붙잡아두고, 또 천체를 궤도에 따라 운행시킨다고? 유령이나 이거나 뭐가 달라?'

그랬더니 반박은 곧 멈추었다. 하지만 머릿속의 논쟁에서 승리를 거두었기 때문은 아니었다. 납득을 위해 세운 논리로부터 새로운 발상, 지극히 불길한 발상 하나가 떠올라 모든 아우성을 침묵시켰기 때문이었다. 갑작스러운 그 불길함에 사로잡힌 채 나는 즉시 인터넷을 켜 몇 가지 수치를 확인해보았다. 천문학적인 거리들, 가공할 속도들….

발견의 환희가 사라지자 공포가 그 자리를 채웠다.

맙소사.

내가 도대체 뭘 증명해낸 거지?

＊

마지막 검증 과정을 마친 뒤, 나는 먼저 소장에게 찾아갔다. 임 소장은 내가 노크도 없이 방에 들어오는 모습을 보고서도 전혀 놀라는 기색이 없었다. 오히려 기다리고 있었다는 듯 희미하게 미소를 짓기까지 했다. 한참 방에 틀어박혀 있던 이론물리학자가 이렇게 직접 등장했으니, 천재적인 이론이라도 들고 왔으리라고 기대하는 걸까?

"용건이 뭐죠?"

"다…, 다 알아냈습니다."

밤새 쓴 보고서를 책상에 던지다시피 내려놓으며 나는 더

듬더듬 말했다. 소장은 그걸 집어서 몇 장을 휙휙 넘기더니, 어깨를 으쓱하며 다시 물었다.

"무엇을 알아냈다는 것인지 명확히 말해주시기 바랍니다."

"전부 다요. 전부 다! 이 연구소에서 원하는 것 전부!"

"하지만 이 보고서에는… '영혼은 중력의 영향을 받지 않는 다', 그런 내용뿐입니다만. 영혼의 영향을 수학적으로 모델링 하는 데에 굉장히 중요한 연구라는 것은 알겠습니다. 하지만 우리 연구소에는 그 이상의 궁극적인 목표가 있습니다."

"사후세계요? 그건 이미 다 증명되지 않았습니까?"

그렇게 비아냥거리자 소장도 마침내 좀 놀란 모양이었다. 아니면 내가 정신이 나갔다고 생각하게 되었거나. 하지만 나는 제정신이었고, 이미 증명된 과학적 사실로부터 논리적으로 결론을 도출할 줄도 알았다. 필요한 것은 '그래도 지구는 돈다'는 상식, 그리고 몇 가지 수치뿐이었다.

"영혼은 분명히 존재하는데, 그럼 죽은 뒤에 영혼들은 다 어디로 가는가, 그게 궁금한 거죠? 간단합니다. 우리는 중력 때문에 이 지구에 발을 붙이고 살지요. 하지만 영혼에는 중력 이 작용하지 않습니다. 그러면 어떻게 되겠습니까? 지구는 영혼을 놓고 가버리는 겁니다."

"잠깐만요, 지금 하려는 말이…."

"지구가 얼마나 빨리 움직이는지 아십니까? 초속 30킬로미 터의 속도로 태양 둘레를 공전하죠. 그런데 이게 끝이 아닙니다. 태양계가 우리 은하 중심 방향으로 움직이는 속도가 초속

220킬로미터, 그리고 우리 은하가 우주 배경복사를 기준으로
또 초속 600킬로미터! 그게 우리가 죽은 지 1초 만에, 죽었다
는 사실을 깨닫기도 전에 일어나는 일입니다."

그제야 소장도 내 말의 의미를 온전히 이해한 듯 보였다.
사후세계란 존재하는가? 영혼이 향하는 곳은 어디인가? 이
모든 궁극적인 의문의 해답이 마침내 만천하에 드러난 것이
다. 그 누구도 바라지 않을, 가장 비참하고도 허망한 형태로.
이런 사실을 알아내려고 지금껏 연구를 해왔다니, 이딴 거를
위해서 부자들이 그렇게 돈을 퍼부었다니! 그러잖아도 창백
한 소장의 얼굴이 더욱 하얗게 질려가고 있었다.

"이게 무슨… 이럴 리 없습니다. 그다음에는 어떻게 됩니
까? 지구에서 떨어진 뒤엔?"

"어떻게 되겠습니까? 보고서 38페이지에 보시면, 영혼의
힘이 거리에 비례해서 어떻게 감소하는지 그래프로 그려둔
것이 있습니다. 연주가 말한 것과 똑같더군요. 영혼은 고작
3미터 앞에조차 힘을 전혀 행사할 수가 없습니다."

고향은 1초에 수백 킬로미터의 속도로 멀어지고 있는데,
한번 떨어진 영혼은 지구를 쫓아가기는커녕 팔을 뻗어 붙잡
는 것조차 불가능하다. 그러니 그다음에 일어나는 일이라고
해 봐야 명백하지 않은가. 우주는 텅 빈 공간이고, 육체를 잃
은 영혼이 할 수 있는 일은 아무것도 없다.

"저는 이만 돌아가보겠습니다. 보고서에 대해서는 언제든
지 질문을 하셔도 좋고, 다른 이론물리학자를 불러 제 계산의

검증을 맡기는 것도 좋다고 봅니다. 하지만 제 생각으로는, 더 이상의 연구에 의미가 있나, 싶기도 합니다."

그 말을 마치고서 나는 비틀비틀 방을 빠져나왔다. 한 걸음한 걸음이 마치 별과 별 사이의 거리처럼 까마득하게만 느껴졌다. 하지만 그런 느낌조차 우주의 공허에 비하면 아무것도 아니리라는 사실 또한 나는 뼈저리게 알고 있었다.

✳

내 연구결과는 얼마 지나지 않아 연구소 전체에 알려졌다. 임 소장이 사임하면서 그 이유를 소상히 적어놓고 갔다는 모양이었다. 덕분에 연구소가 곧 폐쇄될 것이라는 말도 공공연히 돌았다. 이 모든 사태의 원인이나 다름없었음에도 내게 원망을 내보이는 사람은 놀랍게도 없었다. 과학자들은 연구결과에 화를 내봐야 무의미하다는 사실을 알았고, 그래서 분노하는 대신 침착한 무기력에 빠져들었다. 결국 내게 어떠한 종류의 감정이라도 내비친 사람은 하나뿐이었다.

"사람들 말이 진짜야?"

다시 방을 찾아온 연주는 반쯤 울먹이고 있었다.

"우리가 죽으면 그냥… 우주에 버려진다는 게? 정말 그게다야?"

아니라고 말해줄 수도 있었는데, 무슨 방법을 찾아보겠다고 해도 됐는데, 도무지 거짓말이 나오지 않았다. 소용이 없으니까. 물리법칙이 그렇게 되어 있다면 따르는 수밖에 없으니까. 귀신이 달라붙었다면 떠나보내면 그만이고, 기계의 민감도가 문제라면 개선하려고 노력할 수 있었다. 하지만 증명된 사실과 싸우는 일은 무의미했다. 반증할 수 없다면 받아들여야 한다. 그 말을 해줄 수도 없었기에, 나는 그저 묵묵히 고개를 끄덕였다.

연주는 울거나 소리를 지르지는 않았다. 대신 의자에 털썩 주저앉아, 멍한 눈으로 바닥을 내려다볼 뿐이었다. 아마도 드넓은 우주, 그 속을 가로지르는 지구, 궤도에 남겨진 무수히 많은 영혼, 그런 바꿀 수 없이 절망적인 사실들을 생각하고 있겠지. 이윽고 한숨처럼 텅 빈 목소리가 그 입술 사이로 흘러나왔다.

"내가 직접 보내드렸어."

그것 또한 물리법칙만큼이나 바꿀 수 없는 사실이었다.

"정말 많이 무서워하셨는데."

## 증명된 사실: 후기

개인적으로 아주 의미 있게 생각하는 단편입니다. 처음으로 책에 실어본 글이고, 또 처음으로 상을 받은 글이니까요. '이산화'가 SF 작가로서 활동하게 해준 결정적 계기인 셈이죠. 무엇보다 제게 2018 한국 SF어워드 우수상을 안겨주었다는 사실만으로도 이 글을 각별하게 느끼기에는 충분할 것입니다. 〈증명된 사실〉을 사랑해주신 모든 독자 여러분께 이 지면을 빌려 다시 한 번 감사를 드려요.

그중에서도 특별히 더욱 감사하고 싶은 사람이 있습니다. 이 단편의 원안이라 할 수 있는 엽편 〈국제퇴마제령국 기동 1팀〉은 현재보다도 오컬트에 훨씬 방점이 찍힌 글이었어요. 영혼의 진실을 알고 있는 프로 퇴마사들이 겪어야 할 도덕적 딜레마를 중심으로 한, 말하자면 오컬트판 〈차가운 방정식〉

비슷한…. 그런데 애인이 읽어 보고서 하는 말이, 이건 정말 무서운 아이디어니까 엽편으로 끝내지 말고 좀 더 확장해보라는 거예요. 급기야는 쓰기 싫다는 걸 억지로 완성해서 공모전에 제출하게 만들었습니다. 세상에, 이렇게까지 옳을 수가 있었을까요?

덕분에 이 글의 장르는 SF 호러가 되었습니다. 산속의 수상한 비밀 연구소, 감정 표현이 적은 연구소장, 귀신을 보는 소녀 등의 소재들은 제가 즐겨 읽는 괴담들의 클리셰를 직접적으로 가져온 것입니다. 하지만 이 글이 공포 문학 단편선에 실릴 수 있었던 것이 귀신 때문은 아니겠죠. 많은 독자분께서는 이 글을 수많은 호러 서브장르 중에서도 특히 '코즈믹 호러'로 읽어주셨습니다. 흉물스러운 러브크래프트적 괴물들과 이성을 조각내는 광기는 등장하지 않지만, 인간이 어찌해 볼 수 없는 우주의 법칙을 밝혀내는 순간 공포가 모습을 드러낸다는 점에서요. 더글러스 애덤스의 《히치하이커》 시리즈에는 우주 안에서 개인이 얼마나 보잘것없는 존재인지 깨닫게 해 주는 고문기구 '모든 관점 보텍스'가 등장합니다. 이런 공포가 코즈믹 호러의 한 갈래라면, 〈증명된 사실〉도 그렇게 읽을 수 있겠지요.

하지만 고백하자면 저는 인간의 본질적 무기력함, 혹은 우주 법칙의 냉혹성이 얼마나 두려운지 이야기할 생각이 딱히 없었습니다. 왜냐하면 우주에 비해 인간이 정말정말 조그만 존재라는 사실은 꽤 멋지잖아요? 그렇지 않다면 오히려 실

망스러운 일이겠죠. 아주 오래전부터 제 휴대폰 배경 이미지
는 허블 울트라 딥 필드로 고정되어 있다고요. 그러니까 제가
〈증명된 사실〉에서 의도한 공포는 훨씬 단순하고, 또 우주적
이라기보단 지극히 개인적인 것입니다. 저는 외로움이 싫습
니다. 그래서 가장 절대적이고 영원한 고독 속에 남겨질 방법
을 생각해냈을 뿐입니다. 이야말로 제가 상상할 수 있는 최대
의 공포 중 하나였으니까요.

사실 너무 두려운 상상이었기 때문에, 제 머릿속에는 SF
작가로서 이 가설에 대응해 세운 일종의 희망적인 후일담도
하나 들어 있습니다. 그 이야기를 바로 여기에 공개하려고 합
니다! 분위기를 깨는 내용일 수 있으니 호러 소설로서의 〈증
명된 사실〉을 좋아하시는 분이라면 이 뒷 내용을 읽지 말아
주세요! 무엇이냐 하면요….

과학자들은 지금껏 죽어온 영혼들이 지구의 운행 궤적을
따라 혜성의 꼬리처럼 쭉 이어져 있을 것이라고 추측합니다.
그렇다면, 만일 지구 이외에도 지적 생명체가 사는 행성이 있
다면, 그 행성 뒤에도 비슷한 영혼의 꼬리가 남아 있지 않을
까요? 이런 발상으로 영혼 감지기를 아주 정밀하게 만들어
우주를 관측해본 결과 놀라운 사실이 드러납니다. 우주에 떨
어진 영혼들의 끝은 고독이 아니었던 거예요. 영혼 하나하나
의 힘은 미약하지만, 극히 낮은 확률로 우연히 두 행성의 궤
도가 겹치면 낯선 영혼들이 서로 마주쳐 모이고, 그런 일이
억겁의 시간 동안 반복되면 영혼이 모인 만큼 그 힘도 커져

서, 온 우주의 다른 영혼들을 끌어들이게 되는 거죠. 관측 결과, 저 먼 우주에는 그렇게 영혼들이 모여 형성된 거대한 '영혼 행성'이 있었습니다.

다시 말해, 결국 사후세계는 존재했습니다. 다행스럽게도 말이죠.

지옥구더기의
분류학적 위치에 대하여

돌이켜 보면 지옥문을 열어젖힌 책임은 전적으로 내게 있었다. 공중파 뉴스에 나갈 인터뷰를 그렇게까지 호들갑스럽게 해버린 건 그 누구도 아닌 내 의지에 따른 일이었으니까. 물론 남부 지방의 갑작스러운 메뚜기 대량 발생은 꽤 큰 이슈였고, 작물 피해로 울상이 된 농민들과 달리 내게는 들뜰 만한 정당한 이유가 있기도 했다. 지방 국립대의 교수로 임용돼 귀국하기 직전까지 연구하던 주제가 바로 메뚜기목 곤충의 생태였으니까. 평소에는 홀로 돌아다니던 메뚜기들이 갑작스레 번식에 힘을 기울이고, 겉모습을 바꾸고, 무리를 지어 돌아다니며 풀이란 풀은 다 갉아 먹는 현상은 오래도록 내 학술적 흥미를 사로잡아왔다. 하지만 내 동료들이 술자리에서 몇 번이나 놀려대며 말했듯이, 아무리 흥미로운 주제라 한

들 카메라 앞에서 손까지 펄럭여가며 신나게 떠들어댈 필요
는 결코 없었다.

"그래서 그 로키산메뚜기라는 종이오, 아, 지금은 아쉽게
도 멸종했는데, 몇억도 아니고 몇조 마리가 이렇게 우르르 몰
려다니면서…."

기자의 눈치를 좀 봤어야 했다. 아니면 편집해달라고 나
중에라도 부탁이라도 했어야 했다. 열정적으로 메뚜기 흉내
를 내는 내 모습이 전국 방방곡곡의 텔레비전으로 송출되기
전에. 차마 화면을 보지 못하고 엎어져 있는 동안 포복절도
한 동료들의 메시지가 쉼 없이 도착했고, 부끄러워 죽으려던
차에 부모님의 전화까지 받아야 했다. 비극적인 시간이었다.

그 참담한 통화조차도 진짜 재앙의 전조에 불과했다. 내 인
터뷰 영상이 웃기다고 생각한 건 가족과 동료 과학자들만이
아니었으니까. 다음 날 아침이 되자 온 인터넷에 곤충처럼 팔
을 퍼덕이는 대학 교수 영상이 퍼졌고, 오후에는 인터넷 신문
기사로 올랐으며, 하루가 더 지나고 나니 그 주의 SNS 이슈를
갈무리해 보여준다는 실없는 프로그램을 통해 다시금 TV에
내 얼굴이 뜨는 지경에 이르렀다. 아무래도 내가 유학 생활을
하는 동안 한국 사람들은 양식 있는 성인 여성, 그것도 대학
교수씩이나 되는 사람의 꼴사나운 행동이야말로 가장 재미있
는 광경이라는 합의에 도달한 모양이었다.

부끄러움이 일단 가시고 나니, 나 역시도 이 상황이 꽤 재
미있다는 사실을 받아들일 수 있었다. 무엇보다 내 추태에 대

한 여론이 그리 나쁘지 않았다. 과학자의 순수한 열정이 느껴졌다는 반응이 많았고, 어느새 '메뚜기 박사'라든가 '한국의 파브르' 같은 다소 진부한 별명도 붙었으며, 메뚜기가 아닌 나 자신을 주제로 다시 인터뷰할 기회도 생겼다. 다른 직업도 아닌 곤충학자로서 경험하게 되리라고는 생각해본 적도 없는 인기였다. 물론 그 인기가 연구가 아닌 퍼포먼스에서 온 것이라는 사실에 여전히 낯이 좀 뜨거웠지만. 그즈음 뉴스에는 쑥에서 새로운 항암 성분을 추출해낸 화학자라든가 몇 주째 꺼지지 않고 있는 천연가스 화재에 대해 분석을 내놓은 지질학자도 출연했는데, 그들은 단지 열정을 쑥이나 가스 흥내로 표현하지 않았다는 이유로 찬사의 대상에서 제외되었다. 다소간의 죄책감이 느껴지는 것도 어쩔 수 없는 일이었다.

아마도 그런 죄책감에 힘입어, 나는 이 예상치 못한 인기를 공익적인 목적에 이용하기로 결정을 내렸다. 졸지에 한국에서 가장 유명한 곤충학자가 되었고, 또 곤충학이 잠깐이나마 대중에게 주목받는 학문 분야가 되었으니, 이 기회에 한국 곤충학에 대한 사회적 관심을 조금이나마 확보해놓는다면 적어도 분에 넘치는 인기의 값 정도는 치를 수 있지 않을까 하는 생각이었다. 그래서 나는 여러 인터뷰에 응했고, 부쩍 늘어난 학생들의 진로 상담도 열심히 들어주었고, 공중파 TV 강연과 잡지 칼럼에도 한 번씩 참여했으며, 그 외에도 한국에서 가장 인기 있는 곤충학자가 할 수 있는 거의 모든 일을 했다. 쉽지 않은 일이었다. 하지만 지옥처럼 힘들지는 않았다.

진정한 지옥의 문은 다른 곳에서 열렸다.

곤충학자는 흔한 직업이 아니다. 다소 과장을 섞자면, 곤충학자를 둘 이상 개인적으로 알고 지내는 사람은 같은 곤충학자밖에 없다고 해도 무방하다. 가족, 친구, 고등학교 동창회 같은 여러 사회적 집단 내에서 나는 유일한 곤충학자다. 곤충에 대해 가장 잘 아는 사람이고, 생전 처음 보는 벌레와 맞닥뜨렸을 때 가장 먼저 떠오르는 사람이다. 그때문에 나는 유학생활 동안 정기적으로 주변 사람들의 곤충 감정사 노릇을 해주어야 했다. 그건 내가 제일 싫어하는 일이었고 메뚜기 말고는 잘 모른다고 몇 번이나 설명해야 했지만, 이젠 졸지에 한국에서 가장 유명한 곤충학자가 되고 만 것이다. 전국에서 날아온 질문으로 가득 찬 메일함을 보자 그 사실이 다시금, 무자비하게 마음에 와 닿았다.

물론 무시하자면 얼마든지 무시할 수도 있었지만, 당시의 나는 한국 곤충학 중흥에 대한 의무감에 단단히 사로잡힌 상태였다. "이 벌레가 뭔가요?", "밭일을 하다가 이런 놈한테 물렸는데 혹시 위험한 겁니까?", "집에서 나왔어요! 이거 독 있는 곤충 아닌가요?" 같은 질문에 정확하고도 성실하게 대답하는 것이 곧 곤충학에 대한 대중의 흥미와 신뢰감에 기여하는 일이라고 생각하니 단 하나의 메일도 무시할 수가 없었다. 그래서 강의를 하고 시험 문제를 내고 채점을 하고 또 연구를 하는 한편으로, 나는 백 장이 넘는 사진 속 곤충의 정체를 밝히는 일에 심혈을 기울였다. 정말이지 내가 자초한 고행이었다.

어떤 사진은 보자마자 답장을 적을 수 있었다. 사진 속 곤충이 한국에 서식하는 메뚜기 2백여 종 가운데서도 내가 그럭저럭 잘 아는 종류이고, 흐릿하게 찍히지도 않았고, 알이나 새끼가 아닌 성충이며, 이미 납작하게 밟힌 시체도 아닌 경우라면 말이다. 나머지 경우에는 도움이 좀 필요했다. 서적, 논문, 인터넷 곤충학 데이터베이스, 그리고 무엇보다도 과학계 동료들이 나의 구세주였다.

이를테면 내 전문분야가 아닌 딱정벌레의 종을 판별하는 데에는 한국 최고의 딱정벌레 전문가 윤 교수님의 공로가 지대했다. 곤충은커녕 절지동물조차 아닌 육지플라나리아 사진을 받았을 땐 주변 곤충학자들도 고개를 저었지만, 동료의 동료를 거쳐 플라나리아 분류학의 세계적 권위자에게까지 도달하고 나니 답이 나왔다. 한국에서 한 번도 발견된 적이 없는 희귀한 종이었다.

더욱 생소한 분야 전문가의 도움을 받아야 할 때도 종종 있었다. 자기 몸에서 나온 벌레라면서 먼지며 실밥 사진을 보내오는 사람을 상대하느라 지쳐 있을 때였다. 곤충이 아니라고 말했더니 욕설을 퍼부어대는 바람에 적잖이 당황했는데, 유학 시절부터 알고 지낸 기생충학자 정 박사는 그런 행동이 전형적인 기생충 망상증의 증상이라고 말해주었다.

"원래는 환자가 성냥갑에 뭘 담아온다고 해서 성냥갑 징후라고 하는데, 요즘은 뭐 한국에서 성냥을 만들지도 않고, 그래도 그냥 부르던 대로 부르거든요. 자기가 기생충에 감염됐

다고 믿어서, 나름대로 찾아낸 증거를 누나 같은 전문가한테
보여주고 도움을 받으려는 거예요."

"그럼 어떻게 해? 정신과 가보라고 말해야 하나?"

"시도는 해봐요. 아마 안 통하겠지만. 망상에 사로잡히니
까 망상증이죠."

정 박사의 말대로 내 진심 어린 충고는 전혀 먹히지 않았
지만, 아무튼 상황이 어떻게 돌아가는지를 알게 되었다는 사
실만으로도 훨씬 견딜 만했다. 정말이지 동료 학자들의 도움
이 없었더라면 내 참을성은 언젠가 바닥나고 말았을 것이다.
단테가 베르길리우스의 인도를 따라 지옥을 순례했듯, 나는
온 과학계의 도움에 힘입어 분류학적 지옥을 헤쳐나가고 있
었다.

수수께끼의 메일은 그 지옥 순례 도중에 도착했다.

메뚜기 떼의 위협이 잦아들고, 새로운 전자 상거래 플랫폼
이 논란을 불러일으키고, 천연가스 화재 현장 주변의 악취로
주민들이 불만을 제기할 무렵이었다. 곤충에 대한 질문은 여
전히 줄을 이었고 나는 그것들을 거의 기계적으로 처리해나
가는 중이었다. 어지간한 바퀴벌레, 박각시나방, 장님거미,
과자 부스러기, 말벌 따위는 이미 동료들의 도움 없이도 분
류할 수 있었다. 하지만 그 지루한 단순작업의 흐름은 시작한
지 1시간 15분만에, 흐릿하고 기이한 사진 한 장 앞에서 무참
히 끊겨버리고 말았다.

"이건 도대체 뭐야?"

그런 말이 절로 나오는 사진이었다. 일단 내가 무엇을 보고 있는지부터 알기가 힘들었다. 사진의 해상도가 낮았던 탓도 있지만, 무엇보다 배경을 식별하기가 어려웠다. 그때까지 내가 본 사진은 대체로 방바닥, 흙, 나뭇잎 내지는 화장지 위의 곤충을 찍은 것이었다. 반면 문제의 메일에 첨부된 이미지는 무슨 누르스름한 물 속에서, 불그스레한 바위가 굴러다니는 오염된 계곡에 직접 들어가서 찍은 것 같았다. 그것도 아마 야간에.

게다가 사진 한복판에는 더 알 수 없는 물체가 찍혀 있었다. 바위틈에서 뻗어 나온 길쭉하고 허여멀건하고 이리저리 뒤틀린… 아무튼 곤충은 결코 아닌 무언가였다. 끝에서 촉수가 뻗어나온 모습을 보아하니 일단 생명체 같기는 했다. 하지만 한국의 물가에서 볼 수 있는 거머리, 실지렁이, 갯지렁이, 여타 내가 아는 그 어떤 무척추동물과도 닮은 구석이 없었다.

혹시 무슨 장난인가? 인터넷에서 가능한 한 이상한 동물 사진을 가져와서, 아니면 이리저리 합성해서 나를 골탕먹이려고 하는 건가? 그때껏 그런 메일이 없었던 것도 아니었다. 하지만 그렇게 단정을 짓기에는 또 석연찮은 점이 있었다. 질문자가 적어 보낸 글이었다.

당신에게 이것은 상당히 번거로운 일일 수 있음을 알지만, 첨부된 이미지 속 생물체의 정확한 분류학적 위치는 오랫동안 우리 사이에서 논쟁의 대상이었기에, 또한 지상의 무척추동물에 대한 당신의 지식과 통찰력은 이 생명체의 분류에 큰 도움이 될 수 있다고 생각하기에, 우리는 겸손하게 우리를 도와달라고 부탁합니다. 귀하의 어떠한 정보 또는 추측이라도 우리의 학술토론에 유용할 것입니다.

첫째로, 질문자의 말투는 내가 그때껏 받은 메일 중에서 가장 정중했다. "이거 뭔가요?" 수준의 말만 달랑 적힌 메일을 몇 통이나 본 직후였기에 더더욱 그렇게 느껴졌다. 둘째로, 문장의 정중함에도 불구하고 번역기를 돌린 것 같은 어색함이 글 전체에 확연했다. 적어도 한국어를 잘하는 사람이 보낸 메일은 아니라는 뜻이었다. 그리고 마지막으로, 질문자는 우연히 발견한 벌레의 정체가 궁금해서 내게 물어온 것이 아니었다. 더욱 학술적인 의도였다. 분류학적인 논쟁에 내 도움이 필요하다고 분명히 쓰여 있었으니까.

그러니까 정리하자면 이러했다.

해외의 어느 학회에서, 곤충도 아닌 생물의 분류학적 위치에 대한 논쟁이 벌어졌는데, 누군가가 하필 한국 곤충학자에게 조언을 구하기로 한 것이다.

도대체가 말이 안 되는 상황이었다.

이런 기묘한 상황일수록 나 혼자서 용을 써봐야 소용이 없는 법이다. 학계의 도움을 구하는 것이 내가 할 수 있는 최선의 행동이었고, 그래서 일단은 물속에 사는 이상한 생명체에 대해 잘 알 것 같은 동료들에게 전부 메일을 돌려보았다. 그 뒤로는 차분히 기다릴 뿐이었다. 남은 메일에 답변하고, 산

더미처럼 쌓인 쪽지시험 답안지를 보며 한숨을 쉬고, 연구실의 학생들과 실험 이야기를 나누면서. 그렇게 딱 사흘이 지났을 때였다.

"임 교수, 그 사진 어디서 난 거야?"

갑작스레 걸려온 전화 너머에서, 대학 선배이자 동굴 곤충 연구자인 김 박사는 대뜸 그렇게 물어왔다. 어둡고 축축한 곳에서 서식하는 각종 곤충에 대한 질문을 받았을 때 여러 번 도움을 준 사람이었다. 또 신세를 지게 되려나 싶었는데, 얘기를 들어보니 이번엔 아무래도 경우가 좀 다른 것 같았다.

"그게, 나도 도저히 알 수 없어서 여기저기 물어봤거든? 근데 물어본 사람 중에 히라바야시 박사라고, 지금은 일리노이 주립대에서 교수 하는 사람이 있단 말이야. 빛 안 드는 동굴이나 사막 한가운데나 뜨거운 지하수 나오는 데, 뭐 그런 극한환경에서 사는 동물을 연구하는 사람이지. 그 히라바야시 박사가 사진 보고서 그러더라니까. 어디서 찍은 건지 꼭 좀 알려달라고."

"아, 그게 동굴에서 사는 벌레래요?"

"아니, 아니. 무슨 바다 밑바닥에서 사는 놈하고 닮았대. 뭐라더라, 나도 찾아봤는데… 관벌레? 뭐 그렇게 부르더만. 아무래도 처음 보는 종 같다고, 장소를 모르겠으면 더 자세히 찍힌 사진이나 샘플이라도 없느냐고 그러던데."

관벌레라는 생물에 대해서 내가 가진 지식이라고는 예전에 어느 다큐멘터리에서 본 내용이 전부였다. 그러니까 태평양 심해에 붙어 살아가는 파이프 모양 벌레로, 박테리아와 공생해 해저 열수 분출공에서 뿜어져 나오는 물질로부터 에너지를 얻으며, 내 전문분야인 메뚜기와는 거의 서울에서 멕시코시티 정도의 거리가 있다는 것 정도. 아무튼 가정집이나 텃밭에서 우연히 마주칠 만한 생명체가 아닌 것만은 확실했다. 수수께끼는 더욱 깊어졌고, 실마리를 쥔 사람은 하나뿐이었다. 나는 김 박사가 말해준 내용을 정리해 미지의 질문자에게 답장을 보냈다.

두 번째 메일은 답장한 지 몇 시간 뒤에 도착했다. 이상한 사진은 첨부되어 있지 않았다. 어김없이 정중하고도 어색한 글뿐이었다.

우리의 사용 가능한 관측 장치가 제한되어 있어서, 안타깝게도 더 높은 해상도의 사진을 제공하는 것은 불가능합니다. 생물에 대한 실제 샘플을 조사해주신다면 대단히 감사할 것입니다만, 우리가 당신의 배송 시스템에 액세스 할 수 없으므로 샘플의 발송까지는 다소 시간이 걸릴 것입니다. 적합한 방법을 찾는 대로 귀하께 보내드리도록 하겠습니다.

이후로 한동안은 아무런 소식도 없었다. 히라바야시 박사는 문제의 관벌레에 대해 더 알아낸 것이 있느냐고 몇 번이나 김 박사를 통해 물어왔지만, 그마저도 한 달 후에는 포기한 모양이었다. 시간이 그쯤 흘렀을 무렵에는 내 비정상적인 인기도 어느 정도 안정되어 있었다. 인터뷰나 칼럼 의뢰도 그렇게까지 몰려오지 않았고, 질문 메일의 수도 확연히 줄어들었다. 아쉽지 않은 건 아니었지만, 그보다는 지옥의 출구가 보인다는 안도감이 더 컸다. 전공도 아닌 기묘한 생명체에 대해서는 잊은 지 오래였다.

연구실에 샘플이 도착하기 전까지는.

생전 처음 듣는 퀵서비스 업체를 통해 배달된 '샘플'은 일단 포장부터가 심상치 않았다. 새까맣고 가죽처럼 두꺼운 비닐 위에 '보내드리기로 한 샘플입니다'라는 문장이 무슨 상형문자처럼 삐뚤빼뚤 적혀 있었고, 그 비닐을 몇 겹이나 뜯어내니 이번에는 불투명한 갈색 유리병이 나왔다. 조심스레 마개를 뽑자 달걀 썩는 냄새가 온 연구실에 퍼졌다.

학생들이 급히 환기를 시키는 동안 나는 그 내용물을 페트리 접시 위로 꺼내 보았다. 창백하게 흐느적거리는, 일종의 내장 조직 비슷한 덩어리 몇 개가 주르륵 흘러내렸다. 사진 속 관벌레의 몸통 부분일까? 메뚜기 전문가의 눈으로는 그 이상 알 수 있는 것이 없었기에, 나는 다시금 모든 학계 연락망을 가동하기로 했다. 먼저 김 박사를 비롯한 동료들에게 소식을 전했고, 원하는 사람에게는 샘플을 나누어주었다. 그러고서는 다시금 침착하게 기다릴 뿐이었다. 믿음을 갖고서.

내가 가만히 앉아 기다리는 동안 샘플은 온 학계를 헤엄쳐 다녔다. 한 조각은 동굴곤충학자 김 박사에게로 보내졌고, 다시 현미경 사진의 형태로 일리노이 주립대학교의 히라바야시 교수에게 갔다가, 극한 환경의 생명체를 연구하는 다른 과학자들에게로 퍼져나갔다. 다른 한 조각은 바로 옆 건물의 생화학 연구실을 거치며 분자 단위로 쪼개졌고, 또 어떤 조각은 아주 정밀한 DNA 분석 작업을 위해 다른 대학에 맡겨졌다. 이윽고 내 메일함에는 질문 대신 답이 쌓이기 시작했다. 잘 알지 못하는 분야의, 이름도 들어본 적 없는 과학자들이 보내온 연구 결과들이었다.

이를테면 유기화학자인 조 교수는 샘플의 단백질 구조에 주목했다. 병에 담겨 있던 축축한 조직이 열에 이상하리만치 강한 것으로 드러났기 때문이었다. 그 원리에 대한 자세한 설명은 내 전공과 다소 동떨어진 영역이었지만, 아무튼 샘플이 아주 고온에서 서식하는 생물로부터 떼어낸 것이라는 말 정도는 이해할 수 있었다.

미생물학자 서 박사의 결론도 이와 비슷했다. 샘플에서 발견된 여러 박테리아 종을 분석하여 내린 결론이었다. 산소 대신 황을 이용해 에너지를 얻는다는 점에선 심해 관벌레의 몸속에서 공생하는 박테리아와 유사하지만, 그보다 더욱 극단적인 환경에 적응한 녀석들처럼 보인다고 조 박사는 말했다.

"유황온천 같은 데서 발견된 박테리아는 굉장히 저항력이 강합니다. 온도는 물론이고, 강산성 환경이나 자외선 같은 요인에도…. 하지만 이렇게까지 강한 건 지금껏 없었어요."

더욱 놀라운 이야기는 전혀 예상치 못한 사람에게서 나왔다. 미 항공우주국 우주생물학연구소 소속 진화생물학자인

레오네 에반스 박사였다. NASA에서 일한다는 말을 들었을 땐 어쩔 수 없이 판에 박힌 상상을 할 수밖에 없었지만, 수수께끼의 샘플이 외계인의 촉수 조직이라는 얘기는 물론 아니었다. 꽤 비슷한 이야기이긴 했다.

"요즘 '관벌레' 샘플 이야기가 뜨겁다는 얘길 듣고, DNA 분석 결과를 받아 검토해보았습니다. 상당히 놀랍더군요. 지금까지 알려진 생물 중에서는 관벌레와 가장 가까운 것이 사실입니다만, 상당히 먼 과거에 고립되어 진화한 종 같습니다."

에반스 박사의 목소리는 명백히 들떠 있었다. 외계행성과 같이 낯선 환경에서 생물이 적응하고 진화할 가능성에 대해 연구하는 사람으로서, 이런 샘플에는 깊은 흥미를 느낄 수밖에 없다는 말도 몇 번이나 덧붙였다. 이런 게 어디서 났는지 더 자세히 알려달라고 은근히 보채는 말이 분명했다.

그러니까 화학자부터 우주생물학자에 이르기까지, 샘플을 연구해본 모든 과학자는 똑같은 궁금증을 갖게 된 셈이었다. 도대체 이건 어디서 온 생명체인가? 어떤 환경에서 살아가기에 이토록 이질적인 특징을 둘둘 두르게 된 것인가? 하지만 정체불명의 질문자가 직접 이야기해주지 않는 한, 죽은 생물의 조직을 아무리 해체한들 정답은 나올 리 없었다. 시간이 흐를수록 추측만 무성해질 따름이었다. 언젠가 에반스 교수는 "혹시 금성에서 온 거 아닐까요?"라는 농담을 던지기도 했다. 펄펄 끓는 데다가 황산 비가 내리는 금성의 환경을 고려

할 때, 완전히 무시할 수만은 없는 농담이었다.

내 머릿속에도 물론 나름의 추측이 하나 있지만, 에반스 교수와 달리 나는 이 추측을 남에게 말해준 적이 없었다. 금성 가설보다도 훨씬, 훨씬 농담 같은 이야기였으니까. 입 밖으로 꺼내기조차 꺼려지는 이 가설이 불현듯 떠올랐을 때, 나는 기생충학자 정 박사의 연구 결과를 전해 듣고 있었다.

"그 샘플 말인데요, 표면에 뭐가 살고 있더라고요. 박테리아 말고요. 더 큰 녀석."

"아, 네 전공? 어떤 놈들이었어?"

"선충이었어요. 할리세팔로부스 속 비슷하던데, 말에 기생할 때도 있지만 기본적으로는 숙주 없이도 잘 사는 애들이죠. 몸에 무슨 끈적이는 걸 둘러서 극한 환경에 적응할 수 있게 진화한 모양이더라고요."

기생충 이야기가 나오면 으레 그래왔듯이, 정 박사는 자기 전공 이야기를 멈출 줄 몰랐다. 이 녀석도 인터뷰를 한번 나가봐야 한다는 나쁜 마음이 스멀스멀 올라왔다. 아마 나보다 더 인기를 얻을지도 몰라, 아주 열정으로 끓어 넘치는 사람이니까, 따위의 속삭임이 귓가에서 연신 윙윙거렸다.

"듣고 있어요, 누나? 아무튼 지금까지 알려진 다세포생물 중에 가장 깊은 지하에서 사는 애도 이 종류예요. 할리세팔로부스 메피스토(*Halicephalobus mephisto*). 남아공 금광의 지하 3.6킬로미터 아래서 발견됐죠."

"아, 그래, 메피스토. 악마 이름이네. 잘 지었다, 야."

"그렇죠? 발견한 사람들이 원래는 〈네이처〉 지에 '지옥구더기'라는 제목으로 논문을 내려고 했대요. 거절당했지만요. 하여튼 걔넨 유머감각이 좀 없다니까요."

"지옥구더기?"

"성경에 나와요. 마가복음이었나? 지옥에는 불도 안 꺼지고 구더기도 안 죽는다고…."

지옥에 생명체가 산다고 성경에 명시되어 있다니, 약간 놀랍다는 생각이 먼저 들었다. 죽음의 공간 아닌가? 유황불이 타오르고 있으면 됐지, 거기에 구더기까지 있어야 하나? 무엇보다 구더기가 사는 곳이라면, 다른 생물이 살지 말라는 법도 없는데.

터무니없는 추측은 바로 그 순간에 떠올랐다.

지상의 생태계와는 완전히 분리된, 영원한 불길이 타오르고 유황이 풍부한 공간이 어딘가에 존재한다고 가정해보자. 얼핏 생각하기에는 생명체가 살 수 없는 곳처럼 여겨질지 모른다. 하지만 다른 관점에서 보면 불꽃은 태양을 대신해 에너지를 공급하고, 황은 산소를 대체할 수 있다. 일단 적응하기만 한다면 박테리아가 살지 못할 환경은 아니다.

태양 빛이 없는 환경에서, 어떤 박테리아는 황화수소와 이산화탄소를 이용해 유기물질을 만든다. 이러한 유기물질은 다른 생명체의 먹이가 될 수 있다. 그래서 황화수소가 뿜어져 나오는 열수 분출공 근처의 관벌레가 박테리아와 공생하는 것이다. 유황불이 곳곳에서 타오르는 환경에서는 특수한 단백질 구조를 발달시켜야 하겠지만, 불가능하지 않다는 사실은 이미 알고 있다.

박테리아, 그리고 박테리아로부터 에너지를 얻는 벌레. 극한 환경에서 이미 두 가지 생명체가 성공적으로 적응했다. 그렇다면 세 번째는 어떨까? 포식자로 진화한 생명체는 없을까? 포식자가 존재한다면 먹잇감들은 잡아먹히지 않기 위해 또 필사적으로 적응하게 마련이다. 자연선택이 일어난다. 진화가 가속된다. 또 하나의 새로운 종이, 더욱 다양한 종들이, 지극히 경이로운 무한한 형태가 지옥의 불길 속에서 피어난다. 곤충학자들은 이 세계에 수백만 종의 곤충이 존재한다고 말한다….

정신을 차려 보니 정 박사의 목소리가 아득하게 들렸다. 통화하다 말고 왜 가만히 있느냐면서 뭐라고 하기에, 요즘 좀 피곤해서 그렇다고 적당히 답해주었다. 계시처럼 떠오른 생각을 그대로 마음속에 묻어둔 채.

정말로 좀 피곤했던 게 분명했다.

지옥이 있을 리가 없지 않은가.

적어도 나는 지옥을 빠져나왔다. 인기가 완전히 사라진 것은 아니었다. 여전히 나는 한국에서 가장 유명한 곤충학자였다. 다만 약간의 자기합리화 방법을 배웠을 뿐. 생각해보니 곤충학자가 대중의 모든 질문에 꼭 대답해줄 필요는 없는 것 같았다. 오히려 과학자도 자기 전공 말고는 잘 모른다는 사실을 확실히 알려주는 게 장기적으로 도움이 되는 일 아닐까, 그런 생각도 들었다. 의무를 저버리고 타락한 것일까? 그럴지도 몰랐다. 훨씬 마음이 편해졌으니 아무래도 좋았지만.

그래도 모든 의무를 내던진 것은 아니었다. 미지의 샘플에 대한 전 세계 연구자들의 실험 결과와 추측을 정리해 질문자에게 보내줄 정도의 친절함은 남아 있었다. 도대체 샘플을 어디서 얻었는지 여러 번 물어보았지만 질문자는 대답해주지 않았다. 어느 학회에서 관벌레 종의 분류학적 위치에 대한 논쟁이 일었다는 정보도 찾을 수 없었다. 수상쩍은 퀵서비스 업체에서는 고객의 정보를 알려주길 거부했다. 그렇게 샘플의 정체도, 그리고 질문자의 정체도 끝까지 수수께끼로 남게 되었다.

언젠가 에반스 교수는 또 이런 터무니없는 소리를 한 적이 있다. 술을 마시고서 내게 인터넷 전화를 걸어왔을 때였다. 취한 목소리로 늘어놓는 열변을 나는 가만히 들어주었다. 눈은 TV 화면에 고정한 채로, 딱히 집중하지는 않고서.

"지하는 아직 탐험되지 않은 공간입니다. 우리가 모르는 생태계의 존재를 부정할 수는 없죠. 46억 년이라는 시간 동안, 우리는 아주 단순한 세포에서 시작해 고도의 지적활동이 가능한 유인원으로 진화했어요. 만일 다른 생태계에서도, 지하의 유황 동굴 같은 곳에서도 동일한 과정이 일어났다면요? 역시 부정할 수 없어요. 모를 일이라고요."

TV에서는 익숙한 지질학자의 얼굴이 보였다. 이번에는 천연가스 화재 현장 주변에 매설된 광케이블이 무슨 문제가 될 수 있다는 이야기였다. 전화를 통해 취기가 옮았는지 문득 엉뚱한 상상이 머릿속을 스쳤다. 지하의 지적생명체들이 광케이블에까지 손을 뻗칠 수 있을까? 그들 중에도 생물학자가, 주변의 사소한 생명체들에 대해 알기 위해 인생을 바치는 안타까운 개체가 있을까? 관벌레 분류학 같은 문제를 해결하기 위해 다른 생태계의 가장 유명해 보이는 학자에게 도움을 구할 정도로 답이 없는 개체가? 과연 취한 과학자의 머릿속에서나 나올 법한 소리였지만, 에반스 교수의 말마따나, 모를 일이었다.

정말로 질문자의 정체가 다른 생태계의 생물학자이든 아니든, 그의 연구는 아마도 순조롭게 풀려나갔을 것이다. 그에게서 온 마지막 메일이 인사치레가 아닌 진실을 담고 있었다면. 어디에 사는 사람이든, 어떤 종이든, 동료 학자의 연구가 잘되었다는 이러한 소식은 축하해줄 가치가 있었다.

우리는 우리 사이의 토론에 대한 귀하의 도움에 최선의 감사를 표합니다. 생물체의 분류학적 위치에 대한 오랜 논쟁은 당신의 귀중한 노고에 힘입어 성공적으로 끝났습니다. 그 보답이라 할 수 있을지 모르나, 만일 어떠한 상황에서든 우리의 도움이 필요하시다면, 언제든 연락주시기를 바랍니다.

정말 연락해보려는 유혹이 몇 번이나 나를 덮치기는 했지만, 아직 나는 잘 참아내고 있다. 이런 고마운 호의는 꼭 도움이 필요한 순간을 위해 아껴두고 싶으니까. 그때가 되면 유황불 속의 생물학자가 과연 어떠한 도움을 내게 제공해줄지, 그 의문이 마침내 풀릴 순간을 나는 조용히 기다리고 있다.

## 지옥구더기의 분류학적 위치에 대하여: 후기

〈과학동아〉 2017년 12월호에 실은 단편입니다. 월간지의 12월호에는 크리스마스 특집 기사가 실리는 법이니까, 저도 분위기에 맞춰 크리스마스를 연상케 하는 글을 쓸 계획이었습니다. 하지만 어린 시절에 교회를 꼬박꼬박 나간 덕분에 저는 아직도 크리스마스를 휴일이라기보단 기독교의 축일로 생각한단 말이에요. 무엇보다 크리스마스라는 이벤트는 조금 어린이용 심판의 날 같지 않나요? 한 해의 끝이 다가올 때 초자연적인 존재가 강림하여, 우리의 지난 행적을 속속들이 파악한 뒤 기준에 맞는 사람에게만 선물을 주는 날이잖아요! 그래서 이런 묵시록적인 글이 나오고야 말았습니다. 제목에 '지옥'과 '구더기'가 연달아 들어가는 크리스마스 특집 SF인 셈이네요. 회개합니다.

게다가 사실 그렇게 성경적인 글도 아니에요. 오히려 반기독교적이죠. 연기가 뿜어져 나오는 구멍과 메뚜기 떼(요한계시록 9:1-3)를 비롯한 종교적 소재들을 잔뜩 집어넣긴 했는데, 정작 지옥구더기가 언급되는 마가복음 9장 48절 말씀에 대한 작중 해석은 '지옥이 실제로는 살 만한 곳일지도 모른다'는 내용의 여러 무신론 농담으로부터 직접적인 영향을 받았습니다. '위대한 과학자와 사상가들은 다 지옥에 갔을 테니 지금쯤 문명이 크게 발전했을 것' 같은 종류의 농담 말이에요. 영원한 형벌의 공간이어야 할 지옥에서도 이성과 상식과 희망이 있으리라는 발상은 그 자체로 신성모독적이기도 합니다. 그리고 저는 이 글을 쓰는 동안만은 이성과 상식에 희망을 걸어보려고 했습니다.

그러니까 이 글은 일종의 유토피아 소설입니다. 열정을 품은 연구자, 문제 앞에서 국경을 넘어 협업하는 과학자 커뮤니티, 그리고 이질적이고 악마적인 존재와도 과학을 기반으로 한 의사소통이 가능하리라는 낙관주의에 대한 이야기죠. 종말의 전조가 온 세상에 만연한 가운데서도, 사망의 어두운 골짜기에서도 멋지게 작동하는 과학을 그리려는 시도의 결과물입니다. 물론 현실의 과학계는 언제나 이상적으로 흘러가지만은 않아요. 이권 다툼, 차별과 편견, 인권 침해 같은 문제들이 아직도 마귀처럼 삼킬 자를 찾으며 돌아다니고 있죠. 그리고 현실이 불만족스러울수록 우린 이상을 꿈꾸고 싶어지는 법입니다.

요한계시록의 생생한 종말론적 비전은 분명 무시무시하지만, 파트모스의 요한은 독자들에게 두려움을 가져다주기 위해 예언을 남긴 것이 아니었으리라고 생각합니다. 적어도 당시의 기독교인들에게 계시록은 희망의 텍스트였을 거예요. 천년 왕국, 새 하늘과 새 땅, 더 나은 현실에 대한 가능성을 이야기하는 말씀이니까요. 비록 일곱 머리와 열 뿔을 가진 짐승, 거짓 선지자, 유황불, 메뚜기 떼 같은 소재들이 좀 나오기는 하지만 말입니다. 그러니까 제가 하고 싶은 이야기는, 지옥구더기가 나오는 SF를 크리스마스 기념 단편이라고 해도 그렇게 부적절한 건 아니지 않느냐는 건데요…. 이러한 견해에 대해 세상 사람들이 저를 핍박할지도 모르오나, 예수님께서는 이해해주시리라 믿습니다. 아멘.

햄스터는 천천히
쳇바퀴를 돌린다

C는 자신의 업무가 퍽 우스꽝스럽다는 사실을 잘 알았다.

그렇게 생각하지 않으려 아무리 노력해도 우스꽝스러운 일은 우스꽝스러운 일이었다. 좋은 대학을 나온 엘리트가, 음지에서 국가 안보를 책임지는 정보기관의 국내 방첩 파트에 취직해서, 매일같이 하는 짓이라고는 남의 블로그나 엿보는 게 전부였으니까. 대형 포털 사이트의 블로그 감시는 '온라인 이적행위 감시 5팀'의 요원 네 명이 공통으로 하는 업무였지만, 적어도 C를 제외한 나머지 셋은 정부를 비판하거나 사회에 불만을 표하는 종류의 블로그를 담당해 감시했다. C의 업무는 조금 달랐다.

"거, 간첩 블로그라고 아나?"

처음에 C는 높으신 분이 말도 안 되는 농담을 하는 것이라고 생각했다. 블로그 중에 이해할 수 없는 소리만 올라오는 것들이 몇 군데 있는데, 그게 사실은 남파간첩의 암호화된 지령이라니. 어떤 바보 같은 간첩이 대놓고 블로그에 암호를 올린다는 말인가. 그런데 문제의 높으신 분은 진지했고, 자신이 확실한 '첩보'를 입수했다고 믿어 의심치 않았다. 상사가 이토록 단단하게 마음을 굳힌 이상 C에게는 방법이 없었다. 시키는 대로 하는 수밖에.

그래서 C는 포털 사이트의 가장 그늘진 구석을 돌아다니며, 가장 말도 안 되는 블로그만을 수집해 정리하기 시작했다. 대부분은 물론 정신의학적 처치를 제대로 받지 못한 사람들의 증상 기록에 지나지 않았다. 이를테면 맞춤법을 일부러 이상하게 쓰는 곳이 있었고, 한국 지도를 이리저리 자르고 붙이면 역사의 대예언이 등장한다고 주장하는 곳도 있었다. C가 일하는 바로 그 정보기관이 자신을 극초단파 신호로 조종한다고 믿는 사람의 블로그도 찾아냈다. 옛날 옛적에 죽은 전직 대통령이 자신의 시공간 왜곡 장치를 훔쳐 갔다고 줄줄이 써놓은 블로그의 내용을 정리해 보고했던 날, C는 먹고산다는 일이 정말로 쉽지 않다고 느꼈다.

안타깝게도 높으신 분은 C의 보고 자료를 매우 높이 평가했으며, 조금이라도 '간첩스러운' 블로그에는 전부 감시 인력을 할당했고, C에게는 지금까지의 성과를 추진력 삼아 더 많은 간첩 블로그를 색출하라고 지시했다.

"한국에 남파간첩 수가 5만 명이라는 거 알지? 그럼 간첩 블로그도 백 개는 넘을 거 아냐, 안 그래?"

C는 일단 웃으며 맞장구를 친 다음, 상사의 방을 나서자마자 한껏 욕설을 내뱉었다. "세상에 이상한 놈들이 이렇게 많은 줄 몰랐는데, 하필이면 그중에 한 놈이 내 위에 앉아 있다"는 것이 당시 C의 말버릇이었다. 그런데도 C는 충실한 사회인이었기에, 먹고살기 위해서라면 아무리 이상한 지시라도 성실하게 따를 준비가 되어 있었다. C의 마우스 커서는 곧 지금껏 아무도 관심을 가진 적 없는 블로고스피어의 미개척지를 향해 나아갔다.

물론 커서가 항상 성실히 목적지를 향해 나아가기만 한 것은 아니었다. C는 충실한 사회인답게 가끔 딴짓할 줄도 알았으니까. '가끔 머리를 쉬어주지 않으면 자신까지 이상해질 것 같다'는 좋은 핑계도 있었다. 무수히 많은 블로그 가운데서 C는 대체로는 가장 이상해 보이는 것을 클릭했지만, 하루에 몇 번씩은 그냥 관심이 가는 링크를 눌러 하염없이 그것만 읽기도 했다. 맛집 정보, 일본발 괴담 모음, 불법 번역 만화 따위를.

문제의 블로그는 그런 딴짓 와중에 발견되었다.

＊

"아, 햄스터다."

그날 C가 엉뚱한 링크를 클릭하고 만 이유는 자명했다. 당시에 C 본인이 햄스터를 키우고 있었으니까. '돌멩이'라는 이름의 통통한 시베리안 드워프 햄스터로, 주인이 귀여워하며 애지중지 기른 덕에 1년하고도 몇 개월 동안 건강히 살아온 반려동물이었다. 햄스터 주인들이 으레 그렇듯이 C는 인터넷의 햄스터 사진에 매우 예민하게 반응했다. 자그마한 햄스터 사진이라도 보이면 무의식적으로 클릭하고서, 하염없이 화면에 뜬 햄스터를 바라보다가도 속으로는 은근히 '우리 돌멩이가 더 귀엽네!' 같은 생각을 해버리는 것이 C와 같은 사람들의 본능이었다.

그렇게 해서 입장한 블로그는, 겉으로 보기에는 평범하기 그지없는 곳이었다. 적어도 C가 그때껏 강제로 섭렵해야 했던 이상한 블로그들에 비하면 그랬다. 배경 사진이 난잡하지도 않았고, 글씨체가 알아보기 힘들지도 않았다. 사실 정확히 그 반대라고 할 만했다. 기본 제공되는 배경에 전혀 꾸미지도 않은, 딱 만들어만 두고 무관심 속에 방치된 꼴. 심지어 주인의 닉네임조차 따로 설정을 해두지 않아 ID인 'jh_park6105'가 그대로 노출되어 있었다. 그런 건 아무래도 좋았다. 햄스터 사진이 올라와 있기만 하면.

한동안 C는 천천히 스크롤을 내리며, 블로그에 올라온 햄스터 사진을 하나하나 멍하니 바라보았다. 블로그 주인은 글을 많이 쓰는 편이 아니었지만, 사진 속 수컷 베이지밴디드 골든 햄스터의 이름이 '루션'이라는 사실은 알 수 있었다. 1, 2주에 한 장씩 올라오는 사진 속에서 '루션'은 쳇바퀴를 타거나, 입을 쩍 벌리고 하품을 하거나, 웃기는 포즈로 웅크려서 자고 있거나 했다. C는 문득 그 사진들이 참 선명하고 귀엽다는 생각을 했다. 어떻게 사진을 이렇게 잘 찍었지? 돌멩이는 쳇바퀴 돌릴 때 너무 빨라서 잘 보이지도 않는데, 얘는 어쩜 이렇게 얌전할까? 이 사진도, 또 다음 사진도, 페이지를 계속 뒤로 넘겨도….

그렇게 꼬박 1시간이 흘렀다.

C가 수상한 점을 깨달은 것은 그때였다.

햄스터 자체에는 전혀 문제가 없었다. 3, 4백 장이 넘어가는 사진 속에서 '루션'은 더없이 건강하게만 보였다. 하지만 몇 달에 걸쳐 이상한 블로그를 찾아 정리하는 동안 단련된 C의 감각은 그 모습에서 심상치 않은 위화감을 잡아냈다. 사진이 한 달에 두세 번 정도 올라오는데, 그런 사진이 이렇게나 잔뜩 있다면, 도대체 이 사람은 얼마나 오래전부터 '루션'을 키워온 거지? C의 시선이 블로그 첫 포스트의 날짜를 확인했다. 8년 전이었다.

"말도 안 돼."

첫 번째 사진 속 골든 햄스터는 태연히 쳇바퀴를 타고 있었다. 가장 최근에 올라온, 입안에 먹이를 가득 쑤셔 넣는 사진과 전혀 다르지 않은 모습으로. 8년이라는 세월 동안 '루션'은 전혀 늙지 않은 채였다.

✳

골든 햄스터의 평균 수명은 2년에서 3년 정도다. C는 햄스터 관련 커뮤니티에서 그보다 조금 더 오래 키웠다고 말하는 사람을 몇 명 보았지만, 진지하게 신뢰하지는 않았다. 일단 기네스북 기록이 고작 4년에 불과하니까. 그런데 세상에, 8년이라니. 그것도 저토록 건강하게. C의 가슴이 콩닥콩닥 뛰었다. 이미 일 따위는 머릿속에 없었다.

만일 당시에 C가 생명과학 분야에 대한 통찰력을 갖추고 있었다면, 이 사실이 얼마나 큰 가치를 지니는지 깨달았을지도 모른다. 햄스터의 친척인 생쥐와 쥐는 오래도록 노화 연구에 이용되어왔다. 과학자들은 생쥐를 조금 더 살게 하려고 어마어마한 돈과 노력을 쏟아붓곤 한다. 작은 진보가 모이고 모여 인간의 노화를 극복할 길을 열어젖히리라고 믿으면서. 하지만 생로병사를 정복할 인류의 미래에 대해 생각하는 대신, C는 집에서 쌔근쌔근 자고 있을 돌멩이를 생각했다. 벌써 한 살을 훌쩍 넘긴, 언제 무지개다리를 건널지 모르는, 사람보다 훨씬 빠르게 늙고 또 죽어갈 귀여운 돌멩이를. 쳇바퀴를 돌리다 게으르게 축 늘어지곤 하는 돌멩이를.

그날 이후로도 C는 맡은 바 임무를 꾸준히 진행했고, 때로는 그나마 무슨 암호문처럼 보이는 블로그를 찾아내 높으신 분의 칭찬을 받기도 했다. 하지만 조금이라도 시간이 빌 때면 C는 어김없이 문제의 블로그에 발을 들였다. 새로 올라온 사진이 없는지부터 확인하고, 감상을 마친 다음에는 가장 옛날 포스팅부터 천천히 살펴보기 시작했다. 기대와 의심을 가득 품은 채로.

C는 '의심'이라는 것을 할 줄 아는 사람이었다. 동료 중에는 사회생활을 너무 열심히 한 나머지 그런 능력이 완전히 퇴화되어, 높으신 분이 애국이며 반공 같은 소리만 몇 마디 떠들면 마냥 박수를 쳐대는 사람도 몇 있었다. C는 그 지경까지 이르지 않았고, 그래서 8년을 산 햄스터에 대해서도 일단 합리적인 가능성부터 생각해볼 수가 있었다. 햄스터가 죽으면 새 햄스터를 데려와 똑같은 이름으로 계속 키운다거나, 예전에 찍어놓은 사진을 최신 사진인 척 올린다거나, 방법은 많고 많았다.

하지만 사진을 자세히 보면 볼수록 C의 이성적인 의심은 흔들릴 뿐이었다. 이를테면 C는 유명 햄스터 사료 회사의 로고가 몇 년 전에 바뀐 적이 있다는 사실을 알았는데, 6년 전 사진에 어렴풋이 찍힌 포장지에는 분명 바뀌기 전의 로고가 인쇄되어 있었다. 사진의 해상도를 분석해본 결과도 마찬가지였다. 블로그에 올라온 사진은 전부 선명했지만 화질이 이따금 바뀌었는데, 바뀐 해상도는 그즈음에 나온 최신 기종 휴대폰의 사양과 항상 일치했다. 그리고 그 모든 사진 속에서 '루션'은 의심의 여지 없이 동일한 햄스터였다.

그렇게 결론을 내린 뒤로도, C는 매일 문제의 블로그를 찾았다.

다른 정보를 알아내기 위해서.

처음에 C는 먹이가 비결일 것으로 생각했다.

그럴듯한 추측이었다. TV에는 하루가 멀다고 기적의 건강식품에 대한 이야기가 쏟아져 나오니까. 무슨 베리였다가, 또 생전 처음 들어보는 버섯이었다가, 아무튼 그런 것만 먹으면 암도 낫고 치매도 예방되어 2백 살까지 장수하게 되리라고 전문가라는 사람들은 방송에 나와 자신 있게 말하곤 했다. C 본인은 그런 방송을 결코 즐겨 보지 않았지만, 꼭 챙겨먹으라고 집에서 보내준 수수께끼의 녹즙은 방에 처치 곤란으로 쌓여 있었고, 그래서 루션도 그런 신비의 식이요법을 하는 것이 아닐까 막연히 짐작했다. 하지만 사진을 꼼꼼히 살펴본 뒤 C는 이 가설을 폐기해야 했다. 루션의 식사는 다른 햄스터 주인들도 흔히 먹이는 사료였다. 심지어 여러 커뮤니티에서 기피하는 GMO 사료조차 루션은 아주 잘 먹고 있었다.

그다음 추측은 운동이었다. 과연 꾸준한 운동만으로 햄스터가 평균 수명의 네 배를 살 수 있을까? 그건 모를 일이라고 C는 생각했다. 돌멩이의 토실토실하고 놀라우리만치 둥근 몸이 약간 걱정스럽기도 하던 차였다. 어쩌면 이 블로그의 주인은 햄스터에게 딱 맞는 운동법을 알고 있는 게 아닐까 싶기도 했다. 문제는 사진 속 햄스터의 일과가 돌멩이와 크게 다르지 않아 보인다는 사실이었다. 돌멩이보다 쳇바퀴를 좀 많이 돌리는 것 같긴 했지만, 기적적인 수명 연장을 불러올 만한 차이로는 느껴지지 않았다.

이 시점에서 C는 적잖이 절박해져 있었다.

돌멩이가 다음 겨울을 맞이할 수 있을지도 확신할 수가 없는 상황이었다. 루션의 존재를 몰랐다면 모를까, 모종의 방법이 존재한다는 사실을 알게 된 이상 가만히 있을 수는 없었다. 사진 속 환경을 가능한 한 재현하기 위해 이미 방 전등도 바꾸었고, 케이지와 급수기도 교체한 뒤였다. 하지만 이런 게 정답일 리 없다는 사실은 스스로가 가장 잘 알았다. 쪽지도 메일도 보내보았지만 답은 없었다. 블로그 주인은 놀랍고도 결정적인 비밀을 숨기고 있는 게 분명했다. 3, 4백 장의 사진 속에는 담겨 있지 않은 비밀이, 돌멩이와 더 오래도록 시간을 보낼 수 있게 해줄 비밀이.

C는 자신이 그 비밀을 알아낼 수 있는 사람이라는 사실을 곧 깨달았다.

정말로 오랜만에, 자신의 직업이 마음에 든 순간이었다.

✳

이제부터 하려는 일이 정보기관 요원으로서 결코 저질러서는 안 될 심각한 월권행위라는 사실을 C는 절대 모르지 않았다. 당연히 규정 위반이었고, 들킨다면 쫓겨날지도 모르는 일이었고, 더 은밀한 방식으로 입막음을 당할지 모른다는 공포도 아주 근거가 없지만은 않았다. 하지만 C는 속으로 이렇게 중얼거리며 마음을 굳혔다.

'그럼 지금까지 한 일은? 다른 사람들 업무는? 매일 이상한 블로그 보고, 합성 사진 만들고, 그딴 건 뭐 정보기관 요원다운 일인가?'

그리고 또,

'내가 무섭다고 돌멩이를 죽게 둘 수는 없잖아.'

적어도 당시의 C에게 이러한 생각들은 충분한 합리화 수단이 되어주었다. 자신의 권한을 남용하여 블로그 주인의 거주지를 몰래 알아낼 때도, 주말에 시간을 내서 그 주소로 직접 찾아가는 동안에도, 서울 어딘가의 반지하 현관문을 두드리고서 잠깐 기다리던 중에도 C의 결심은 흔들리지 않았다. 오로지 나이 먹은 햄스터 한 마리를 위한 결심이었다.

문이 살짝 열리자 집주인 여자의 차갑게 굳은 얼굴이 보였다. 국가 데이터베이스에서 미리 확인해둔 사진과 일치하는 모습이었다. 나이는 C보다 두 살 많고, 이름은 C의 상사가 존경해 마지않는 옛 대통령과 똑같으며, 평범한 중소기업 연구소에서 일하는….

긴장을 애써 억누르며 C는 여자에게 물었다. 유일한 용건을, 단도직입적으로.

"실례합니다만, 햄스터 키우시죠?"

이미 예상한 질문이라는 듯, 여자는 가만히 고개를 끄덕였다.

＊

여자의 집은 난장판이었고, 옷이며 살림살이들은 부엌 쪽으로 죄다 밀려나 있었으며, 그 사이사이에 책이나 다리미 같은 것들이 멋대로 굴러다녔다. 건물 구조상 미닫이문 안쪽으로 꽤 넓은 공간이 있어 보였는데, 집주인의 떨리는 손이 그 문을 조심스레 열었다.

"이 안에 있습니다."

그러자 형광등 불빛 가득한 공간이 모습을 드러냈다. 가구라고는 하나도 없이, 한쪽 구석에는 햄스터 사료 봉지가 있고 다른 한쪽엔 베딩으로 쓰이는 해동지가 쌓인 방이었다. 곳곳에는 컴퓨터와 또 컴퓨터 비슷하게 생긴 기계들이 연신 깜박이며 윙윙 소리를 냈다. 케이지는 어수선한 방 한가운데에 놓여 있었고, 골든 햄스터 한 마리가 그 안의 쳇바퀴 위에 멈춰 선 채였다.

햄스터가 느리게 발을 내디뎠다. 쳇바퀴가 몇 도가량 돌아갔다.

다시 한 발짝. 다시 몇 도. 다시 한 발짝.

그러다가 수 초 동안, 햄스터는 공중에 떠 있기도 했다.

자신이 쳇바퀴 타는 햄스터의 모습을 슬로우모션으로 보고 있다는 사실을 C는 조금 뒤에야 알아챘다. 쳇바퀴가 한 번 회전하는 데에 꼬박 2분이 걸렸고, 그 시간 동안 루션은 유영하는 우주비행사처럼 몸을 쭉 뻗고 자그마한 허공을 갈랐다.

느리게 재생한 홀로그램 같은 건가? 그렇다기에 루션의 움직임은 너무나 생생했다. 방에 가득 찬 햄스터 냄새마저 분명히 맡을 수 있었다. 루션은 분명 케이지 안에 살아 있었다. 아주 느린 속도로.

"이게 어떻게….."

"알고 오신 거 아니었나요?"

믿을 수가 없어 몇 번이나 고개를 젓는 C를 보며 여자는 오히려 고개를 갸웃했다. 그러다가 이내 그 얼굴에 웃음이 떠올랐고, 입술 사이로 흘러나오더니, 둑이 무너지듯 한순간에 폭발하고 말았다. 웃느라 거의 눈물을 흘리다시피 하며 여자가 힘겹게 말했다.

"세상에, 기계 때문에 오신 게 아니었구나! 진짜로 루션 보러 오셨어! 아, 어떡해!"

한동안 여자는 계속 웃었고, C는 혼란 속에서 오도카니 서 있었다. 루션이 일정하게 느린 움직임으로 쳇바퀴에서 내릴 때까지. 그때까지 걸린 시간은 대략 20분이었다.

＊

"아, 진짜 죄송해요. 제가 긴장이 탁 풀려서."

겨우 웃음을 멈춘 여자는 C에게 몇 번이나 사과했다. C는 자신이 왜 사과를 받는지 알 수가 없었다. 애초에 여자가 왜 웃은 것인지조차 감이 잡히질 않았으니까.

"나라에서 오신 분이잖아요. 맞죠? 태도가 딱 봐도 그러네.

엄청나게 딱딱하고 수상한 메일도 몇 통 받은 참인데, 그다음에 바로 찾아오셨으니까 제가 어떻게 생각했겠어요. 당연히 저거 가져가러 오신 줄 알았죠."

그렇게 말하면서 여자가 가리킨 것은 방 여기저기에서 작동하는 컴퓨터였다. 케이블로 복잡하게 연결되어, 또 그 여기저기서 정체를 알 수 없는 장치들이 뻗어 나온 수수께끼의 네트워크. 물론 C는 그것이 무엇인지도 아는 바가 없었다.

"그냥, 햄스터를 건강하게 오래 키우시는 것 같아서⋯."

"오래 키운 건 아니에요. 천천히 키운 거지."

기계 한가운데 놓인 케이지 속에서 루션은 코를 벌름거리며 돌아다니고 있었다. 그 조그만 발가락이 꼼지락대는 모습마저 또렷하게 보일 정도로 루션의 움직임은 느렸다. C는 블로그에 올라와 있던 귀여운 사진 4백 장을 떠올렸다. 화질을 보면 휴대폰 카메라로 찍은 게 분명했던, 하지만 휴대폰 카메라의 셔터 스피드로는 불가능할, 재빠른 햄스터의 그 모든 선명한 사진들을.

"햄스터가 한 20년이라도 살면 얼마나 좋을까요. 정말이지 무슨 수라도 쓰고 싶어지죠. 어마어마하게 비싼 사료를 먹이고, 병원비를 아끼지 않고, 가능하다면 시간을 천천히 감아서라도."

"그래서 저 기계를 만드셨나요?"

"제가요? 시공간 왜곡 장치를? 그럴 리가요."

여자는 다시금 작게 웃음을 터뜨렸다. 하지만 이번에는 알

코올처럼 순식간에 휘발되어 사라지는 그런 웃음이었다. 어느새인가 여자의 얼굴에는 다소간의 쓸쓸한 기색이 대신 감돌고 있었다.

"예전에 키우던 아이가 아주 아팠어요. 적어도, 적어도 다음 크리스마스까지만 같이 있고 싶었죠. 방법이 정말 없었다면 포기했겠지만, 하필이면 이 장치에 대해 알았거든요. 제가 조수였으니까."

그렇게 말하면서 여자가 보여준 휴대폰 화면에는 흰 가운을 걸친 중년 남성의 사진이 한 장 떠올라 있었다. 어디선가 본 적 있는 얼굴이었다. 이상한 블로그 중 하나의 프로필 난에 비슷하게 생긴 증명사진이 박혀 있었던 것도 같았다.

"자기 발명품이 세상을 바꿔놓을 수 있을 거라고 말했어요. 실제로 그럴 만한 기술이죠. 양산 단계에 들어갈 때까지 기다리란 말을 들었는데, 아시다시피 그럴 수 있는 상황이 아니어서, 완성 직전이던 걸 제가 통째로 들고 온 거예요. 핵심 부품을 재현하는 것도 아마 무리일걸요. 그 모든 연구가, 고생이, 햄스터 때문에."

여자가 휴대폰 화면을 획획 넘기자, 갤러리에 가득한 햄스터 사진이 차례로 떠올랐다. 루션과 같은 베이지밴디드 골든 햄스터였지만, 조금 더 길쭉하고 자그마했으며 나이도 들어 보였다. 털이 듬성듬성 빠진 햄스터는 화면 속에서 눈을 꼭 감은 채 웅크려 잠을 자고 있었다.

"해선 안 되는 짓이었어요. 그때도 알았고, 지금도 알아요."

"하지만 그, 저라도 똑같이 했을 텐데….."

"크리스마스, 결국에는 같이 못 보냈으니까요."

나이 든 햄스터 사진들이 계속 지나갔다. 간신히 입을 벌려 시럽을 핥는 모습은 슬쩍 보기에도 살날이 얼마 남지 않은 기색이 역력했다. 눈물에 젖은 목소리가 여자의 입술 사이로 흘러나왔다.

"밥 주고 케이지 청소할 때만 빼고 시간을 아주아주 천천히 돌리면 되겠다고, 그럼 언제까지나 같이 있을 수 있겠다고, 딱 그렇게 생각했어요. 그런데 막상 해보니까, 정말 느리고 또렷하게 보이는 거예요. 아파하는 애가. 너무 힘겹게 베딩 속으로 파고드는 애가. 도저히, 도저히 계속 볼 수가, 없었어요."

말을 멈춘 여자의 시선이 케이지를 향했다. C도 같은 곳으로 눈을 돌렸다. 어느새 두 발로 일어난 루션이 귀를 쫑긋 세운 채 두 사람을 응시하고 있었다. 참으로 순진무구한 모습이었다. 그 모든 고통스러운 경험을 겪은 뒤에도 여전히 사랑할 수밖에 없는, 다시 기르기로 결정할 수밖에 없는, 무슨 수를 써서든 오래도록 곁에 있고 싶어지고 마는…. 적어도 C는 그렇게 느꼈다.

✳

케이지 밖의 시간은 느려지는 일 없이 흘렀다. 아무도 예상하지 못한 정치적 격동의 와중에 C의 직장은 새 정권의 집중적인 수사 대상이 되었고, C를 오래도록 고생시킨 높으신 분을 비롯하여 여러 사람이 구속당하는 지경에 이르렀다. 말단 요원인 C에게도 물론 영향이 없을 수는 없었다. 실소가 나오는 업무 내용이야 어찌 되었건, 업무 중에 권한을 남용했다는 정황이 감사 과정에서 드러나고 말았으니까. 검찰 조사를 받으며 C는 무슨 일이 있었는지 마지못해 전부 털어놓았다. 서로 다른 사람에게 다섯 번 정도. 오직 마지막 사람만이 C에게 제정신이냐고 물어보지 않았다.

"이런 얘기 듣는 게 일이거든요."

문화체육관광부 산하의 생전 처음 듣는 부서에서 왔다는 그 공무원에게 C는 다소간의 동질감을 느꼈다. 과연 먹고사는 일이란 누구에게나 쉽지가 않은 법이었다. 조사실을 나서며 그 공무원은 "좋은 정보를 주었으니 이쪽에서도 힘을 써주겠다"고 말했는데, 그 덕분인지 아닌지는 알 수가 없었으나, C는 적어도 같은 감시팀의 동료 몇 명처럼 갑작스레 '자살'당하는 일만은 피할 수가 있었다.

한편 주인이 본격적인 고초를 겪기 전, 돌맹이는 따뜻한 봄에 짧았던 생을 마감했다. 약해져가는 모습을 보며 각오했던 바였지만 그래도 C에게는 현실의 그 어떤 고난보다 슬픈 사건이었다. 돌맹이는 죽기 바로 전날까지도 쳇바퀴를 잘 돌리고 해바라기 씨도 잘 까서 먹다가, 좋아하는 은신처 안에서 잠들듯이 무지개다리를 건넜다.

1, 2주에 한 번 햄스터 사진이 올라오던 'jh_park0615'의 블

로그는 대선 즈음에 사라진 것으로 확인되었다. 어느 전직 대통령과 이름이 같은 여자가 살았던 자췻집에도 어느새 다른 사람이 입주했다. C도, 검찰도, 이런 사안을 전담하는 문화체육관광부 소속의 공무원도 '시공간 왜곡 장치'의 존재를 확인할 수는 없었다.

다만 새로이 생겨난 인스타그램 계정이 하나 있을 뿐이었다.

수많은 인기 스타 햄스터가 우글거리는 곳에서, 별다른 설명도 태그도 없이 가끔 사진을 올릴 뿐인 계정은 전혀 주목을 받지 못했다. 애초에 계정의 주인은 전혀 인기를 얻고 싶어 하는 것 같지 않았다. 그저 자신의 귀여운 햄스터를 누군가가 한 명쯤은 봐주기를 원할 뿐인 것 같았다. 사진 속의 베이지밴디드 골든 햄스터는 주로 잠을 자거나, 간식을 갉작이거나, 아니면 쳇바퀴를 탔다. 깜짝 놀랄 정도로 선명한 모습으로. 네 다리를 쭉 뻗고 허공에 뜬 채, 언제까지고 그렇게 달리기라도 할 것처럼.

## 햄스터는 천천히 쳇바퀴를 돌린다: 후기

작중에 등장하는 햄스터는 실존하는 그 어떤 햄스터와도 직접적인 관련이 없습니다. 시베리안 드워프 햄스터에게는 털 색이나 통통한 몸을 연상시키는 이름이 붙는 경우가 잦은 데, '돌멩이'도 그런 식으로 지은 이름입니다. 어떻게 생긴 햄스터인지 머릿속에 대강 그려질 만한 이름이라고 생각했거든요. 한편 '루션'은 단편집《나무 2》에 수록된 김태형 작가의 〈햄스터 혁명〉에 대한 오마주입니다. 인터넷 너머의 신비로운 햄스터에게 붙여줄 만한 이름이라면 역시 이것뿐이니까요.

햄스터 이야기를 쓰게 된 계기는, 물론 햄스터가 아주 귀엽기 때문입니다. 커도 귀엽고 작아도 귀엽습니다. 골든이든 드워프든, 어떤 색과 무늬를 하고 있든 귀엽습니다. 무슨 사진을 봐도 다 귀여워요. 몸을 길게 늘여서 터널을 통과하는 햄스터, 욕심을 부려서 볼주머니에 뭘 잔뜩 집어넣는 햄스터, 이상한 표정을 짓는 햄스터, 그리고 구석에서 웃기는 자세로 잠든 햄스터가 특히 귀엽습니다. 정말이지 터무니없이 사랑스러운 생명체입니다. 못생겨도 귀여워 보이는 건 약간 치사하다고 생각해요. 사람은 안 그렇잖아요.

이렇게나 귀여운 동물은 물론 아낌없이 사랑받아야 마땅하죠. 햄스터를 키우는 사람들은 더 커다란 집, 더 좋은 먹이, 더 안락한 삶을 마련해주기 위해서라면 뭐든지 합니다. 사료와 간식 정보를 공유하고 돈과 시간을 투자하며 울고 또 웃습니다. 2년에서 3년 남짓 사는 이 자그마하고 연약한 설치류를 위해 사람들이 쏟는 그 모든 지극정성을 생각해 보면, 인류에게는 아직 희망이 있단 생각이 듭니다.

한편 최근 몇 년 동안의 정치 뉴스는 별로 귀엽지 않았습니다. '이래서야 어떻게 정보기관 요원을 주인공으로 하는 스릴러를 쓸 수가 있겠느냐'는 탄식이 곳곳에서 들려오는 시기였지요. 보도에 따르면 안타깝게도 한국의 음지에는 제임스 본드 요원도, 무시무시한 신무기를 가진 악당도 없는 모양이니까요. 대신 겉으로는 그럴듯한 이데올로기를 변명처럼 두른 채, 등 뒤로는 부와 권력을 손에 넣으려고 각종 사악하고 쪼잔한 짓을 일삼아온 이기적인 군상들뿐이죠. 개인의 영달을 위해 수단 방법을 가리지 않는 인간은 지긋지긋하고, 전혀 귀엽지도 않습니다.

그래서 저는 차라리 작고 귀여운 햄스터를 위해 수단 방법을 가리지 않는 사람들의 이야기를 쓰기로 했습니다. 사소해 보이는 사건이 비밀스러운 계획의 실마리로 밝혀지는데, 배후에는 세상을 뒤집어놓을 기술을 손에 쥔 수수께끼의 인물이 있고, 그 인물을 추적하는 주인공은 물론 진실을 손에 넣기 위해서라면 어떤 위험이라도 감수하는 정보기관 요원이며, 모두 귀여운 햄스터를 너무 사랑하는 거죠. 왜냐하면 햄스터의 귀여움은 국가안보와 세계평화보다도 훨씬 공감할 수 있는 신념이고, 그 어떤 거창한 이상보다도 납득 가능한 동기니까요!

〈햄스터는 천천히 쳇바퀴를 돌린다〉는 그런 이야기입니다. 왜냐하면 햄스터는 정말, 정말 귀엽기 때문이죠.

한줌먼지속

예전 표지가 더 좋았는데.

책상 위에 얌전히 놓인 2006년 특별보급판 《코스모스》를 내려다보는 내내, 그 생각이 머릿속을 떠나지 않았어. 오해하지 마. 새 번역본의 디자인이 나쁘다는 말은 결코 아냐. 걸작 영화 포스터처럼 깔끔하기도 하고, 무엇보다 남반구에서 올려다본 은하수 사진이 배경인걸. 별이 안개처럼 흩뿌려진 밤하늘보다 아름다운 광경이 얼마나 더 있겠어. 다만 그 아름다움이 내겐 어쩔 수 없이 낯설게 느껴지고 마는 거야. 1981년 학원신서판 표지를, 조용히 반짝이기보다는 맹렬히 타오르는 그 붉은 항성들을 너무 오래도록 사랑해왔으니까. 새 책의 표지는 매끄럽지만 손가락 끝에서는 작은 괴리감이 정전기처럼 연신 파직파직 튀고 있어.

그 괴리감을 견딜 수가 없어서 처음 몇 페이지는 거의 읽지도 못하고 넘겨버려. 예전 번역본에는 앤 드루얀의 글이 실려 있지 않았고, 칼 세이건의 머리말도 아시리아인들의 치통 치료 주문으로 시작하지 않았어. 1장의 제목까지도 손톱 사이에 긴 모래처럼 거슬린다고. '우주의 바닷가에서'가 '코스모스의 바닷가에서'로 바뀐 게 전부인데 말이지. 다행인 건 적어도 세이건의 이야기만은 그대로란 사실이야. 번역도 편집도 다를지언정 세이건은 변함없이 광대한 우주로부터 출발해 천억 개의 은하 중 하나로, 4천억 개의 별 중 하나로 여행하고 있어. 익숙한 행성의 공기가 방 안에 조금씩 차올라. 여전히 조금 생경하지만, 그래도 내가 읽고 있는 건 분명 《코스모스》야. 어릴 때부터 가장 좋아했던 책이고, 수십 번은 더 읽은 책이고.

그날 네가 돌려준 책이기도 해.

기억하니? 저녁 8시 반쯤이었어. 중학교 3학년 1학기의 기말고사를 겨우 열흘 앞둔 날이었고, 학원가 한가운데를 가로지르는 육교 위에서였지. 항상 메고 다니던 커다란 배낭에서 책을 꺼내 말없이 건네던 네 모습을 나는 기억해. 그래, 너는 말수가 그리 많은 편이 아니었어. 내가 머뭇머뭇 책을 받아들며 이렇게 물었을 때도 마찬가지였어.

"정말 내일부터 학원 안 나와?"

너는 고개를 작게 두 번 끄덕이고, 난간 너머로 시선을 돌리고, 그게 전부였지. 한동안 너는 가로등과 사람들과 휙휙 지나가는 차와 늘어선 학원 버스를 미동조차 없이 바라보고 있었어. 그러길 3분 정도 했던가? 뭐라도 얘길 해야겠다 싶어서 입을 열려는데, 네가 조금 더 빨랐던 거야. 바로 곁에 있던 내게만 들릴 만큼 희미하게, 하지만 그 어느 때보다도 분명하게, 목소리를 냈던 거야.

"새 장래희망을 정했어. 국제우주정거장이 아니라, 키크즐루프로."

"키크즐루프가 어딘데?"

당연히 깜짝 놀라서 나는 되물었지. 국제우주정거장에서 연구하는 과학자가 되고 싶다는 얘길 몇 번이나 들었는데, 장래희망이 바뀌었다고 하면 놀랄 수밖에 없잖아. 하지만 그보다도 내가 '키크즐루프'라는 이름을 처음 들어본다는 사실이 더 이상했어. 네가 목표로 할 만한 곳이라면 분명 우주 기지나 연구소일 텐데, 그렇다면 케이프 커내버럴이든 바이코누르든 당시의 내가 모를 리 없었거든. 우주 이야기라면 나도 너만큼은 외우고 있었단 말이야. 그런데 그래, 너는 어째서인지 대답해주지 않았어. 한참이나 학원가를 내려다볼 뿐이었어. 수수께끼처럼 몽롱하게 중얼거리면서.

"바로 여기야, 우리…"

그마저도 부끄러운 듯 작게 웃더니 이내 입을 다물어버렸고, 그게 끝이었어. 너는 결국 '키크즐루프'가 어디인지 말해주지 않았으니까. 우리가 헤어지는 순간까지도, 나를 남겨두고서 육교 건너편으로 발걸음을 옮길 때까지도. 다만 아득히 멀어져가는 네 뒷모습을 향해 손을 흔들면서 나는 문득 상상했던 거야. 키크즐루프라는 이름은 러시아 어딘가를 연상시키니까, 넓디넓은 설원 한가운데에 연구단지가 우뚝 솟아 있어서, 너는 지금 그곳으로 걸어가고 있는 거라고. 따뜻한 겨울옷에 파묻힌 채로, 새하얀 눈밭에 일정한 간격으로 발자국을 찍으면서, 로켓처럼 흔들림 없이.

그 이후로 너를 다시 본 적은 없어. 연락도 없었고, 고등학교 입시 결과도 듣지 못했어. 하지만 너라면 분명 잘해낼 거로 생각했어. 내가 모르는 연구소의 이름을 알고, 내가 엄두도 못 낼 학교에 합격하고, 내가 도달할 수 없는 우주에 도달할 너를 믿었어. 그게 내가 기억하는 너란 애였으니까. 올해 초에 네 소식을 듣고서도, 네가 실제로는 어떤 목적지에 도달했는지 알아버린 뒤에도, 이렇게 책장을 넘기는 동안만은 여전히 키크즐루프로 걸어가는 네 모습을 상상할 수가 있었어….

그대로, 그대로 너를 하염없이 바라보려고 하는데, 155쪽에 실린 뉴턴의 초상화에서 그만 손가락이 멈추고 말았어. 예전 번역본에도 들어가 있던 그림이야. 하지만 왠지 좌우가 반대로 되어 있단 사실을 나는 곧 깨닫지. 그 사소한 차이만으로도 회상은 깨져버리는 거야. 이 책이 네게서 돌려받은 81년 판이 아니라는 사실을 상기하게 되니까. 오해하지 마, 그 책은 아직도 잘 있어. 지난 주말에 집에서 읽으려고 가져갔다가 그만 놓고 와버렸을 뿐이지. 그래서 새 책을 살 수밖에 없었던 거야. 임시변통으로나마 당장 필요했거든. 지난 몇 달 동안 나는 십수 번은 더 《코스모스》를 읽어야 했거든. 목성의 환경이나 케플러의 노력을 알기 위해서가 아니었어. 너를 기억하기 위해서였어.

신문 칼럼이며 SNS의 자칭 전문가들은 요즘도 매일같이 헛소리를 늘어놓고 있어. 모두 졸업식 날의 너에 대해 한마디씩 얹지. 네 속마음을 들여다볼 수 있다고 우겨대지. 하지만 그 사람들은 화성 표면에서 인공 운하를 보았다고 주장한 퍼시벌 로웰처럼, 그저 자신이 보고 싶은 신기루만을 곁눈질했을 따름이야. 누구도 진짜 너를 알지는 못해. 그날 육교 위에서 네 꿈을, 목표를, 불길에 조금도 그을리지 않은 미소를 직접 관측한 사람은 나밖에 없으니까. 들려오는 소식에 혼란스러워하는 와중에도 《코스모스》를 읽으면 의심의 여지 없이 눈앞에 생생히 떠오르는걸. 똑똑히 말할 수 있는걸. 중학교 3학년 때의 너는 결코 대폭발의 씨앗이 아니라, 언제까지나 똑바로 나아갈 로켓이었다고. 미래를 향해서, 키크즐루프를 향해서.

하지만 내 관측 결과를 백 퍼센트 확신하려면, 애초부터 소식 하나하나에 흔들리지 않을 수 있으려면 아직 딱 한 가지가 부족해. 지루한 졸업식장 대신에 네가 도달해야 했을 진정한 목적지, 키크즐루프, 그곳은 도대체 어디인 걸까? 가로등 불빛 아래의 네 눈에 비친 풍경은 설원 위의 우주 기지였을까, 아니면 더욱 찬란한 미래였을까? 그때의 네가 어떤 형태로 빛

나는 꿈을 품은 애였는지 명확하게 알 수만 있다면 더는 혼란
도 의심도 필요 없겠지. 다만 내 능력으로는 책에서도, 인터
넷에서도 키크즐루프라는 이름을 찾을 수가 없었던 거야. 그
래서 더욱 내겐《코스모스》가 필요한 거야.

　다시 책장을 넘기면서, 나는 이제 너를 시작부터 끝까지 꼼
꼼히 떠올리려 해. 언젠가 네가 키크즐루프에 대해 단 한 번
이라도 말한 적이 있다면, 그 정답은 분명 너와 함께했던 내
기억 속 어딘가에 적혀 있을 테니까. 해답지부터 들추는 건
나쁜 습관이지만 나는 언제나 그런 식으로밖에 문제를 풀지
못했으니까. 4장 첫 페이지에 적힌 '천국과 지옥'이란 제목은
다행히 신판에서도 그대로이고, 원래는 없던 인용구가 하나
추가되어 있을 뿐이야.《바가바드 기타》에서 가져온 구절을
힘껏 시야 바깥으로 치우며 나는 오후 8시 반의 학원가에서
가장 높이 솟은 건물을 올려다봐. 너를 회상하기 위해 우주
를 처음부터 만들 필요는 없어. 왜냐하면 내가 아는 너는 겨
우 몇 개월 동안만, 오로지 사과나무학원 학생으로서만 이 세
상에 존재했으니까.

＊

　사과나무학원을 생각하면 가장 먼저 그 답답하게 생긴 창
문이 떠올라. 창문마다 굳이 무슨 창살 같은 걸 둘러놓은 이
유가 뭐였을까? 애 하나가 시험 망치고서 뛰어내린 뒤로 설
치했다는 괴담이 사실일까? 하지만 창문의 디자인이야 어찌

됐든 그때 고등학교 입시 준비하는 애들은 죄다 사과나무에 다녔어. 6차선 도로 양옆에 빼곡히 들어선 학원들의 왕으로 너무 오래도록 군림해와서, 중간에 EMC 브레인학원인가 뭔가 하는 이름으로 바뀌었는데도 다들 그냥 사과나무라고 부르는 걸 익숙하게 여길 정도였지. 중학교 3학년이 시작될 무렵에 나는 처음으로 그 학원 상담실에 발을 들였고… 그곳에서 내 위치를 확인했어.

난 항상 우주가 좋았어. 어렸을 때 친척 집에서 《코스모스》를 비롯한 과학책들을 한 아름 받아온 이후로 줄곧 좋아했어. 별과 행성과 각종 천체의 어려운 이름들을 외웠고, 천문대 개방 행사에도 갔고, 유성우를 보겠다고 밤중에 하염없이 하늘을 쳐다본 적도 몇 번이나 있었어. 언젠가는 천문학자가 되기를 꿈꾸었어. 하와이 마우나케아 산 천문대에서 우주를 바라보는 사람이 되고 싶었어. 그런데 사과나무학원에선 그런 게 아무 의미가 없었던 거야. 방학 때만 잠깐씩 다녀봤던 영어나 수학 학원하고는 전혀 다르더라고. 대뜸 시험부터 치게 하더니, 결과를 보고는 한숨까지 쉬면서 이렇게 말하는 거 있지.

"솔직히 말씀드리는데요, 지금 이 실력으로 과학고등학교는 힘듭니다. 내신은 괜찮은데 올림피아드나 다른 실적이 있는 것도 아니고요, 진도도 뒤처지고요. 사실 과고 준비하는 애들은 벌써 한참 전에 고등학교 과정 다 끝내고서 대학 과정 보거든요."

그 한 마디 한 마디마다 내 세계가 점점 쪼그라드는 게 느껴졌어. 드넓은 은하로부터 둥글고 불편한 의자 위까지. 그런 면에서 그 상담실은 내가 찾아갔던 그 어떤 천문대보다도 더욱 천문학적인 공간이었던 셈이야. 왜냐하면 천문학의 역사란 곧 주제 파악의 역사니까. 광대한 우주 속에서 인류의 위치를 가늠하는 동안 우리는 매번 우리 자신의 보잘것없음을 직면해야만 했으니까. 수성 다음엔 금성이 있고 지구 다음엔 화성이 있듯이, 민사고반과 과고 A반과 과고 B반 다음엔 외고 A반이 있었고, 학원에서는 바로 그 외고 A반이 내게 걸맞은 위치라고 판정을 내렸어. 거기서 나는 단호히 고개를 저어버리고 만 거야.

"싫어요. 과고반으로 갈래요."

"음, 지금 시작해서는 절대로 쉽지 않을 텐데…."

"해볼게요. 저 진짜 할 수 있어요."

어떻게든 꿈을 포기하기 싫었다기보단, 그냥 조금 오만했어. 이렇게나 우주를 좋아하고 책을 열심히 읽었으니까 혹시 과고반에서도 생각보다 잘할지 모른다고, 순식간에 다른 애들을 따라잡을 수 있을지도 모른다고 어렴풋이 생각했어. 그렇게 해서 내 위치가 최종적으로 결정되었지. 사과나무학원 과고 B반으로. 학교가 끝나고부터 밤늦게까지 수업이 쭉 이어지는 교실의 한쪽 구석으로.

바로 그 교실에 너도 함께 있었어.

우리가 처음부터 친한 사이는 아니었어. 처음 한 달 동안은 말도 안 나눠봤을 거야. 너는 노트 필기에만 온 신경을 쏟는 조용한 애였고 나는 블랙홀보다 깊은 열등감에 빠져 있었으니까. 수학 숙제를 단 하나도 제대로 풀 수가 없으면, 교실 옆에 붙여놓는 쪽지시험 성적표에서 자기 이름이 매번 밑바닥에 있으면 누구나 그렇게 될 테니까. 그러니 너하고도 결코 친해지고 싶단 생각은 해본 적이 없어. 다만 수업이 다 끝나고 밤이 한참 늦어서 집에 돌아갈 때, 학원 버스에서 가장 마지막에 내리는 두 사람이 너와 나였을 뿐이야. 다른 애들이 다 내려서 버스 안이 조용해지면 오직 우리 둘만이, 서로 멀찍이 떨어져서 한마디 말도 없이, 앉아 있었을 뿐이야.

그리고 넌 항상 책을 읽고 있었지. 저 뒷자리에 앉아 있던 내가 집 앞에 내리려고 네 옆을 지나칠 때면, 별로 밝지도 않은 버스 불빛 아래에서 네 책장이 넘어가는 팔랑 소리가 들렸어. 한 달 동안 팔랑, 팔랑, 그러면 궁금해질 수밖에 없잖아. 공부 잘하는 애가 읽는 책은 도대체 뭔지, 하루쯤은 일부러 네 건너편 자리에 앉아서, 슬그머니 몸을 기울여 곁눈질하게 되는 거잖아. 그러다 보면 잠깐 눈을 마주치기도 하고, 그러면 나는 화들짝 놀라고… 너는 가만히 표지를 들어 보여주고. 허옇게 변색된 추상화가 그려진 검은 바탕에, 디자인이라고는 전혀 고려하지 않은 모양새로 박힌 《宇宙의 秘密》이라는 제목을 기억해. 갑작스러운 데다가 더듬거리기까지 했던 내 질문을 기억해.

"그, 어, 옛날 책이야?"

"나 태어나기 전에 나왔어."

버스의 진동에 반쯤 흩어져버릴 만큼 옅은 대답에 나는 애매하게 끄덕였지만, 책으로부터 눈을 떼지는 못했어. 참 공교로운 일이란 생각이 들었거든. 마침 당시의 나도 어릴 때 읽던 낡은 과학책들을 오랜만에 다시 들춰보던 참이었으니까. 아마도 학원에서 쌓인 열등감을 견디기 위함이었다고 생각해. 책을 읽고 싶었다기보단 처음 읽었을 때의 짜릿한 경이감을 떠올리고 싶어서. 나선은하와 우주왕복선이 아직도 나를 두근거리게 한단 사실을 확인하기 위해서. 그러던 중이었으니까, 책장 모서리를 매만지는 네 손끝을 물끄러미 보면서, 불현듯 궁금해졌던 거야. 너는 무슨 생각으로 그 책을 읽는 것인지. 그런 호기심과 질투와 온갖 감정들을 섞어서 이런 멍청한 질문을 내뱉어버렸던 거야.

"너도, 지구과학 좋아해?"

"우주를 좋아해."

빛처럼 즉시 반사되어 돌아온 네 대답을, 시선을 살짝 돌린 순간 보였던 그 자그마한 미소의 밝기를 아직도 나는 잊을 수가 없어. 그건 일종의 와우 신호였어. 너라면 알겠지? 1977년 8월 15일, 사수자리 방향에서 날아와 오하이오 주립대학교의 전파망원경에 단 72초 동안 포착된 강력한 한 번의 신호. 분석을 담당한 천문학자 제리 이만이 'Wow!'라는 메모를 남길 정도로 놀라운 발견. 지구 외 지적생명체의 존재를 암시하는 가장 강력한 증거. 이해할 수 있겠어? 당시의 내게는 그 한마디 대답이 외계인의 인사만큼이나 간절히 바라온 신호였다는 사실을.

"나도야. 나도 진짜 좋아해."

마냥 반갑고 또 부끄러워서 머뭇머뭇 그렇게 말했더니 너는 다시 한 번 반짝, 하고 웃어주었어. 와우 신호는 두 번 다시 포착되지 않았지만 네 미소는 달랐지. 까마득히 외롭게만 보이던 우주에는 놀랍게도 다른 문명이 존재했고, 너는 나만큼이나 그런 우주의 아름다움에 매혹되어 있었던 거야. 여전히 내 세계는 한없이 쪼그라든 그대로였지만, 적어도 그날 그 세계의 밤하늘엔 기다리고 기다리던 유성우가 쏟아졌다는 걸 나는 똑똑히 기억해.

✳

다음 날부터는 나도 버스에서 책을 읽었어. 네 옆자리에서, 간헐적으로 밀려오는 졸음을 참으면서, 누렇게 바랜 페이지들 사이에 꽂힌 네 시선을 2분에 한 번씩은 힐끗 살피면서. 그래, 인정할게. 정말로 책을 읽고 싶었던 건 아냐. 내가 어떤 책을 읽는지 네게 보여주고 싶었어. 매일같이 책꽂이 앞에 서서, 그러잖아도 무거운 가방에 오늘은 또 어떤 무게를 더할지 고민했지만, 사실 그건 네가 어떤 책에 가장 관심을 가질지에 대한 고민이었어. 네게 인정을 받고 싶었거든. 나보다 성적이 좋은 애도 나와 똑같은 방식으로 우주를 사랑한다는 사실을 계속 확인하고 싶었거든. 그리고 정말 기쁘게도, 이토록 소심하게 던져낸 미끼를 너는 무심히 내쳐버리지 않았어.

"그 책 재밌어?"

"응? 어, 당연히 재밌지. 《코스모스》 안 읽어봤어?"

너는 끄덕이고, 나는 조금 놀라고, 솔직히 말하자면 약간 우월감을 느끼고. 하지만 그보다도 내가 이 책을 얼마나 좋아하는지 말해주고 싶어서 안달이 났어. 남에게 뭔가를 그렇게까지 추천해본 적은 그때껏, 그리고 지금까지 한 번도 없었어.

"이건 꼭 읽어야 돼. 첫 문장부터 좋다니까."

"첫 문장?"

"'우주란 과거와 현재와 미래에 존재하는 모든 것이다.'"

새 번역본엔 "코스모스는 과거에도 있었고 현재에도 있으며 미래에도 있을 그 모든 것이다."라고 되어 있을 거야. 이게 뜻이 더 분명하긴 하네. 아무튼, 굉장하지 않아? 우주, 코스모스, 그게 이 책의 제목이잖아. 바로 첫 문장에서 세이건은 "나는 모든 시간과 만물을 책 한 권 안에 담겠다"고 선언해버린 거잖아. 터무니없는 담대함이야. 가슴 벅차도록 짜릿한 선언이지. 바로 그 짜릿함을 너도 느껴주었으면 했어. 세이건의 문장을 곱씹으며 희미하게 점점 상기되는 네 표정이, 분명한 두근거림을 담은 대답이 더없이 반가웠어.

"…정말 좋다."

그래서 나는 더욱더 《코스모스》의 굉장함을 이야기했지. 가장 화려한 사진이 실린 페이지를, 가장 가슴을 울리는 구절을 열심히 펼쳐 보여주었어. 네 눈이 조금이라도 반짝반짝 빛날 때마다 신이 나서 어쩔 줄 몰랐어. 하지만 책에 통째로 담긴 온 우주를 전부 말해주기에는 집까지 가는 시간이 너무 짧았던 거야. 아슬아슬하게 신호에 걸린 차가 출발하면 집 앞까지는 순식간일 텐데, 둥실둥실 떠오르는 이 고양감을 그 사이에 어떻게든 네게 전부 전해주고 싶어서… 방법은 하나밖에 없었지. 심호흡을 하고, 의자에서 일어나고, 책은 자리에 그대로 놓아두고,

"빌려줄게. 꼭 읽어봐."

"나, 책 빨리 못 읽는데."

"천천히 읽어도 돼. 대신 매일매일 감상 들려줘."

너도 이해할 거야. 가장 아끼는 책을 남에게 빌려준단 건, 늦게 돌려줘도 된다고까지 말한단 건 어떤 의미인지. 나는 그만큼이나 네가 《코스모스》를 읽어주길 바랐어. 내가 느낀 우주적 감동을 너도 느낄지 궁금했어. 응, 그리고 너는 약속을 지키는 애였지. 우리는 더 이상 버스에서 조용히 책만 읽지 않았어. 감상을 나누었어. 네 연보라색 책갈피는 매일 두어 장씩 느릿느릿 넘어갔고, 그동안 우리는 어쩌면 생명이 살고 있을지 모르는 붉은 별의 신비를, 우주 탐사선이라는 용감한 나그네의 여정을, 하늘의 화톳불을 바라보며 세계를 해설하려 했던 이오니아 철학자들의 영광을 얼마든지 말할 수 있었어. 집까지 가는 30여 분이 턱없이 부족해지기까진 그리 오래 걸리지 않았어.

하지만 학교와 학원과 집을 한 바퀴 돌면 이미 늦은 밤이었고, 지금은 상상도 안 가는 일이지만 그때 나는 휴대폰이 없었으니, 우리가 기껏 짜낼 수 있는 시간은 학원 수업 사이의 쉬는 시간이 전부였지. 그나마도 교실에선 보낼 수 없는 시간이었어. 엄청 시끄러운 애도 있었고, 작은 말소리에까지 짜증을 내는 애도 있었으니까. 그랬기에 수업이 끝나면, 네가 온갖 색 펜으로 꼼꼼히 정리하던 노트를 덮으면, 우리는 함께 사과나무학원을 나와서 매번 같은 길을 따라 행성처럼 걸었어. 2시간에 한 번씩, 15분 동안. 육교를 건너 맞은편의 편의점이나 닭꼬치 가게에 들렀다가 쉬는 시간이 끝나기 전에 돌아오는 궤도를 지금도 눈앞에 생생하게 그릴 수 있어.

그리고 그 궤적 속에서 주고받은 이야기마저도 나는 전부 떠올릴 수 있어. 《코스모스》에 대해 이야기하다 보면 어느새 화제는 끝없는 우주의 다른 멋진 영역으로도 뻗어 나가곤 했잖아. 맥동하는 펄서부터 장대한 퀘이사까지, 내가 동경하던 마우나케아의 천문대부터 네가 꿈꾸던 국제우주정거장까지, 우리가 읽었고 외웠으며 사랑에 빠졌던 그 모든 빛나는 것들을 학원가의 밤거리 위에 아낌없이 펼쳐놓았잖아.

그러니까, 그러니까 네가 언젠가 바스락거리는 옛날 과학책 한구석에서 '키크즐루프'라는 연구소의 이름을 보았다면, 분명 어느 쉬는 시간에 한 번쯤은 입에 담지 않았을까? 새로 산 책에서 읽은 양자역학의 기묘함을 한시라도 빨리 네게 말해주고 싶어서 몸이 달아 있었던 나처럼, 너도 마음속 가장

경이로운 풍경의 한 토막을 내게 보여주고 싶지 않았을까?
그렇게 생각하면서 나는 기억하고 또 기억하는 거야. 모래사
장에서 조가비를 줍는 아이처럼, 우리가 어둑어둑한 육교 위
에 뿌려 놓았던 그 무수히 많은 별의 단어들을 하나하나 살
피면서. 그래, 우리는 우주에 대해 그만큼이나 많이 이야기
했던 거야. 난간과 난간 사이 좁다란 보도를 나란히 왕복하
던 그 찰나야말로 우리에게는 진정 시간과 공간을 가르는 여
행이었던 거야….

아냐, 거짓말이야.

실제론 그렇지 않았잖아?

＊

책장 사이에서 나를 비웃는 체셔 고양이의 얼굴이 보여. 미
치광이 모자장수의 티 파티를 예시로 들어 중력의 영향을 설
명하는 470페이지의 삽화에 아주 조그맣게 그려져 있어. 빛
은 휘고, 앨리스는 땅에 쓰러지고, 오직 고양이만이 중력의
영향을 받지 않은 채 허공에 떠 있지. 이것도 학원신서판에
는 없었던 그림이야. 낯선 고양이의 웃음과 함께 회상이 흔들
려. 종이 끝에 베인 손가락이 쓰라려서, 그래, 동시에 나는 인
지해버리지. 조금 전까지 재생했던 기억이 있는 그대로의 사
실은 아니었다는 걸. 우리가 오로지 별의 탄생과 죽음과 영웅
적인 과학자들에 대해서만 속삭였다는 식으로 나 자신을 속
이고 있었지만, 때로는 학원 간판의 불빛이 너무 밝아서 별이

보이지 않는 날도 있었다는 걸.

세이건의 마술 중력 조절기가 작동하기라도 한 것처럼 책을 넘기기가 힘들어지고, 나는 결국 포기하고 잠시 일어나 기지개를 켠 다음, 인스턴트 밀크티 한 잔을 타오기로 해. 이 뒤 내용을 보려면 당분과 용기가 필요하니까. 키크즐루프가 어디인지 알아내려면, 너와 나누었던 모든 이야기를 샅샅이 뒤지려면 설탕을 입힌 기억 속에서만 마냥 산책해서는 안 되니까. 가시처럼 뾰족이 솟아 나온 새 삽화의 위화감을 뜨거운 차로 녹이면서, 나는 다가오던 3학년 1학기 중간고사를, 여전히 알아들을 수가 없었던 수업을 생각해. 지구 중력에서 온전히 벗어나기는커녕 학원가의 밑바닥 언저리에서 바동대던 당시의 나를 생각해.

"이번엔 그래도 공부 열심히 해 갔는데."

학원을 나서자마자 그렇게 힘없는 탄식을 토했던 날을 기억해. 너와 나 사이의 거리는 빠르게 줄어들었지만, 벽에 붙은 쪽지시험 성적표 위에서 내 위치는 언제나 그대로였어. 사과나무학원은 한 주에도 몇 번씩, 수학과 물리와 화학으로 과목을 바꿔가며 그 사실을 과고 B반 전원의 눈에 철저히 각인시켜주었지. 어떻게든 한 계단이라도 오르겠다고 필사적으로 문제를 풀어보려 지샜던 밤을 기억해. 여러 학습지의 문제 부분만 복사해 얼기설기 엮어놓은 학원 교재의 까끌까끌한 플라스틱 커버를, 연습장에 무의미한 풀이를 휘갈기다가 종국엔 해답지를 들추던 내 손의 무력함을 기억해. 고작 그게 내가 최대한으로 짜낼 수 있는 '열심히'였어. 도저히 못 하겠다고는, 이게 내 한계라고는 인정할 수가 없어서 나는 언제나 온갖 핑계를 끌어와야 했어.

"진도가 너무 빨라. 다 안다고 생각하고서 맨날 다음으로 넘어가잖아."

"초등학교 때부터 과고 준비한 사람한테 맞추는 거야. 다들 그렇게 하니까."

"난 아니잖아. 진짜, 조금만 더 느긋하게 나가면 따라잡을 수 있을 것 같은데."

이런 핑계조차도 오직 너에게밖에 늘어놓을 수가 없었어. 집에서는 잘 따라가고 있는 척, 기대에 부응하는 척했으니까. 부모님을 실망시키고 싶진 않았어. 화학 선생이 교실 뒤쪽 구석의 나를 굳이 분필로 가리켜가면서 "이런 문제는 쟤도 풀 수 있어"라고 말하면 몇 명이 깔깔 웃는, 그렇게 수업 분위기를 환기하기 위한 놀림감 취급이나 받고 있다고는 도저히 말할 수가 없었단 말이야. 화가 나고 슬프고 답답하고 두려운… 그런 감정들을, 마음의 밑바닥에 남은 찌꺼기들을 가끔은 손톱을 세워 긁어서 목구멍으로 끄집어내야 했어. 아주 사소한 것까지 전부.

"화학 선생은 일부러 그러는 게 분명해. 맞게 해줘도 되잖아."

"주기율표 빈칸 채우는 거?"

"'크롬'을 누가 '크로뮴'으로 쓰냐, '크세논'이 어떻게 '제논'이 되냐, 그러면서 점수 다 깎는 거 너도 들었지? 당연히 대한화학회에서 개정한 이름으로 외운 건데. 개정된 지가 언젠데."

이따위 쩨쩨한 불평을 들으려고 쉬는 시간에 학원 밖으로 굳이 나간 게 아니었는데도, 너는 15분 동안 한마디 불평도 없이 참아주었지. 언제나 귀를 기울여 들어주었어. 위로의 말도 건네주었지만, 어쩌면 그 위로의 와중에 네 새로운 목적지를 한 번쯤은 흘렸는지도 모르지만, 내가 정말로 똑똑히 기억하는 건 육교를 걷는 동안 슬며시 다가오던 네 손의 서늘함이야. 그것만으로 충분했어. 이 모든 짜증과 불안이 단지 성적 안 나오는 애의 응석만은 아니라고, 너도 이해할 수 있는 고민이라고 인정해주는 것만 같았으니까. 내가 가려던 길을 저 멀리 앞서나가던 네가 공감해주었기 때문에 비로소 나는 마음 놓고 괴로워할 수 있었던 거야… 그리고 기뻐할 수도 있었던 거야. 아주 잠깐은, 예상외의 낭보에 잔뜩 흥분해서는 네게도 살짝 속삭여주었던 그날로부터 며칠 정도만큼은.

"나…, 나 있지, 영재고 1차 붙었다?"

그렇게 막 껴안으면서까지 축하해줘서 정말 고마워. 될 리가 없다고 생각하면서도 미련이 사라지질 않아 원서만 넣어보았던 게, 5월 초에 결과가 그렇게 나와버렸을 뿐인데도 말이야. 실적이라곤 아무것도 없는 그런 서류로 어떻게 합격했는지는 아직도 모르겠어. 내신 때문이었을까? 아니면 천문학에 대한 무슨 열정이니 미래니 하는 소리만 횡설수설 적어놓은 자기소개서가 뜻밖에 먹혔던 걸까? 아무튼, 기분은 좋았

어. 영재고 시험만은 내 잠재력을 제대로 평가해줄지 모른다
고 얼핏 생각했어. 은하의 아득한 끝자락까지 밀려나버린 내
위치가 마침내 제자리로 돌아갈 것만 같았어.

물론 착각이었어. 부랴부랴 창의수학 문제집을 사고, 역대
기출문제 중에서 그나마 쉬워 보이는 걸 발견하면 충분히 가
능성이 있단 생각을 해버리고, 화학 선생한테 합격 소식을 전
하면서 당당히 설욕하는 꿈을 꾸고… 그리고 끝. 온 가족이
시험장까지 다 따라갔는데, 결과적으로 수학은 사실상 백지
로 냈어. 과학 시간엔 무슨 생쥐 꼬리의 물리학에 대한 문제
를 한참 붙들어보긴 했지만, 그것도 제대로 풀진 못했지. 시
험 종료 방송이 나오는 순간 확실해졌어. 내 위치는 우주의
중심이 아니라 태양계 세 번째 행성 위이고, 이 사실이 바뀌
는 일은 결코 없으리라는 걸.

겉으로는 '어차피 기대도 안 했다'면서 대수롭지 않은 척했
어. 무슨 문제가 어려웠고, 시험장에서 무슨 일이 있었고, 그
런 얘기조차 남들 앞에선 가능하면 꺼내지 않으려고 했어. 어
차피 내가 못 풀었던 문제와 떨어진 시험이잖아. 누군가가 그
사실을 지적하면 견디기 힘들 것 같았단 말이야. 그러니까 그
날 일은, 영재고 입학시험장에서 목격한 작은 사건에 대해서
는, 오직 너에게밖에 얘기해준 적 없는 셈이지.

＊

"다들 학원에서 단체로 온 것 같더라. 수학 시간 끝나니까

자기들끼리 모여서 문제 복기하더라고. 영재고 전문으로 하는 학원은 따로 있으니까…. 맞다, 그리고 부정행위 해서 잡혀 가는 애도 봤어."

"부정행위?"

"음, 진짜 막 남의 답안지 훔쳐보고 그런 건 아니고, 규정상으로 부정행위인 거 말이야. 그런 시험 치기 전에는 휴대폰 다 앞으로 내잖아? 근데 다 끝나고 답안지 걷어 갈 때 보니까, 내 왼쪽 옆자리 애가 아주 태연하게 자기 폰을 꺼내더라고. 숨길 생각도 없어 보이던데."

아마 내가 첫 번째 목격자였을 거야. '이번엔 문제가 유난히 어려웠던 거 아닐까?' 따위의 부질없는 희망을 못 놓고서 두리번두리번 다른 애들 얼굴을 살피는 중이었으니까. 그러다가 본 그 애의 모습은 정말 어처구니없이 자연스러웠어. 자기 답안이 채 걷히기도 전에, 하다못해 손을 책상 아래에 감추거나 하지도 않고서, 양손으로 무슨 문자를 꾹꾹 보내고 있었어.

"그래서 어떻게 됐는데?"

"어떻게 됐긴. 애들이 수군거리니까 시험감독 선생님이 앞으로 불러내고, 좀 있다가 다른 선생님 와서 데려가고, 그렇게 됐지. 걔는 끝까지 마냥 아무렇지도 않은 표정이던데, 도대체 무슨 생각이었나 몰라."

"확실히 별난 일이네."

새로운 문제 유형을 맞닥뜨렸단 듯 너는 얼굴을 가볍게 찌푸렸고, 난 네 흥미를 끌었다는 생각에 조금 기뻐졌어. 그뿐이었어. 영재란 애들을 전국에서 모아놨더니 웃기는 애도 다 오는구나, 너한테도 말해줘야지, 나는 딱 이렇게밖에 생각하고 있지 않았는걸. 신기하긴 해도 어차피 생판 모르는 남의 일이니까. 다른 애의 탈락을 깊이 생각하기에는 내 탈락의 충격이 훨씬 뼈아팠으니까. 하지만 너는 조금 다르게 느꼈던 거야, 그렇지? 바로 다음 날에, 버스에서 책 읽다 말고서 진지한 얼굴로 불쑥 얘기를 꺼낸 걸 보면.

"왜 그랬을까. 어제 그 애."

갑자기 무슨 소리인지 처음에는 알아듣지도 못했어. 내가 어리둥절해하는 동안 너는 쭉 혼자서 중얼거렸지. 지필고사를 보러 왔다면 1차를 통과했단 말인데, 휴대폰을 안 냈다는 건 처음부터 합격할 리가 없다고 생각했던 걸까, 중얼중얼, 중얼중얼. 겨우 화제를 따라간 내가 몇 마디 얹었고,

"아닐걸. 시험이 어떻게 나올지는 봐야 아는 건데."

"그건 그러네."

너는 끄덕하고서 다시 《코스모스》로 눈을 돌리고. 이런 일이 한두 번이 아니었어. 버스에서밖에 책 읽을 틈이 없다면서도, 잠깐 학원 밖에 나가서 우주를 생각하면 머리가 맑아진다면서도 너는 그 소중한 시간에 시도 때도 없이 '영재고 시험장의 이상한 애'를 입에 올렸지. 무슨 의도였을까, 중요하기 그지없는 시험을 그토록 간단히 포기해버렸을 때 어떤 기분이었을까, 궁금해하고 또 추리해보고…. 있지, 처음에는 괜찮았

어. 작은 의문도 그대로 넘어가지 않는 네 모습이 진짜 과학자 같아서 조금 멋져 보이기까지 했어. 하지만 몇 주 동안이나 너는 그 시험장을 들먹였잖아. 그럴 때마다 나는 그날 내가 직시해야 했던 현실을, 내 진짜 위치를 떠올려야 했단 말이야. 절대 유쾌한 일은 아녔지. 가끔은 참기 힘들 때도 있었어. 맞아, 그날도 그랬어.

기억하니? 내가 딱 한 번 너에게 화를 냈던 날을.

네가 학원을 그만두기 며칠 전이었잖아.

＊

식어버린 차를 마저 한 모금 목구멍으로 넘기며, 나는 손끝으로 남은 책 두께를 가늠해. 알려진 모든 세계를 가로지르는 세이건의 대담한 여정도 앞으로 겨우 세 챕터면 끝나지만, 내가 아는 네 이야기는 그보다도 더 적게 남았어. 그 나머지 분량 속에 하필이면 씁쓸한 불순물까지 섞여 있지. 하지만 처음에 말했듯이, 나는 너를 시작부터 끝까지 꼼꼼히 떠올릴 생각이야. 답안지를 들추는 것밖에 할 수 없다면 적어도 그 답안지만은 제대로 들여다봐야 할 테니까. 영원의 벼랑 끝에서 발걸음을 내딛듯 나는 조심스레 책장을 넘기고, 너는 닭꼬치 가게 앞에서 어김없이, 뭐라도 깨달은 양 불쑥 입을 열어.

"만약에, 만약에 그 애가 문제 복기 담당이었다면, 그럼 말이 되는데."

"또 무슨 소리야. 복기 담당? 그런 것도 있어?"

"예전에 입시 카페에서 들은 얘기야. 영재고 입학시험은 문제를 외부에 공개 안 하니까, 학원에서 기출문제 만들려면 애들한테 문제 기억해오게 시켜야 하는데, 그게 부담돼서 시험에 집중 못 하는 애도 종종 나온다고. 그래서 아예 한 명한테만 떠맡기는 학원이 있다고. 제일 합격할 가망 없는 애한테."

웃기지 않아? 나는 네 말을 듣고서야 영재고에서 공식적으로 문제 공개를 안 한다는 걸 알았어. 인터넷에 올라온 기출문제들이 다들 조금씩 달랐던 게 그제야 떠오르더라고. 내가 찾아서 풀고 간 문제는 공식적으로 발표된 게 아니라, 어느 학원 애들이 기억해온 걸 취합해서 만든 거였어. 다시 말해서 난 시험까지 치러 갔으면서도 너보다도 입시가 어떻게 돌아가는지를 몰랐다는 얘기지. 응, 그땐 자존심이 꽤 상했어. 그 때문에 더더욱 너한테 날카롭게 굴고 말았던 거야.

"진짜 말도 안 되는 소리다. 아무리 가망이 없어도 1차까지 붙은 애인데, 줏대도 없이 그런 말을 곧이곧대로 듣겠어?"

"당연히 대놓고는 못 시키지. 말을 맞춘다더라. 애들이랑 선생들이랑 짜고서, 다 같이 복기해오는 것처럼 얘기해놓고, 실제로는 한 명 빼고는 안 해오는 식으로."

정말 그렇게까지 하는 학원이 있었을까? 글쎄, 입시 커뮤니티에는 언제나 근거 없는 괴담이 잔뜩 돌아다녔어. 불안해하는 애들이 많았으니까 당연한 일이지. 하지만 달리 생각하면 학원에서 진짜로 특목고 입시 문제 빼돌린 일도 있었는데, 애하나 속여서 기출문제 얻어오는 정도는 그에 비하면 별것 아니기도 해. 그러니까, 응, 가능성은 있지 않을까. 지금의 나는 그렇게 생각해. 하지만 당시에는 이렇게 이성적으로 가능성을 따져볼 수가 없었어. 이미 기분이 상해버린 나를 앞에 두고서 너는 그치지도 않고 혼자서만 흥분해 있었잖아. 계속 그 망할 시험을 생각나게 했잖아.

"그 애도 그렇게 복기 담당이 됐던 거야. 하지만 위험한 방법이잖아. 특히나 네 말처럼, 학원에서 단체로 시험을 치러 갔다면, 어떻게든 비밀이 새나갈 수가 있잖아. 시험을 치기 전에 그 애가 진실을 알아버렸다면, 그랬다면 분명히…."

"이게 우주보다 더 중요한 얘기야?"

내가 갑자기 언성을 높이니까 너는 눈을 동그랗게 뜨면서 화들짝 놀랐지. 그것조차 네가 내 기분을 철저히 무시하고 있다는 증거처럼 보여서 나는 더 화가 났던 거야. 허공에서 어쩔 줄 모르고 꼼지락거리는 손가락도, 당황해서 더듬거리는 네 목소리마저도 그저 괘씸하게만 느껴졌던 거야.

"시험은 내가 치고 왔는데, 왜 네가 계속 얘길 꺼내는 거야? 뭘 하려고 이름도 모르는 애한테 이렇게까지 집착하는데, 응?"

"난 그냥, 이해하고 싶어서, 그 애가 어떤 마음이었는지."

"2차 탈락한 애 마음이 어떤지 궁금하면, 앞으론 그냥 나한테 물어봐. 내가 얼마든지 대답해줄 수 있으니까. 다음엔 뭐야? 넌 쪽지시험 꼴찌 하는 기분도 모르잖아. 그건 혹시 안 궁금해?"

그렇게 한바탕 쏘아붙이고 났더니 너는 인형처럼 제자리에 얼어붙어 있었고, 그때야 아차 싶었어. 이렇게까지 화를 낼 생각은 아니었거든. 그냥 다른 얘기 하자고 말할 셈이었는데, 그러면 너도 말을 들어주었을 텐데, 그만 내 열등감이 끓어서 넘쳐버린 거야. 넌 그저 위대한 과학자들처럼 궁금증 앞에서 모든 걸 잊고 몰두했을 뿐인데도. 생각이 여기에 미치면서 얼굴이 새빨갛게 달아오를 즈음에 네가 먼저 사과를 내뱉었지.

"정말, 정말 미안해."

그렇게 말하는 네 얼굴엔 정말로 고통스러워하는 기색이 어른거렸고, 정말이지, 내가 어떻게 더 화를 낼 수가 있었겠어? 다만 나도 사과하는 수밖에 없었지. 쉬는 시간이 끝나기 직전 아슬아슬하게 학원에 도착했을 때 우린 이미 화해한 뒤였어. 그 이후로 너는 다신 영재고 시험 얘길 꺼내지 않았어. SETI 프로젝트의 효용성이나 우주계획의 미래에 대해서 의견이 갈린 적은 이전에도 몇 번 있었지만, 오직 지구상의 일 때문에 싸웠던 건 그때가 처음이었고 또 마지막이었어. 그래, 마지막일 수밖에 없었지. 왜냐하면, 바로 다음 주 월요일에, 너는 교실에 들어오는 대신 상담실 문을 두드렸으니까.

✳

수학 수업시간 내내 비어 있었던 네 자리만 멍하니 쳐다보던 나를 기억해. 수업이 끝나자마자 교실로 걸어 들어오는 너를 보고서 마냥 반가워했던 나를 기억해. 너는 그런 내 손목을 붙들고서 바깥으로 달려나갔고, 무슨 일인지 궁금해하면서도 내 몸은 정해진 궤도를 너무나도 잘 알고 있어서, 우리는 다만 그 궤도를 따라 힘껏 육교에 올랐어. 온 학원가가 한눈에 보이는 어둠 속에서 숨을 몰아쉬던 우리 둘을 기억해. 갑자기 왜 그러는지 내가 채 묻기도 전에, 배낭의 무게에 흔들리며 난간에 기대선 채로, 숨처럼 흐릿한 목소리로 이렇게 선언하던 너를 기억해.

"나, 학원 그만뒀어."

그리고, 그리고 너는 배낭에서《코스모스》를 꺼내 말없이 돌려주는 거야. 연보라색 책갈피를 그때까지도 겨우 중간 어디쯤 꽂아놓은 채로, 아직 세이건이 미래로 띄운 편지를 함께 읽어보기도 전에. 다시 여기야. 벌써 여기야. 학원가 한가운데를 가로지르는 육교 위, 중학교 3학년 1학기의 기말고사를 겨우 열흘 앞둔 날, 저녁 8시 반쯤이야. 네 눈동자에는 이미 새로 정한 목적지가 비치고 있어서, 곧 그 빛나는 미래를 향해 떠나버릴 텐데, 답안지를 다시 한 번 샅샅이 훑어본 나는 드디어 정답을 적을 수 있을까? 키크즐루프가 과연 어떤 곳인지 이번에야말로 내 머릿속에도 확실하게 그려볼 수 있을까? 글쎄, 나는 느릿느릿 고개를 저으면서, 그저 손을 흔들 준비를 해.

실망했어? 하지만 예상했어야지. 지난 몇 달 동안 열 번이 넘게《코스모스》를 읽었지만, 항상 결과는 마찬가진걸. 11장에서 세이건은 우리의 뇌 속 정보량이 책 2천만 권에 육박한 다고 말하지만, 기억 속의 도서관에 적힌 너와의 대화를 아무리 회상해보아도 키크즐루프의 좌표는 찾을 수가 없었어. 그래서 줄곧 신문 칼럼에, 자칭 전문가의 분석에, 새로이 들려오는 소식 하나하나에 시달려야 했지. 혹시 오늘은 다르지 않을까? 내가 놓친 단서를 떠올릴 수 있지 않을까? 그렇게 헛된 희망을 품으며 책을 펼치지만 정신을 차려보면 난 언제나 이 육교 위에서 너를 배웅하고 있어. 무리해서 과고 B반에 들어갔지만 결국 입시에는 실패했듯이, 하다못해 끝까지 쪽지시험 꼴찌에서 벗어나본 적조차 없듯이.

어쩌면 당연한 결과일지도 몰라. 언제나 너는 내가 이해하지 못하던 문제를 이해했고, 내가 윤곽조차 잡지 못하던 정답을 분명하게 보았잖아. 그런 네 꿈의 형태를 내가 온전히 이해하는 건 근본적으로 불가능한 일인지도 모르잖아. 포기하는 건 아냐. 앞으로도 나는 계속해서 《코스모스》를 펼치고 또 펼쳐볼 거야. 네가 도달했어야 할 미래를 조금씩이나마 더 알아가려 시도할 거야. 내가 관측 가능한 영역이 고작해야 밤의 육교 끝자락까지에 지나지 않는다 해도, 그 너머의 설원으로 사라져갈 너를 끝까지 이렇게 바라보고 있을 거야. 세상이 말하는 네가 아니라 기억 속의 분명히 빛나는 너를, 지나가는 차와 사람들을 하염없이 내려다보다가 얼핏 희미하게 목소리를 내뱉는 너를, 오직 그 모습만을 눈에 담기 위해 책장을 더욱 천천히 넘기면서….

하지만 책장은 넘어가지 않아. 네 목소리는 점점 흩어져.

새 장래희망을 정했어, 국제우주정거장이 아니라, 그다음은 말하지 않아.

대신 그 가느다란 손끝으로 내 오른쪽 눈 아래를 가리켜.

회상이 요동치고, 부서지고, 흘러내려. 그림자 아래서 네 손톱은 일렁이며 푸른색으로, 붉은색으로, 연보라색 책갈피로 바뀌어서 시야에 그대로 눌어붙어. 펼쳐진 책의 오른쪽 페이지 하단에, 학원신서판에는 없었던 565쪽의 큼지막한 역자 주석 위에 끈적이는 얼룩으로 남아. 다음 페이지로 진행하고 싶은데 그럴 수가 없어. 주석에 적힌 단어 하나가 눈의 티끌처럼 계속 거슬리니까. 네 손끝이 여전히 그 단어를 가리키고 있으니까. 도무지 영문을 알 수가 없어서 나는 문제의 세 글자를 휘휘 좇아봤다가, 노려봤다가, 발음해봤다가…. 순간 뇌리를 스치는 생각에 숨을 멈춰. 가슴이 불안하게 뛰고 손이 떨리기 시작해. 설마 아니겠지 싶어 주석을 재차 정독해보지만, 그럴수록 사고의 흐름 속에서 먼지처럼 흩어져 있던 단서들은 행성처럼 점점 확고히 뭉쳐. 부정할 수 없는 진실을 만들어.

아무래도 방금, 키크즐루프가 어디인지 알아낸 것 같아.

*

언제나 그랬듯이 힌트는 지문에 숨어 있었어. 우리가 처음으로 대화를 나누었던 버스 안에도, 네 무릎 위의 낡은 과학

책 속에도. 그 누렇게 빛이 바랜 페이지 사이에서 네가 키크즐루프라는 단어를 처음 보았으리라고 나는 언젠가 생각했지. 아마 그 생각 자체는 옳았을 거야. 거기서 한 발짝만 더 나아가면 됐던 거야. 예를 들면 말이지, 옛날 책들은 단어 표기가 좀 이상한 경우가 많잖아? 오래된 표기법을 쓰기도 하고, 일본 책을 번역하면서 일본식 발음을 그냥 옮기기도 하고, 가끔은 영어를 엉망으로 읽기도 하지. 난 어릴 때 '백신'이랑 '왁찐'이 같은 말이라는 생각을 못 했다니까. 그러니까 혹시, 키크즐루프도 이런 경우였다고 가정하면 어떨까.

드미트리 이바노비치 멘델레예프. 현재 우리가 사용하는 원소주기율표의 아버지야. '멘델레예프'는 영어로 'Mendeleev'라고 쓰지만, 러시아 사람이니까 'v'로 끝나도 '프'로 읽지. 즉 러시아어 발음에 대해 조금이라도 지식을 가진 사람이 글을 교정한다면, '멘델레예브'란 단어를 볼 때마다 자연스레 '멘델레예프'로 고쳐놓을 거야. 무슨 말인지 알겠어? 책이 완성되어 나오기 전에, 러시아어를 아는 출판사 직원 누군가가 표기를 수정하기 전에 '키크즐루프'는 원래 '키크즐루브'였을지도 몰라. 그래, 별로 달라진 건 없어 보이지. 하지만 사소한 표기 차이가 때로는 쪽지시험 점수를 뒤바꿔놓을 수도 있단 사실을 우린 잘 알잖아. 크롬, 크로뮴, 크세논, 제논, 그렇게나 투덜거렸으니 너도 아마 기억할 거 아냐.

내가 외운 이름들은 1998년에 대한화학회에서 개정한 명칭이야. 영어 명칭을 기준으로 'Chromium'은 크로뮴, 'Xenon'

은 제논, 이런 식으로 기준을 정했으면 따라야 하는 거라고. 그렇게 하지 않으면 처음 보는 알파벳의 나열을 사람마다 제각기 읽어버리고 말 테니까. 'Choice'는 초이스니까 'Chromium'은 츠로뮴, 독일에서 읽는 식으로 'Xenon'은 크세논, 이 렇게 해버리면 의사소통이 아예 안 될 거 아냐. 같은 원리로, 1990년쯤에 어느 저자가 최신 천문학 가설 이야기를 책에 실으면서 'Chicxulub'이란 생소한 고유명사를 '키크즐루브'라고 자기 멋대로 읽어 놓았다면… 그게 사실 '칙술룹'이었단 걸 깨닫기까지 이렇게나 오래 걸려버릴 수도 있는 거야.

565쪽의 주석에 의하면, '칙술룹'은 러시아가 아닌 멕시코의 유카탄 반도에 있어. 광막한 설원 따윈 내 상상에 불과했던 셈이지. 게다가 연구소조차 아니야. 그냥 마을 이름이라고. 다만 그 마을을 중심으로 한 주변 지역에, 유카탄 반도의 끝자락에, 지름이 180킬로미터나 되는 충돌 구덩이의 흔적이 남아 있을 뿐이야. 그 구덩이는 지금으로부터 약 6천5백만 년 전쯤에, 우주의 길 잃은 외톨이 하나가 지구에 도착했을 때 생겼다고 해. 태양마저 가릴 어마어마한 먼지 구름을 일으키면서. 백악기를 끝내면서.

그런 곳이 네 장래희망이었다는 사실을, 난 어떻게 받아들여야 해?

갑자기 국제우주정거장보다 백악기 대멸종에 더 관심이 생겼겠지, 그래서 과감하게 새 목표를 정했겠지, 처음엔 그런 식으로 편리하게 생각하려 시도해봐. 하지만 안 돼. 불가

능해. 스머드는 의심을 어떻게 할 수가 없어. 인터넷에서 잘
난 척 떠드는 사람들의 말이 옳았다고곤 추호도 생각 안 하지
만, 내일의 하늘에서 빛나는 별 대신 과거에 지상으로 추락
한 폐허를 선택했다는 건, 그런 건 아무리 생각해도 내 기억
속의 네게 어울리는 행동이 아니야. 그렇다면 내가 모르는
뭔가가 있는 거잖아. 너에 대해서 조금쯤은 잘못 생각하고
있었단 뜻이잖아. 세이건의 은하 대백과사전을 휙휙 넘기며
나는 가능한 한 빠르게 너를 떠올려. 계산을 실수한 부분이
있었는지 다시 한 번 점검해. 그리고…, 지금까지와는 다른
광경을 보는 거야.

*

　이를테면 "버스에서밖에 책 읽을 시간이 없다"고 말하는
네 얼굴의 피로한 기색이 보여. 마지막까지 겨우 중간 어디쯤
꽂혀 있던 연보라색 책갈피가 보여. 열등감 가득한 한탄에
공감하듯 내 손을 꼭 잡아주던 움직임이, 영재고 입시 커뮤니
티 정보를 나보다도 잘 알았던 목소리가 스쳐 지나가. 분명
아까도 떠올렸던 기억들인데 색감이 다르고 어조가 달라. 과
거를 완전히 새로운 번역본으로 읽고 있는 것 같아. 그리고,
그리고 시험장에서 봤던 그 애도. 이름도 모르는 애가 태연
히 시험을 포기해버렸던 일에 이상하리만치 집착하던 네 모
습도. 어떤 기분이었을지 궁금해하고, 의도를 추측하고, 하지
만 더 이상 내 눈에는 미래의 과학자다운 탐구 정신이 보이지

않아. 대신 이렇게 묻는 네 절박한 얼굴만이 보여.

"그 애는 어떻게 포기할 수 있었던 걸까?"

다시 말해서,

"나는 어떻게 해야 포기할 수 있을까?"

돌이켜보면 내가 그 학원가에 발을 들인 건 우주를 사랑했기 때문이었어. 마우나케아 천문대라는 꿈이 있었기 때문에 무리하게 과고 B반에 들어갔어. 사과나무학원의 좁은 교실에 갇혀서 밤늦게까지 수업을 듣고 필기를 하고 숙제를 하고 쪽지시험을 쳤어. 거기서 하루를 더 버틴다는 것 자체가 내겐 꿈을 향해 조금이나마 더 나아가는 일이었으니까. 아마 너도 마찬가지였겠지. 나보다 훨씬 오래전부터, 아마 초등학생 때부터 그런 식으로 버텨왔으리란 점을 제외한다면. 응, 그러다 보면 사람은 지치게 마련이잖아. 그냥 끝내고 싶어져도 이상하지 않잖아. 목표를 향해 나아가지 않는, 그저 궤도를 벗어나 추락하는 운석이 되고 싶었을 네 마음을 나는 이제서야 이해해.

하지만 결단을 내리지 못하고 머뭇거리며 계속 그 교실에 남아 있었을 그 마음 또한 이해하지 않을 수 없어. 그때껏 들인 시간과 수고가 있었으니까. 그리고 무엇보다도 여전히 넌 우주를 좋아했으니까. 고등학교 입시 준비를 그만두면 그 모든 걸 같이 놓아버리는 거잖아. 학원가의 육교 위에서 중학교 3학년 학생의 눈으로 둘러보면 다른 길은 보이지 않는 법이잖아. 그러니 사과나무학원 과고 B반을 그만두기 위해선, 먼저 오랜 꿈과 노력을 깨끗이 내던져버릴 방법이 필요했던 거야. 영재고 시험장의 그 애가 복기 담당이었으리라고 가정하면서, 그 사실을 알게 된 순간의 마음을 알아내려 애쓰면서, 너는 가장 납득 가능한 형태의 포기하는 마음가짐을 찾아 헤매고 있었던 거야.

＊

《코스모스》의 마지막 장에서 세이건은 핵무기의 위협을 필사적으로 경고해. 핵전쟁에 의해 발생할 재난의 목록 끝에 "아무런 소득도 없이 자기 파괴의 길을 걸어온 문명에 대한 허탈감, 이 모든 재앙을 미연에 방지할 수 있었음에도 그렇게 하지 못한 데에 대한 자책감"을 덧붙여. 그 문장을 읽으면서 난 고개를 들어 다시금 과거의 너를 바라봐. 꿈을 포기한 너를, 학원을 그만둔 너를. 하지만 그렇게 결심하기 위해 네가 찾은 정답은 뭐였어? 그날 넌 어떤 마음을 품고서 육교 저편으로 사라져갔던 거야? 너는 대답하는 대신 그저 두 손으로 육교 난간을 붙잡고서, 수백 개의 불빛이 반짝이는 학원가를 멍하니 내려다보며 기억 속 마지막 목소리를 허공에 조용히 흘려보내지.

"바로 여기야, 우리…."

그 순간에 나는 마지막 문제의 답을 떠올려. 네가 하려던 말의 의미를 깨달아. 그건 인용구였어. 《코스모스》 신판 서문 맨 앞에도 적혀 있는 말이었어. 1990년의 밸런타인데이에 보이저호가 찍은 사진 '창백한 푸른 점'에 대한, 역사상 가장 아름다운 주제 파악이었어. 너의 작은 미소가 마지막 몇 페이지에 걸쳐 바스러지는 동안 나는 여름 바람에 실린 세이건의 목소리를, 네가 머릿속에 적어넣었을 결심을 가만히 따라 읊어봐.

"…우리 집이고, 우리 자신이야. 우리가 사랑했던, 알았던, 한 번이라도 들어보았던, 존재했던 모든 사람이 여기에 살았어."

"우리의 온 기쁨과 슬픔, 자신감 넘치는 수천 개의 종교, 이념, 경제 정책, 우리 인류의 역사 속 모든 사냥꾼과 채집가, 영웅과 겁쟁이, 문명의 창조자와 파괴자, 왕과 농민, 사랑하는 한 쌍, 어머니와 아버지, 촉망받는 아이, 발명가와 탐험가, 도덕의 스승, 부패 정치인, '슈퍼스타', '최고 지도자', 성인과 죄인들이 바로 여기에,"

"햇빛 속에 떠도는 한낱 먼지 위에 살았던 거야."

그건 분명 빛나는 장래희망과 수년 동안의 노력을 전부 포기하기 위한 네 성명서였겠지. 말을 맞춰서 친구를 속이면서까지 합격해야 하는 학교도, 다들 뭔가 잘못됐다고는 생각하면서도 어쩔 수 없이 다니고 있는 그 수많은 학원도, 그런 길을 거쳐서 도달해야 하는 꿈도 그저 창백한 푸른 점 위의 미미한 얼룩으로만 여기리라고 결심했겠지. 하지만 그건 네가 알았고 또 사랑했던 모든 세상이 잿빛 먼지 더미에 불과했다는 뜻이잖아. 그런 결론을 내린 채로 넌 영영 떠나가려 하는 거잖아. 지쳐 비틀거리는 걸음걸이로, 목적 없이 그저 허공을 떠돌다가 어딘가에 충돌해버릴 소행성처럼, 칙술룹을 향해서.

마지막 페이지를 넘기기 전까지 나는 어떻게든 팔을 뻗어 멀어져가는 네 손을 붙들려 해. 언젠가 네가 내 손을 잡아주었듯이, 이해하고, 고민을 들어주고, 공감해주려 해. 하지만 이미 늦었다는 사실을 나는 알고 있어. 한순간 손가락 끝이 스치는 것 같다가도, 그 찰나의 두근거림이 채 끝나기도 전에 너는 벌써 먼지구름 속으로 사라져서 보이지 않아. 다만 그 발소리만이, 최후의 날 시계의 불길한 초침 소리처럼, 육교 저편의 까마득한 어둠 속으로 이어지고 있어.

## 한 줌 먼지 속: 후기

　그렇습니다, 〈세상은 이렇게 끝난다〉의 프리퀄입니다. 이 세계관에서 다른 이야기를 쓴다면 어떻게든 프리퀄이 될 수밖에 없죠. '오펜하이머'와 '텔러'의 세계는 이전 단편 안에서 완벽히 끝났고, 그와 함께 학창시절에 대한 제 원한에도 어느 정도 매듭을 지었으니까요. 제게 남은 선택지는 고등학교 때보다도 조금 더 과거로 돌아가는 것뿐이었습니다. 그 결과물은 보시다시피 정돈된 미스터리라기보단 다소 흐릿하고 혼란스러운 스케치입니다. 고등학교 입시와 관련된 기억은 대학 입시에 비해서 좀처럼 분명하게 떠오르지가 않더라고요. 다만 파편적인 장면과 감정들이 머릿속에 얼룩처럼 묻어 있어서, 그것들을 잉크 삼아 썼습니다.

　이를테면 작중에 등장하는 학원가는 제가 실제로 잠시 몸

담았던 공간이에요. 줄곧 언급되는 육교가 정확히 어디인지 눈치를 채신 독자분이 있으실지도 모르겠네요. 주기율표 외우기 쪽지시험의 납득할 수 없는 채점도, 영재고 시험장에서 있었던 일도 전부 실제 경험을 바탕으로 하고 있습니다. 당시에 제가 우주를 정말 좋아했던 것도 사실인데, 근처 천문대 개방 행사가 예정되어 있던 날에 어쩔 수 없이 학원 첫 수업에 나가야 했던 일이 아직도 생각이 나네요. 그 학원에서 저는 우주를 조금 덜 좋아하게 되었습니다. 이런 종류의 사소하지만 지워지지 않는 원한을 담은 글입니다.

물론 이건 '텔러'에 대한 이야기이기도 합니다. 테러리스트의 탄생을 다룬 이야기죠. 프리퀄이니까요. 하지만 저는 '텔러'의 정당성과 신념에 관해 이야기하고 싶지는 않았습니다. 테러를 정당화하는 일은 전작에서 '오펜하이머'가 충분히 해주었어요. 그 방향으로 더 나아가는 것은 위험한 일입니다. 대신 저는 중학교 때 무섭도록 열심히 공부한다고 소문이 파다했던 애와 봉사 캠프에서 우연히 만나 이야기를 나눠본 경험에 대해 쓰기로 했어요. 그 애는 정말 어디에나 있는, 평범하게 지친 애였습니다. 〈한 줌 먼지 속〉은 특별한 선구자가 아니라 그런 지친 아이들에 대한 이야기입니다. 명확한 목표를 향해 달리던 로켓들이 멈추고, 흔들리고, 경로에서 조금씩 벗어나다가 결국 어딘가에 충돌하고 마는 현상에 관한 이야기입니다. 바람 속에서 길을 잃는 우주 먼지, 밑바닥에서 본 로스 앨러모스에 대한 이야기입니다.

제목은 T. S. 엘리엇의 시 〈황무지〉에서 가져왔습니다. 글의 마지막 장면은 유명한 '창백한 푸른 점' 사진에 대한 칼 세이건의 1994년 코넬 대학교 강연을 인용했고요. 작중의 인용구 출처는 대부분 사이언스북스에서 펴낸 특별보급판《코스모스》1판(홍승수 옮김)으로, 학원신서판 완역본《코스모스》23판(서광운 옮김)과 비교해 가며 참고하였습니다. 저는 특별보급판이 훨씬 익숙한 세대입니다만, 〈한 줌 먼지 속〉은 낡은 과학책의 낭만에 대한 글이기도 하니까요. 어릴 때 읽은 과학책에는 외계 행성 탐사와 인공 장기의 발달, 궤도 엘리베이터와 다이슨 스피어처럼 SF스러운 내용도 잔뜩 나와 있었습니다. 그런 책에 나오는 과학자가 되길 줄곧 꿈꿨지만… 대신 그런 책을 쓰는 사람이 되었네요. 이 정도면 그럭저럭 목적지 근처에는 떨어진 것이 아닐까, 그렇게 생각해 봅니다.

무서운 도마뱀

## Dinosaur

공룡(恐龍)은 공룡류(Clade Dinosauria)에 속하는 파충류 동물을 일컫는다. 중생대에 지구를 지배하다가 백악기 말의 대멸종으로 인해 현재는 지구에서 사라졌다고 오래도록 알려져 왔지만, 근래의 연구에 따르면 공룡은 완전히 멸종한 것이 아니며, 오늘날의 새들이 바로 공룡의 직계 후손이라고 한다. '공룡(Dinosaur)'이라는 단어는 영국의 고생물학자 리처드 오언이 그리스어로 '무서운, 놀라운'을 뜻하는 '데이노스'와 '도마뱀, 파충류'를 뜻하는 '사우리아'를 합쳐서 만들어냈다.

＊

영국 유학 시절의 동기로부터 청첩장을 받았을 때만 해도 굉장히 기대가 컸다. 영국 동남부의 근사한 고성을 사흘 동안 통째로 빌려 파티를 연다고 하니 그럴 수밖에 없었다. 문제의

'고성'이 오래도록 방치된 채 보수가 거의 이뤄지지 않은 사실상의 폐허라는 사실은 도착하고 나서야 비로소 알 수 있었다. 새로 뽑은 차는 정비되지 않은 진흙 길을 달리느라 엉망진창이 되었고, 안내받은 방에는 거미줄과 먼지가 가득했으며, 대접받은 요리는 바깥 날씨만큼이나 눅눅했다. 블로그에 불평을 적고 싶었는데 와이파이마저 터지질 않았다. 동기 녀석과 그 신부는 입을 모아서 "이런 게 고성의 로맨틱한 분위기"라고 끝까지 주장했지만, 동조하는 하객은 아무도 없었다.

고양된 감정이 사라진 자리에는 영국 특유의 날씨만큼이나 착 가라앉은 기분이 자리했고, 야외에서 막 파티를 시작하려는 찰나 비가 쏟아졌을 때는 집에 돌아가고 싶다는 간절한 바람으로 바뀌었다. 그래서 둘째 날 나를 찾는 전화가 걸려왔다면서 동기 녀석이 불렀을 때는 안도감마저 느껴졌다. 낯선 사람의 갑작스러운 연락이었지만, 아무튼 성을 슬쩍 빠져나갈 핑계로는 충분했으니까. 급한 일이 아니라고 친절하게 말해주는 전화기 너머의 목소리를 숨기며 동기 녀석에게 "정말 급한 전화인 것 같아! 내가 아니면 안 된대!" 하고 둘러댄 후, 나는 가능한 한 빨리 짐을 싸서 전화가 걸려온 '웜스엔드'라는 곳으로 향했다.

웜스엔드는 성에서 몇십 킬로미터 떨어진 곳에 있는 작은 마을이었다. 울창한 숲으로 둘러싸이고 시냇물이 흐르는 마을 안에는 가장 큰 건물인 성당을 중심으로 집들이 드문드문 서 있었는데, 작은 가게와 주유소를 빼면 중세를 배경으로 한 영화 촬영장으로 착각할 수도 있겠다 싶을 정도였다. 시간이 저 과거 어딘가에 멈춰 있는 듯 보였다.

전화로 들은 얘기대로 성당 뒤편에 차를 대고 조심스럽게 안으로 들어가자, 검은 사제복 차림의 나이 든 남자가 반갑게 나를 맞이했다. 몸은 마르고 머리는 반쯤 하얗게 세었지만 기품이 있어 보였고, 안경알 너머로 보이는 눈에는 부드러운 기운이 있었다. 남자는 먼저 손을 내밀며 말했다.

"이런 데까지 와 주셔서 정말 감사드립니다, 박사님."

"아뇨, 천만의 말씀을요. 저야말로 축축한 성에서 꺼내주셔서 감사할 따름입니다. 전화 주신 분 맞으시죠?"

"네. 제가 리처드 가일스입니다. 이 성당의 주임신부죠. 꼭 봐주십사 하는 것이 있어서 이렇게 수고를 끼쳐드리게 되었습니다."

기독교의 신부가 내게 볼일이 있는 건 결코 흔한 일은 아니었다. 전통적으로 신앙과 사이가 나쁜 전공에 종사하고 있는 만큼, 오히려 저쪽에서 싸움을 걸어오지 않으면 다행이라고 생각할 정도였다. 하지만 가일스 신부의 태도를 보건대 고작해야 교리를 두고 지긋지긋한 논박이나 벌이자고 나를 부른 건 아닌 듯싶었다. 그렇다면 도대체 왜, 하필이면 나를 부른 거지? 혼란스러운 내 마음을 읽은 듯 가일스 신부가 웃으며 입을 열었다.

"박사님 얘기를 신문에서 얼핏 읽었습니다. 백악기 대멸종으로부터 살아남은 공룡이 있는지에 대해 연구를 하고 계신다면서요. 그 기사를 읽고 나서 기회가 되면 꼭 뵙고 싶다고 생각했는데, 마침 이 근처에 들르신다지 뭡니까. 제 친구가 그 성을 관리하거든요."

"저, 신부님? 죄송하지만 제 연구는…."

"압니다, 알고말고요! 창조과학이나 지적설계를 지지하기 위한 연구가 아니란 말씀이시죠? 저도 우주가 1만 년 안짝에 창조되었다고 믿는 사람은 아닙니다. 걱정하지 마세요."

놀라는 내 얼굴을 보며 신부는 슬쩍 미소를 짓더니, 신문의 과학기사는 빼놓지 않고 읽는다면서 무신론의 대표주자인 과학자들 몇의 이름까지 댔다. 잠깐 곤두섰던 신경이 곧바로 풀어지면서 안심이 되었지만 의문은 여전히 남았다. 영국 시골 마을의 신부가 대멸종 이후의 공룡 생존 가능성을 연구하는 고생물학자를 부를 이유가 도대체 뭐가 있을까? 궁금증에 사로잡힌 채, 나는 신부의 안내를 따라 예배당 지하의 창고로 걸어 내려갔다.

"이 웜스엔드 성당은 굉장히 유서 깊은 곳입니다. 아주 먼 옛날부터 이 마을의 중심이었죠. 그래서 이 창고에는 오래된 별의별 잡동사니들이 아주 많이 쌓여 있습니다. 몇 년 전에 그것들을 대대적으로 정리하다가 아주 흥미로운 물건 하나를 발견했는데, 바로 이 녀석입니다."

신부는 창고 앞에 나와 있는 나무상자 안쪽을 가리켰다. 나무상자 안에는 커다란 청동 덩어리 하나가 들어 있었다. 길이가 족히 40센티미터는 될, 앞뒤로 길쭉하고 좌우에 구멍이

뚫린 금속 덩어리는 확실히 공룡의 두개골 모습을 하고 있었다. 누군가가 공룡 화석의 두개골에 정교하게 본을 떠 주조한 것이 분명했다.

"상자에 양피지 장부가 같이 들어 있었는데, 거기 적힌 바에 따르면 아마도 120년 전쯤 지하에 보관된 물건이 아닌가 합니다. 상자가 그만큼 낡았다는 소리고 내용물은 설명도 뭣도 없이 덩그러니 담겨 있었으니, 정확히 얼마나 오래된 유물일지는 아무도 모르는 일이지만 말입니다."

이거라면 확실히 신부가 고생물학자를 부를 만한 일이기는 했다. 청동으로 된 공룡 머리뼈가 교회 창고에서 자주 나오지야 않겠지만, 그런 일이 생겼다면 전문가에게 물어보는 편이 가장 확실할 테니까. 하지만 여전히 석연찮은 점이 있었다. 겨우 이것 때문이라면 굳이 나를 여기까지 부를 필요는 없지 않았을까?

"이 공룡이 무슨 종인지를 물어보시는 거라면, 이 자리에서 당장 확답을 해드릴 수는 없습니다. 제 전문은 그쪽이 아니니까요. 사진을 찍어서 동료들과 토의를 해본 후에 알려드릴 수는 있습니다만."

"아뇨, 그런 얘기가 아닙니다."

신부는 단호하게 고개를 저었다.

"저도 최근까지는 눈치채지 못했던 사실인데, 이 성당에는 이상하게 용에 관련된 장식이나 조각이 많아요. 잘 살펴보면 예배당 가득 용의 모습이 있습니다. 특히 기사가 창으로 용의 머리를 찌르는 모습이 말이지요."

그러면서 신부는 다시 한 번 상자 속의 청동 두개골을 가리켰다. 두개골 위쪽에는 깊고 선명한 홈이 파여 있었다. 주변부의 상태를 보아하니 나중에 생긴 흔적은 아니고, 아마 본을 뜨기 전의 화석에도 같은 상처가 있었을 것이다.

"원래는 그 조각들이 성 게오르기우스 전설을 조각한 것이라고 생각했습니다. 리비아에서 독을 내뿜는 용을 창으로 찔러 물리치고 사람들을 개종시킨 유명한 성인 이야기 말입니다. 그런데 이걸 발견하고 나니 갑자기 생각이 달라지더군요."

"그렇다면 그 조각들이 이 두개골과 관련이 있다는 말씀이십니까?"

"우연은 아닌 것 같다는 이야기지요. 용의 머리를 찌른 기사와 이마에 상처가 난 머리뼈 사이에 모종의 관련이 있는 것이 분명하다, 그런 생각이 들었습니다."

신부의 말에는 일리가 있었지만, 그렇다고 해서 용을 죽인 기사의 이야기가 실제일 리는 없었다. 용을 죽이는 기사 이야기는 전설의 가장 흔한 레퍼토리 중 하나고, 영국 전역에만 수십 개의 마을에 비슷한 전설이 전해져 내려왔다. 아마 이곳에도 비슷한 전설이 있었고, 그래서 우연히 파낸 공룡 화석에 누군가가 '전사에게 죽임을 당한 용'이라는 꼬리표를 붙이고는 청동으로 본을 떠 전설의 증거로 삼았으리라. 이러한 의견을 조심스럽게 신부에게 전달하자 그는 가만히 웃으며 고개를 끄덕였다. 그러고는 한마디 덧붙였다.

"기왕 여기까지 오셨는데, 이 안을 좀 더 둘러보시지요."

웜스엔드 성당은 작은 예배당을 제외하고는 딱히 눈에 띄는 구석이 없는 평범한 동네 성당이었다. 관광객이라면 둘러보는 데 15분도 쓰지 않겠지만, 나는 신부가 말한 용 그림이나 조각상이 어디에 있는지 예배당 안을 샅샅이 뒤지느라 거의 1시간을 소모했다. 신부의 말대로 용은 정말 여기저기에 있었는데, 문의 부조나 예배당 좌우의 작은 조각상은 물론이고 종탑으로 올라가는 계단의 벽에도 창에 찔린 용 머리가 묘사되어 있었다. 아리따운 소녀와 용기백배한 기사 옆에 비참하게 쓰러져 있는 용에게는 연민의 정마저 느껴질 정도였다.

그 모든 용 가운데서도 예배당의 스테인드글라스에 묘사된 녀석은 특별히 더욱 인상적이었다. 아름다운 푸른빛으로 반짝이는 스테인드글라스 위에서 용은 마을을 덮쳐 양과 염소를 잡아먹고 주민들을 위협했지만, 결국 천사의 손에 이끌려 하늘로 뛰어오른 기사의 빛나는 창에 머리를 꿰뚫려 쓰러지고 말았다. 용의 최후를 그린 그 스테인드글라스를 살펴본 후에야 나는 왜 신부가 교회 안을 둘러보라고 했는지 그 이유를 깨달았다.

스테인드글라스 속 용의 몸을 빽빽이 덮고 있는 것은 비늘이 아니라 깃털이었다. 푸른 깃이 용의 머리부터 시작해서 꼬리 끝까지 이어져 있었고, 꼬리 끝은 더욱 긴 깃털들이 부채처럼 펼쳐진 모양새였다. 양팔에도 같은 깃털이 자라나 팔이라기보다는 발톱이 달린 날개처럼 보였다. 전래동화에 나오는 용이 이런 모습이라면 다들 이상하다고 생각하겠지만, 고생물학자에게는 전혀 이상할 것이 없었다. 아니, 교회의 스테인드글라스에 그려지기에는 지나치게 고생물학자에게 친숙한 모습이었다. 전사의 창에 맞아 최후의 단말마를 토하는 괴물은 상상 속의 용이 아니라 분명 깃털공룡이었다.

"요즘은 공룡을 다들 저렇게 그린다죠? 전 〈쥐라기 공원〉에 나온 녀석들에만 익숙하다 보니 아무래도 깃털 달린 공룡은 어색하게 느껴집니다."

내 뒤에 서 있던 신부가 웃으며 말했다. 신부의 말은 정확했다. 예전에는 모든 공룡을 비늘에 감싸인 파충류로 묘사했지만 요즘은 그렇게 하지 않는다. 깃털이 달린 공룡 화석이 발견되고 공룡과 새의 관계가 드러나면서, 이제 많은 육식공룡은 두 발로 걸어 다니는 악어가 아니라 화려한 깃털로 덮인 육식성 닭처럼 그려진다. 하지만 결정적인 깃털공룡 화석이 발견되기 시작한 것은 1990년대 이후다. 윔스엔드 성당이 현대의 공룡 복원도에 따라 스테인드글라스를 교체한 것이 아니라면, 스테인드글라스 위의 깃털 달린 용은 깃털공룡 가설이 널리 인정받기도 전에 그려졌다는 얘기가 된다. 모든 게 옛날 모습 그대로인 마을의 분위기를 생각하면 중세시대에 그려졌을지도 모를 일이었다.

나는 머리를 세차게 흔들었다. 중세시대에 그려진 정확한 모습의 공룡 복원도? 공룡과 인간이 함께 살았다고 바득바득

우기는 창조과학자들이라면 두 손을 들고 환영했겠지만, 거대한 공룡이 빙하기를 비롯한 수많은 환경의 변화를 견뎌내고 중세시대까지 살아남았으리라고는 역시 생각하기 힘들었다. 대멸종 이후 공룡의 생존 가능성을 점쳐본 적이야 있었지만 그건 공룡의 입에서 산소호흡기를 당장 떼느냐 나중에 떼느냐 정도의 문제였을 뿐이다. 멀쩡히 살아서 중세시대의 장원을 확보하는 공룡이 있었을 리가 없었다.

문제는, 가일스 신부에게 이대로 말할 수는 없다는 사실이었다. 고생물학자를 부르는 수고까지 해가며 수수께끼의 청동 두개골과 깃털 달린 용 그림에 관해 물어본 과학 마니아 신부에게, 기껏해야 "그런 일은 있을 수 없습니다."라고 대답하는 것은 적절한 대응이 아니었다. 게다가 "그런 일은 있을 수 없습니다."라고 말한다고 해서 수수께끼가 사라지는 것도 아닐 테니까. 아무리 내가 중세시대에 공룡이 살아 있었을 리 없다고 우긴다 한들, 이마에 상처가 난 청동 두개골과 스테인드글라스에 그려진 정확한 공룡 복원도는 사라지지 않고 그대로 남는다. 그와 함께 신부가 품은 의문도 그대로 남을 것이다. 뭔가 다른 대답이 필요했다.

어떻게든 나와 신부가 동시에 만족할 수 있는 대답을 찾기 위해 필사적으로 스테인드글라스를 훑어 보던 내 눈에 뭔가 수상한 것이 잡혔다. 깃털 달린 용에 집중하느라 미처 보지 못했던 그림의 왼쪽 아랫부분이었다. 흰옷을 입은 소녀가 바닥에 무릎을 꿇은 채 기도를 하고 있었다. 양발에는 족쇄가

채워진 채였다. 교회 스테인드글라스에 그려진 소녀답지 않게 머리카락은 정돈되지 않고 부스스했다.

"저 여자는 뭘 묘사한 거죠?"

내가 손가락으로 그림을 가리키자 신부는 안경을 고쳐 쓰며 시선을 움직였다. 노안 때문에 그림이 잘 보이지 않는지 신부는 얼굴을 잔뜩 찌푸렸지만, 다시 나를 쳐다보며 입을 열었을 때는 원래의 차분한 표정으로 돌아와 있었다.

"저 그림이 성 게오르기우스 전설을 나타내는 것이라면, 여인은 아마 왕의 외동딸일 겁니다. 성 게오르기우스가 리비아의 작은 나라 시레나에 방문했을 때, 시레나는 용에게 젊은 이를 바치느라 나라에 젊은이들이 동나서 다음번엔 왕의 외동딸을 바쳐야 할 지경이었다고 합니다. 외동딸이 눈물을 머금고 용의 먹이가 되려는 순간 성 게오르기우스가 나타나 용을 물리쳤죠."

"하지만 저 소녀는 기도를 하고 있잖습니까. 시레나 사람들이 기독교로 개종한 건 성 게오르기우스가 용을 쓰러뜨린 이후 아닙니까?"

"성 게오르기우스는 용을 끌고 돌아가서 시레나 사람들에게 '내가 용의 숨통을 끊어놓을 테니 모두 기독교로 개종하라'고 요구했죠. 그제야 사람들이 개종했으니, 저 그림의 여인이 왕의 외동딸이라면 전후 관계가 조금 이상해지긴 합니다. 그래도 보통 스테인드글라스는 이야기를 한 장으로 압축하기 위해 시간 관계를 다소 왜곡하는 경향이 있으니까요."

"하나 더, 왕의 외동딸에게 어떤 신체적 특징이 있었다는 묘사가 전설에 있습니까? 손가락의 개수가 달랐다거나 꼬리가 있었다거나, 뭐라도 좋습니다."

"아뇨, 그런 얘기는 전혀 없습니다. 그런데 그건 왜 물어보시는지…, 아!"

신부는 다시 안경을 고쳐 쓰더니 스테인드글라스를 뚫어지게 응시했다. 그 시선이 기도하느라 맞잡은 소녀의 손, 그리고 무릎을 꿇은 소녀의 발 뒤쪽을 차례로 향하자 곧 놀라움의 탄성이 터져 나왔다. 부스스한 머리를 한 소녀의 손가락은 분명 세 개였고 발 뒤쪽으로는 긴 꼬리가 늘어져 있었다.

"세상에, 저걸 왜 지금까지 눈치채지 못했을까요? 그냥 용의 제물이 된 소녀라고 생각했는데 아니었군요! 정말 이상한 일입니다."

"스테인드글라스를 잘못 만든 건 아닐까요?"

내 물음에 신부는 고개를 저었다. 실수라고 보기에는 꼬리가 너무 뚜렷하다는 것이다. 나와 신부는 다른 몇 개의 스테인드글라스에도 같은 소녀가 그려져 있는 것을 발견했고, 소녀의 손가락이 세 개씩인 것과 꼬리가 달린 것을 몇 번씩 확인했다. 감옥에 갇혀 있는, 용 앞에서 기도하는, 기사와 함께 당당하게 걸어가는 소녀는 분명 평범한 인간이 아니었다. 어떤 신체적 기형에 대한 묘사일까? 아니면 특별한 인물에게 더욱 특별함을 부여하고자 한 예술가의 상상력이 발휘된 결과일까?

신부에게 잠시 생각할 시간을 달라고 한 후 나는 방으로 돌아왔다. 머릿속이 온통 복잡했다. 이마에 상처가 난 청동 두개골에 대해, 깃털공룡과 꼬리 달린 소녀가 나오는 스테인드글라스에 대해 고생물학자가 도대체 무슨 이야기를 할 수 있겠는가? 하지만 무슨 이야기든지 만들어내야 했다.

　화석을 발굴하다 보면 자주 상상력을 발휘해야 할 때가 생긴다. 땅에 묻힌 공룡의 흔적들은 결코 모든 것을 알려주지 않는다. 뼛조각은 공룡이 어떤 색깔이었으며 무엇을 먹고 언제 알을 낳았는지에 대해 아주 작은 단서밖에 주지 못한다. 어지럽게 찍힌 발자국은 그 주인이 왜 급히 진흙 바닥을 가로질러 움직여야 했는지 직접 가르쳐주지 않는다. 화석의 질문에는 정해진 답이 없다. 아니, 답은 오래전에 땅속에 파묻혀 사라져버렸다. 그래서 고생물학자는 답에 가장 가까운 이야기를 만들어낸다. 조각이 잔뜩 빠진 퍼즐을 가지고 원래의 그림을 어림짐작하듯이, 뼛조각의 모양과 발자국의 배열을 보고 공룡의 생김새와 울음소리와 당시의 상황을 추측해낸다.

　퍼즐 조각이 지층 속이 아니라 교회의 창고와 스테인드글라스에 있을 뿐, 이것도 같은 문제라는 사실을 나는 마침내 깨달았다. 깃털 달린 용에 맞서서 꼬리 달린 소녀를 구해낸 수수께끼의 기사, 그 전설을 증명이라도 하듯이 창고에서 발견된 상처가 난 청동 두개골. 이 빈약한 단서를 가지고 언제나 하던 것처럼 가장 합리적인 이야기를 만들어내면 되는 것이다.

평소에는 나 자신이 중생대의 숲에 있다고 상상하면서 시작했겠지만, 이번에는 경우가 달랐다. 가게와 주유소도 없는 작은 마을, 울창한 숲으로 둘러싸인 웜스엔드의 과거를 상상해야 했다. 장정들은 밭을 일구고 여인들은 가축을 돌보며 아이들은 부모를 거드는, 일요일 아침에 종이 울리면 온 마을 사람들이 성당으로 향하는 중세의 웜스엔드. 한때 그곳에 무서운 용이 살았을까? 정의로운 기사가 천사들의 도움을 받아 용을 물리치고 소녀를 구해냈을까? 머릿속에 떠도는 온갖 이야기 중에서 말도 안 되는 것, 비합리적인 것을 쳐내고 가장 말이 되는 이야기만을 남긴다. 그렇게 시간이 얼마나 흘렀을까, 가볍게 문을 두드리는 소리가 나를 중세의 웜스엔드에서 현대로 되돌려놓았다. 문 앞에는 고생물학자와 깃털공룡에 관해 이야기를 나눌 정도로 중세답지는 않은 신부가 미소를 지으며 서 있었다.

"박사님, 식사가 준비되었습니다. 더 생각할 시간이 필요하시면 여기로 가져다 드릴까요?"

"아뇨, 괜찮습니다. 마침 생각을 거의 마친 참입니다."

신부는 기뻐하며 나를 식당으로 안내했다. 지하에 있는 식당에는 긴 나무탁자와 의자 몇 개가 놓여 있었는데, 신부의 말에 따르면 모두 자신이 오기 전부터 있었던 것이라고 했다. 중세의 수도사라도 된 느낌을 받으며 자리에 앉자 신부가 김이 나는 수프와 빵을 내왔다. 거들려고 재빨리 일어났지만 신부는 한사코 만류했다.

"제가 초대한 손님이시지 않습니까, 박사님."

"가만히 앉아 있으려니까 영 불편해서 그렇습니다."

"정말 괜찮습니다. 박사님은 제게 만족스러운 설명을 들려주시기만 하면 됩니다. 대신에 박사님의 설명이 마땅치 않다고 생각되면 뒤처리를 도와주시는 거로 하죠. 어떻습니까?"

신부는 샐러드 접시를 내려놓으며 슬쩍 웃었다. 분위기를 풀기 위해 한 농담이었겠지만 용이 짓누르는 것 같은 막대한 부담이 느껴졌다. 신부가 내 맞은편에 앉아 식전 기도를 드리는 동안, 나는 어떻게 말을 할지 머릿속으로 생각을 정리해보았다.

"그럼 어디, 얘기를 들어볼까요?"

기도를 마친 신부의 미소에 담긴 무언의 압박을 느끼며 나는 수프를 한 숟가락 떴다. 별것 아닌 일인데도 입이 바짝바짝 말랐다. 지나치다 싶을 정도로 친절한 사람을 대하는 건 어떤 상황에서든지 힘든 일이었다. 저런 미소를 가진 사람을 실망하게 했다가는 지옥에 떨어질 것만 같았다.

그래도 나는 냉정해지기로 했다. 고생물학자니까.

"단적으로 말해, 저는 스테인드글라스의 용이 깃털공룡을 나타내는 것이라고는 생각하지 않습니다."

흠, 하는 소리를 내며 신부는 눈을 치켜떴다. 나는 신부의 시선을 애써 피하며 말을 이었다.

"운석충돌의 여파로부터 빙하기에 이르기까지 급격한 환경변화를 오랜 세월에 걸쳐 이겨내면서, 새로운 강자인 육식

포유류들과 경쟁하는 와중에도 본래 형태를 유지한 채로 살아남은 공룡 개체군이 있었으리라고는 생각하기 힘듭니다. 대형 파충류나 육상조류 중에서 현대까지도 생태계의 정상에 머물러 있는 종은 거의 없지 않습니까? 그들은 포유류와의 경쟁에서 패배한 겁니다."

이것이 가장 합리적인 대답이었다. 콩고의 밀림이나 남미의 고지대에 공룡이 살아 있다는 보고가 때때로 들려오긴 했지만, 딱히 신빙성이 있는 것은 지금까지 없었다. 그런데 중세 영국의 시골 마을에 공룡이라니! 불가능에 가까운 일이었다.

"분명히 스테인드글라스 속 용의 모습은 현대의 깃털공룡 복원도와 대단히 비슷합니다. 하지만 달리 생각해보면 새와 닮은 거대한 괴물은 전 세계의 신화에 공통으로 나타나고 있기도 합니다. 힌두교의 가루다, 아카드 신화의 주, 그리핀과 히포그리프 같은 동물은 전부 깃털로 덮인 새의 모습을 하고 있죠. 거기에 앞발 없는 용인 와이번의 이미지가 합쳐진다면 스테인드글라스에 나타난 것과 같이 깃털이 달린 용의 모습이 될 것입니다. 다시 말해, 그 그림은 깃털공룡을 묘사한 것이 아니라 중세 사람들이 새와 용을 적당히 합쳐 만들어낸 상상 속의 존재라는 것이죠."

"그렇다면 그림 속의 여인에 대해서는 어떻게 생각하십니까?"

"마찬가지입니다. 하피, 켄타우로스, 늑대인간 등 반인반

수는 전설과 민담의 단골손님이나 다름없죠. 기사가 반인반수의 소녀를 용에게서 구해내는 이야기가 조금 독특하기는 합니다만, 안데르센도 왕자와 인어의 사랑 이야기를 쓰지 않았습니까? 중세의 이야기꾼이 그런 이야기를 생각해내지 못했다고 단정할 수도 없겠지요. 땅속에서 머리에 상처가 난 공룡의 화석이 발견되고, 누군가가 숲에서 이상한 아이를 봤다고 말하기만 하면 누군가는 기사와 신비로운 소녀가 나오는 근사한 이야기를 꾸며낼 수 있었을 겁니다."

학회가 아닌 중세풍의 식당에서 냉정하게 말하는 것은 상상 이상으로 어려운 일이었다. 한편 신부는 약간 실망한 기색이었다.

"결국, 이야기꾼이 꾸며낸 것이란 말씀이군요."

실망할 만도 했다. 성당 창고에서 발견된 청동 두개골이나 정확한 복원도처럼 보이는 깃털 달린 용 그림은 분명히 흥미로운 소재인데, 그걸 가지고서 나는 상상할 수 있는 가장 재미없는 이야기를 내놓은 것이다. 그런 이야기를 할 거라면 딱히 생각할 시간을 요구할 이유도 없었다. 처음 그림을 보자마자 떠올린 가설이니까.

하지만 고생물학의 세계에는 자주 '이상한' 가설이 등장하지 않았던가? 예를 들면, 지금이야 공룡 멸종의 원인이 멕시코의 유카탄 반도에 충돌한 대형 운석 때문이라는 가설이 정설 취급을 받고 있지만 늘 그래왔던 것은 아니었다. 공룡 멸종을 설명하기 위한 가설 중에는 암 발생설이나 독성 식물에 의한 중독설, 심지어 공룡의 방귀에 의한 온실효과설까지 '이상한' 가설도 잔뜩 있었다. 중세의 마을을 뚝 떼어다 놓은 것만 같은 이 웜스엔드에서라면 나도 그런 가설을 내지 말라는 법은 없었다. 이미 합리적인 가설은 하나 내놓았으니, 이번엔 방에서 쳐낸 생각의 조각들만을 모아서 또 다른 논리를 쌓아가면 되는 일이었다. 말도 안 된다는 걸 알면서도 상상을 끝까지 밀어붙여보자고 나는 결심했다.

"그러니까 지금부터 제가 하고자 하는 이야기는, 그냥 동화 같은 거로 생각해주시기 바랍니다."

약간 풀이 죽어 있던 신부가 놀란 표정으로 고개를 들었다. 나는 조금 아이 같은 미소를 띠면서 방에서 생각해낸 '이상한' 가설을 이야기하기 시작했다.

＊

옛날, 그러니까 중세시대의 웜스엔드 마을에 한 소년이 살았다고 가정합시다. 한 사람 몫을 하기에는 조금 부족했지만 일을 거들 때는 그만큼 든든한 사람이 없었던 소년은, 어릴 때부터 숲을 쏘다니며 버섯이며 산딸기가 많이 나는 곳을 찾아내곤 했습니다. 마을의 어른들이 접근하기 힘든 비탈이나 바위틈에서 소년은 언제나 귀중한 보물을 찾아냈습니다. 이 소년에게도 이름이 있었겠지만, 우리가 그것을 알 방법은 없으니 그냥 '조지'라고 부르도록 합시다.

그날도 조지는 여느 때처럼 숲속에서 버섯이나 산딸기를

찾고 있었습니다. 그런데 그날따라 계속 누군가가 쳐다보고 있다는 느낌이 드는 것이었습니다. 게다가 수풀 속에서 바스락거리는 소리, 나무 사이의 수상한 그림자, 바람을 타고 오는 수상쩍은 냄새까지. 신경이 바짝 곤두선 조지는 조심스럽게 걸음을 멈춘 후, 시선이 느껴지는 뒤쪽의 풀숲을 확 열어젖혔습니다.

풀숲에 숨어서 조지를 지켜보고 있던 것은 놀랍게도 어린 여자아이였습니다. 긴 갈색 머리에 팔다리는 가느다랗고 몸에는 짐승 가죽을 두르고 있었는데, 조지를 보고는 도망갈 생각도 하지 못하고 잔뜩 겁에 질린 눈으로 쳐다보고만 있었습니다. 소녀를 자세히 살펴보던 조지는 뭔가 이상한 사실을 깨달았습니다. 소녀의 손가락은 한 손에 세 개씩밖에 없었고, 엉덩이에는 꼬리가 달려 있었기 때문이었습니다.

✳

"이왕 동화 같은 이야기를 시작했으니, 이 소녀에 대해서도 조금 말도 안 되는 추측을 얹어볼까 합니다. 중세의 웜스엔드 근방에 깃털공룡과 같은 중생대의 개체군이 잔존해 있었다고 가정한다면, 손가락이 세 개씩에 꼬리가 달린 소녀 역시도 그런 공룡의 후손은 아니었을까요?"

이 말을 들은 신부의 표정이 애매하게 변했다. 내가 자신을 놀리려는 게 아닌지 순간 의심이라도 든 모양이었다. 나는 급히 설명을 덧붙였다.

"말도 안 되는 이야기지만, 아주 근거가 없는 것만은 아닙니다. 북미에 살았던 트로오돈이라는 공룡은 손가락이 세 개에 긴 꼬리가 있었고, 눈은 약간 앞쪽을 향해서 입체적인 시야를 가질 수 있었죠. 또한 트로오돈은 뇌가 상당히 컸던 것으로도 유명합니다. 1982년 데일 러셀이라는 고생물학자는 대멸종이 일어나지 않았다면 트로오돈이 인간처럼 진화했을 것이라는 가설을 펴기도 했죠. 천문학자 칼 세이건도 비슷한 가설을 세운 바 있습니다."

"그렇다면 기사와 함께 있던 그 여인은…."

"어쩌면 대멸종 이후에 살아남은 소수의 공룡은, 급격한 환경변화에 채찍질을 당하면서 급격한 지능 발달을 강요받았는지도 모릅니다. 원래는 인간과 비슷한 모습은 아니었겠지요. 하지만 개미들 틈에서 살아가기 위해 개미와 닮은 모습으로 진화한 딱정벌레처럼, 그들도 인간과 같은 곳에서 살아가면서 인간을 위장해 목숨을 건져보려 했을지도 모릅니다. 약간 억지를 부리자면 소녀의 머리카락이 성당 스테인드글라스에 그려진 것치고는 지나치게 부스스한 것도 그 맥락에서 설명해볼 수 있습니다. 인간으로 위장한 공룡이라면 우리와 같은 머리카락이 있는 대신, 날지 못하는 새의 깃털처럼 여기저기로 뻗친 털이 자라나 있을 테니까요. 소녀는 그렇게 진화한 공룡 중에서, 어떤 이유로 자신의 집단에서 떨어져 나온 개체가 아니었을까요?"

＊

그런 소녀의 모습은 조지를 놀라게 하기에 충분했습니다. 꼬리가 달려 있다면 혹시 악마일지도 모른다는 생각이 든 것이죠. 하지만 소녀는 악마라기에는 너무나 겁에 질린 모습이었습니다. 사로잡거나 마을 어른들에게 말할까도 생각해보았지만, 결국 조지는 불쌍한 모습의 소녀를 놓아주기로 마음먹었습니다.

조지가 그대로 등을 돌려 숲속으로 걸어가자, 소녀는 조지를 졸졸 쫓아오기 시작했습니다. 이번에는 숨는 대신에 대놓고 말이죠. 조지는 계속 소녀를 무시했지만, 소녀는 조지가 하는 일에 관심을 보였습니다. 그러다가 조지가 산딸기를 따고 있는 것을 보고는 "아하!" 하는 표정을 짓더니 앞장서서 조지를 안내하는 것이었습니다.

처음에 조지는 소녀를 따라갈 생각이 없었습니다. 하지만 소녀가 계속 따라오라고 눈치를 주니 못 이기는 척 뒤를 쫓아갔죠. 만약 저 이상한 아이가 나를 함정에 빠뜨리려는 기색이 보이거든 재빨리 달아나면 되니까, 하고 생각하면서요. 그런데 소녀가 조지를 안내한 곳은 함정이 아니라 산딸기가 가득 열려 있는 수풀이었습니다.

"여길 가르쳐주려고 한 거야?"

조지는 물었지만, 소녀는 고개를 갸웃할 뿐 대답을 하지 않았습니다. 여러 번 말을 걸어도 답을 하지 않는 걸 보면 말을 할 수 없는 게 분명했지요. 조지는 고개를 절레절레 저으며 산딸기를 따는 데에 집중했습니다.

조지가 소녀와 헤어져 마을로 돌아오자 사람들은 어디서 산딸기를 그렇게 많이 구했는지 물었습니다. 조지는 산딸기에 대해서는 말했지만, 그 장소를 누가 가르쳐줬는지는 말하지 않았습니다. 혹시라도 소녀가 마을 사람들의 눈에 뜨인다면 악마나 마녀로 몰릴지도 모른다고 생각했기 때문입니다.

다음 날도, 그다음 날도 조지가 숲에 갈 때마다 소녀는 어김없이 모습을 보였습니다. 어느 날에는 먹을 수 있는 버섯이 가득한 곳을 알려주었고, 또 어느 날에는 달콤한 수액이 나오는 나무를 가르쳐주었죠. 때때로 조지는 소녀가 교묘하게 자신을 속이려는 악마는 아닐까 의심했습니다. 하지만 나무 십자가를 보여줘도 별 반응이 없었고, 어설프게 기도문을 외워도 고통스러워하는 기색이라고는 전무했으니 그런 의심도 곧 사라졌죠. 소녀의 손가락과 꼬리는 여전히 신경이 쓰였지만, 그게 딱히 해를 끼치는 것도 아니었으니까요. 경계하는 마음이 사라지자 둘의 사이는 빠르게 가까워졌습니다. 조지가 바구니를 들고 둘만의 비밀장소에 도착할 때면, 소녀는 반드시 먼저 와서 기다리고 있다가 조지에게 다가가 힘껏 껴안곤 했지요.

그러던 어느 날, 여느 때처럼 숲 속에서 소녀와 만난 조지는 소녀가 눈에 띄게 두려워하고 있단 사실을 알아챘습니다. 왜 그러냐고 몇 번을 물었지만 소녀가 대답을 할 수 있을 리 없었죠. 대신에 소녀는 팔을 휘휘 젓고 꼬리를 흔들며 어떻게든 자기 뜻을 전달하려고 했습니다. 처음에 조지는 무슨 말인지 하나도 몰라 답답할 뿐이었지만, 잔뜩 겁먹은 채 온몸으로 의사를 표현하는 소녀를 보고 뭐가 문제인지 어렴풋하게 알아챘습니다. 늑대에 관해 이야기할 때와 비슷한 모습이었지만 훨씬 더 겁을 먹은 것으로 보아, 소녀는 늑대보다도 무서운 무언가를 만난 것임이 틀림없었습니다.

조지는 소녀를 진정시키기 위해 머리를 쓰다듬거나 꼭 안아주거나 했습니다. 마침내 소녀는 정신을 차렸고, 몇 번 심호흡을 한 후 조지의 손을 꼭 잡은 채 조심스럽게 숲 깊은 곳으로 향했습니다. 마침내 앞이 보이지 않을 정도로 울창한 숲속의 계곡에 도착했을 때 소녀는 숨을 죽이며 나무 뒤로 몸을 숨겼습니다. 소녀가 자신의 손을 더욱 꼭 잡는 것을 느끼며 조지도 몸을 숨겼고, 조용히 소녀가 가리키는 쪽을 응시했습니다. 그때 조지는 그만 깜짝 놀라고 말았습니다. 계곡 건너편의 숲에서 거대한 몸을 이끌고 천천히 걸어가는 형체가 있었기 때문입니다. 온몸은 푸른 깃털로 덮이고 날개처럼 생긴 앞발에는 날카로운 발톱이, 입안에는 큼지막한 이빨이 있는 그 형체는 분명 이야기 속에서만 들어온 용이었습니다.

\*

"대멸종에서 살아남은 진짜 공룡의 후손이로군요."

신부의 말에 나는 고개를 끄덕였다. 조금 전까지만 해도 공룡이 중세시대까지 살아남았을 리 없다고 단언한 나였지만, 생각해보면 가능성이 반드시 제로인 것만은 아니었다. 일부 공룡들이 지능을 발달시켜서 가혹한 환경을 견뎌냈다면, 다른 일부는 덩치를 키우고 몸을 더욱 따뜻한 깃털로 감싸는 한편 사냥 실력도 갈고닦아 생존 경쟁을 잠시나마 이어나갔는지도 모를 일이었다.

"그래도 거의 멸종해가던 중이었을 겁니다. 특히 인간의 활동이 치명타를 가했겠죠. 서식지가 파괴되고 사냥감이 줄어들면 아무리 강한 동물이라도 살아남을 수 없게 마련입니다. 조지와 소녀가 보았던 용은, 어쩌면 중생대의 지구를 지배하던 선조의 모습을 간직한 마지막 개체였을지도 모릅니다."

✳

하지만 그래도 용은 용이었습니다. 압도적이고 기괴한 모습에 조지도 소녀도 두려움을 느껴, 용이 사라지자 재빨리 자리를 벗어났습니다. 소녀는 연신 부들부들 떨었고, 조지도 공포에 몸서리쳤지만 자신보다 더 겁을 먹은 소녀를 힘껏 안아주었습니다.

한편 마을 사람들은 염소나 양이 밤마다 없어지는 사건 때문에 불안해하고 있었습니다. 울타리가 부서지고 생전 처음 보는 발자국이 찍혀 있는가 하면, 밤중에 찢어지는 듯한 괴성이 들려와 밖으로 나가 보니 거대한 형체가 숲속으로 도망치고 있기도 했습니다. 굶주린 용이 가축을 잡아먹는다는 소문이 점점 퍼지자 마을 사람들은 이대로는 안 되겠다 싶어서 교회에 도움을 요청했습니다. 용은 곧 악마의 상징이기도 하니 교회에서도 가만히 있을 수만은 없는 노릇, 교회에서는 마을의 장정들과 몇몇 성직자들을 뽑아 숲을 조사하기 위한 수색대를 꾸렸습니다.

조지 역시 수색대에 자원해 들어갔지만, 용을 찾기 위한 목적은 아니었습니다. 마을 사람들이 숲을 샅샅이 뒤지다가 소녀를 발견하면, 혹 악마나 마녀라는 누명을 쓰고 죽임을 당하게 되진 않을까 염려했기 때문이었지요. 조지는 언제나 소녀와 만나던 곳으로 가장 먼저 달려갔지만 소녀는 없었습니다. 그때 숲 저편에서 마을 사람들이 외치는 소리가 들렸죠.

"악마다! 악마를 잡았다!"

설마, 하고 조지는 목소리가 들린 곳으로 달려갔습니다. 조지의 불길한 예상은 곧 사실로 밝혀졌습니다. 마을 사람들이 밧줄에 꽁꽁 묶어 의기양양하게 끌고 가던 것은 굶주린 용이 아니라 아무런 죄도 없는, 하지만 한 손에 손가락이 셋씩이고 꼬리가 달린 소녀였습니다.

조지는 그 모습을 보고서도 아무런 말을 할 수가 없었습니다. 만약 소녀를 감쌌다가는 화가 난 마을 사람들에게 악마의 공범으로 몰릴지도 모를 일이기 때문이었습니다. 그렇게 되지 않더라도 사람들은 조지가 악마에게 홀렸다고 생각해 말을 믿어주지 않을 게 분명했습니다. 소녀는 비명을 지르면서 간절한 눈빛으로 조지를 쳐다보았지만, 조지는 그 눈을 제대로 마주치지조차 못했습니다. 결국 소녀는 교회 지하의 창고에 갇혀 죽음을 기다리는 처지가 되었습니다.

그날 밤 조지는 제대로 잠을 이루지 못했습니다. 자신에게 산딸기가 많이 열리는 곳을, 맛있는 버섯이 있는 곳을 가르쳐준 소녀를 조지는 구해내지 못했습니다. 항상 함께 숲을 거닐었지만 정작 위기에 처했을 때는 아무것도 해줄 수가 없었습니다.

그래도 이대로 소녀가 죽게 둘 수는 없었습니다.

만약 가축을 잡아먹는 용이 따로 있다는 것을 보여준다면, 그리고 용과 소녀가 아무 관련이 없다는 것을 증명한다면 소녀는 풀려날 수 있을지도 모릅니다. 하지만 용이 나타나기만을 하염없이 기다리기에는 시간이 얼마 없었고, 숲에 진짜 용이 산다고 말로만 떠들어도 눈으로 확인하기 전에는 사람들은 소녀를 절대 풀어주지 않을 것입니다. 마을 사람들에게 진실을 알리려면 소년이 용을 직접 유인하는 것만이 유일한 방법이었습니다.

소년은 몰래 집을 빠져나가 숲으로 향했습니다. 구할 수 있는 무기라고는 용의 억센 몸에 박히지도 않을 길쭉한 쇠꼬챙이 하나뿐이었지만 없는 것보다는 나았습니다. 주룩주룩 비까지 내리는 밤, 조지는 꼬챙이를 꼭 쥐고 용이 사는 계곡으로 한 발짝 한 발짝 걸음을 내디뎠습니다.

소녀가 일찍이 안내했던 계곡의 나무 뒤로 조지는 몸을 숨겼습니다. 칠흑같이 어두운 밤이었지만 기이한 냄새가 용의 존재를 알려주고 있었습니다. 초조하게 기다린 지 몇 분이나 되었을까, 마침내 희미한 달빛 속에서 깃털에 감싸인 용이 그 모습을 드러냈습니다. 번뜩이는 눈을 보자 조지는 엄청난 공포에 휩싸였지만, 그보다 소녀를 구해야 한다는 마음이 더 컸습니다. 조지는 큼지막한 돌멩이 하나를 집어 계곡물을 향해 힘껏 던졌습니다.

첨벙, 하는 소리가 용의 귀에 들어왔습니다. 인간들이 숲을 온통 휘젓고 다니는 바람에 용은 신경이 잔뜩 곤두선 참이었고, 막 잠을 자려는 찰나에 귀를 자극하는 소리까지 들리자 슬슬 성이 나기 시작했습니다. 계속해서 첨벙, 첨벙 하는 소리가 들리자 용은 소리가 난 쪽으로 몸을 움직였는데, 그때 돌멩이가 용의 어깨를 때렸습니다.

"이쪽이다, 나쁜 용아!"

용이 자신을 눈치챈 것을 확인하자 조지는 필사적으로 달렸습니다. 용은 비가 세차게 내리는 숲을 빠르게 헤치며 달려왔지만, 숲속에서라면 조지도 느리지만은 않았습니다. 소녀와 함께 거닐던 숲속의 길을 되짚으며 조지는 간신히 마을에 도착했습니다.

곧이어 하늘을 찢을 것만 같은 포효가 온 웜스엔드에 울려 퍼졌습니다. 잔뜩 성이 난 용은 감히 자신의 안식을 방해한 조그만 방해꾼을 잡기 위해 길길이 날뛰었습니다. 놀란 마을 사람들이 뛰쳐나왔지만 용과 맞서기에는 역부족이었습니다.

조지 역시 용과 맞서 싸울 수는 없었습니다. 하지만 기껏 불러온 용이 숲으로 돌아가거나 한다면 일이 수포가 될 가능성도 있었습니다. 소녀를 확실히 구해내기 위해 조지는 용의 눈을 피해서 성당으로 향했고, 쇠꼬챙이를 꼭 쥔 채 단호하게 문을 두드렸습니다.

문이 열리자마자 조지는 아무런 설명도 없이 종탑으로 걸음을 옮겼습니다. 마침내 탑 꼭대기에 도착하자 용이 울부짖으며 난동을 부리는 모습이 눈에 들어왔습니다. 조지는 꼬챙이로 종을 세게 쳤습니다. 시끄러운 금속음이 용의 주의를 끌도록 말이죠.

화가 나 있던 용은 소리가 나는 쪽으로 무작정 돌진했습니다. 용을 막을 수 없었던 마을 사람들은 발을 동동 구를 뿐이었습니다. 그때 모여든 사람 중 하나가 종탑 위의 조지를 가리켰습니다. 다른 사람들도 곧 조지의 모습을 보았고, 용이 조지 쪽으로 달려들기 시작하자 걱정스럽게 소리를 질렀습니다.

"조지! 지금 거기서 뭐 하니?"

"빨리 내려와! 용이 그쪽으로 간다!"

하지만 조지는 내려갈 생각이 없었습니다. 오히려 용을 자기 쪽으로 유인하고자 했습니다. 마침내 성난 용이 시계탑 바로 아래에 도달한 순간, 조지는 망설임 없이 용을 향해 몸을 던졌습니다.

마을 사람들의 비명이, 이어서 용의 비명이 울렸습니다.

조지가 떨어지면서 용의 머리에 꼬챙이를 꽂은 것입니다. 용이 몸을 마구 비트는 바람에 조지는 꼬챙이를 놓치고 땅에 내동댕이쳐졌습니다. 뼈가 부러진 듯 몸을 일으킬 수가 없었습니다. 조지는 계획대로 용의 숨통이 끊어지기를 바랐지만 그런 일은 일어나지 않았습니다. 떨어지는 힘이 조금 부족했는지 꼬챙이는 용의 머리뼈를 완전히 꿰뚫지 못했습니다. 대신에 머리에 큰 상처를 입은 용은 지금까지 겪어본 적 없는 고통과 분노에 차서, 바닥을 뒹구는 소년을 물어뜯기 위해 머리를 한껏 치켜들었습니다.

그때, 하늘이 밝아졌습니다.

누군가는 천사가 용에게 창을 내던지는 모습을 봤다고 했고, 또 누군가는 지엄한 모습으로 심판을 내리는 신의 형체를 구름 사이에서 분명히 목격했다고 맹세했습니다. 다들 말은 달랐지만 그 뜻은 같았습니다. 기적과도 같은 일이 일어난 것입니다.

용의 머리에 꽂힌 꼬챙이에 별안간 번개가 내리쳤습니다. 막대한 전류가 흠뻑 젖은 용의 몸을 관통했고, 무슨 일이 일어났는지도 모른 채 용은 소년의 눈앞에서 풀썩 쓰러졌습니다. 절망과 고통 속에서 쓰러져 있던 조지는 갑작스러운 용의 죽음에 어안이 벙벙했지만, 곧 정신을 차리고 간신히 몸을 일으켜서 힘을 쥐어짜 마을 사람들에게 외쳤습니다.

"이것이 양과 염소를 습격한 용의 정체입니다! 지금 갇혀 있는 아이는 죄가 없습니다!"

평소라면 이런 말이 씨알도 먹힐 리 없었습니다. 하지만 단신으로 용의 머리에 창을 내리꽂고, 하늘로부터 기적을 불러와 마침내 괴물을 쓰러뜨린 소년의 말에는 마을에서 가장 힘이 센 사내도 교회의 성직자들도 토를 달지 못했습니다. 악마의 화신인 용을 쓰러뜨린 이상 조지는 더 이상 평범한 시골 소년이 아니라 성스러운 힘을 가진 주님의 사도였으니까요. 사람들은 조지의 용기를 칭송했고, 조지가 죽인 용의 두개골을 청동으로 본떠서 기념물로 삼았으며, 조지가 용에게로 뛰어내린 종탑에는 근사한 벽화를 그렸고, 그 외에도 교회 여기저기에 용을 죽이고 소녀를 구해낸 조지의 무용담을 남겨 오래도록 기억했습니다.

＊

"그리고 조지와 소녀는 오래도록 행복하게 살았습니다, 그런 이야기가 되나요?"

신부는 빙그레 웃었다. 그 이후의 이야기까지는 생각하지 못했지만 대강 그럴 거라고 무책임하게 말하며 나는 고개를 끄덕였다.

"용을 죽인 조지의 이야기는 전파되면서 다른 이야기와 계속 섞였을 겁니다. 그러다가 종국에는 용을 죽인 것으로 가장 유명한 인물, 성 게오르기우스의 이야기에 흡수되고 말았겠지요. 기독교적 전통과는 잘 맞지 않는 이상한 소녀 이야기는 빠지고 말입니다. 그래서 용감한 조지와 소녀의 이야기는 잊히고 말았다…, 이런 설명입니다. 조잡한 이야기였습니다만, 만족스러우신가요?"

"아주 만족스럽습니다. 뒷정리는 제가 해야겠군요. 오, 이런! 그러고 보니 아직 우리 둘 다 빵에는 손도 대지 않았네요! 빨리 먹읍시다, 빨리."

신부는 과장된 손짓을 하며 빵을 내게 건넸다. 그날의 저녁 식사는 간단했지만 성에서 먹었던 것보다 훨씬 맛이 좋았다. 실제 맛의 차이보다는 만족스러운 해답을 내놓을 수 있었다는 기쁨의 영향이 아무래도 컸겠지만.

좀 더 머물다 가라는 신부의 부담스러운 권유를 한사코 거절하고 성으로 돌아간 후, 나는 마침 지루함에 몸부림치고 있던 하객들에게 웜스엔드 교회와 중세시대의 공룡에 대한 내 가설을 들려주었다. 진화생물학이나 문학을 전공한 몇몇 친구들이 반 장난삼아 "공룡이 진화한 소녀 가설은 아무래도 무리였다"라든가 "번개 얘기는 증거의 재구성치고는 지나치게 극적이다" 같은 지적을 했지만, 적어도 처음의 이야기꾼 가설보다는 훨씬 재미있으니 그걸로 좋다는 반응이 대다수였다. 정작 가장 날카로운 지적은 사회학을 전공한 녀석에게서 나왔다.

"둘이서 오래도록 행복하게 살았을 리가 없어. 중세의 마을 같은 폐쇄적인 사회에서, 용을 물리친 소년과 인간이 아닌 소녀라는 특별한 존재들이 쉽게 어울려서 살 수는 없었을 거야. 아마 온갖 뜬소문에 지친 나머지 마을을 떠나서 둘이서 외롭게 삶을 꾸리지 않았을까?"

내가 미처 생각하지 못한 부분의 지적이어서 적잖이 당황
했지만, 다행히도 여기에 반박을 해주는 사람이 있었다. 고성
의 지루한 분위기 속에서도 실실 웃으면서 절대로 즐거움을
잃지 않았던 신혼부부의 신랑이었다.

"용을 물리치고 소녀를 구해냈잖아. 이런 굉장한 이벤트를
거친 커플이 둘이서만 살았다 해서, 절대로 외롭고 비참했을
리가 없지. 난 아주 잘 알거든."

다들 새신랑의 말에 동의를 표했다. 어차피 가설이라면,
그리고 학회에 발표할 것도 아니라면 다들 좀 더 행복한 가
설을 선택하고 싶었으니까. 그리하여 있었을지 없었을지도
모르는 조지와 소녀 둘은 정말로 오래도록 행복하게 살게 되
었다.

## 무서운 도마뱀: 후기

이 글과 이어질 여섯 편의 단편은 제가 '땅에서 파낸 것' 연작이라고 부르는 예전 작업의 산물입니다. 작업의 테마는 간단해요. 과학자들이 생물의 학명을 지을 때 그럴듯한 의미를 담는 경우가 많다는 데에 착안해, 각종 고생물 학명의 뜻풀이를 그대로 제목으로 삼아서 이것저것 써보자는 프로젝트였습니다. 연작의 제목도 '화석'을 뜻하는 영어단어 'Fossil'의 어원이 '땅에서 파낸 것'을 의미하는 라틴어 'Fossilis'라는 데에서 가져왔어요. 그리고 물론 화석 이야기의 시작은 가장 유명하고 대표적인 고생물 분류군입니다. 왜냐하면 세상에 공룡을 싫어하는 사람은 없잖아요!

물론 깃털로 덮인 최신 공룡 복원도를 싫어하는 사람들은 아직도 꽤 있는 모양입니다. 어릴 때 책이나 영화에서 봐왔던 모습과 너무나도 다른, 거대 육식 닭처럼 생긴 녀석들 말이에요. 고백하자면 저도 깃털공룡 이미지에 적응하기까지 꽤 오랜 시간이 걸렸습니다. 호주에서 화식조를 직접 본 뒤로는 생각이 많이 바뀌었어요. 육상 조류들은 충분히 무시무시하게 생겼더라고요…. 어쩌면 네 발로 걷고 코에는 뿔이 달린 이구아노돈의 최초 복원도가 틀린 것으로 밝혀졌을 때도, 어떤 사람들은 엄지에 스파이크를 단 이족보행 이구아노돈이라는 아이디어를 끝까지 부정하지 않았을까 하는 생각이 문득 듭니다. 태고의 야수처럼 강렬한 이미지는 일단 한번 생명이 불어넣어지면 쉽게 죽지 않으니까요. 공룡은 실존했지만, 동시에 우리가 아는 공룡은 어떤 면에서 환상의 동물인 셈입니다.

이 글에 등장하는 두 종의 '공룡'도 바로 그런 환상의 동물입니다. 현실에 비해 논리와 근거 농도가 낮은 공상 생태계에 나름대로 적응하여 번성해온 종들이지요. 그중 하나는 '대멸종을 견디고 살아남아 현생인류와 마주친 공룡이 전설 속 용의 뼈대가 되었을지도 모른다'는 가설의 산물입니다. 디스커버리 채널의 페이크 다큐멘터리 〈환상의 동물, 용〉이나 콩고 밀림의 괴물 모켈레-엠벰베 전설과 같은 맥락이라고 할 수 있겠네요. 창조과학 신봉자들이 툭하면 자기네 좋을 대로 써먹는다는 점을 제외하면, 우리가 잠깐이나마 중생대의 용들과 같은 땅을 걸었을지도 모른다는 발상은 아무리 말이 안 된다 한들 여전히 매력적입니다.

한편 다른 하나의 공상은 데일 러셀의 공룡인간으로부터

유래했지만, 사악한 파충류 외계인처럼 보이지 않도록 약간의 진화생물학적 스킨을 씌워주었어요. '인간 사회 주변에서 숨어 살기 위해 인간과 닮은 형상으로 진화한 생명체'는 제가 오래도록 관심을 두고 있는 테마입니다. 언젠가 이 테마로 더 긴 이야기를 쓰고 싶지만, 여기선 소소하게 숲의 요정 비슷한 역할을 주었습니다. 그러고 보면 '야생지에 사는 인간 비슷한 존재'는 '살아남은 공룡'만큼이나 인기가 좋은 은서동물학의 주요 테마잖아요? 그러니 은서동물학적으로 말하자면 작중에 등장하는 '소녀'는 공룡 예티인 셈입니다. 완벽하네요!

네, 용과 요정이 등장하는 동화 같은 이야기입니다. 목숨을 걸고 용을 퇴치해 공주를 구하는 원형적인 성 게오르기우스 전설을 큰 변주 없이 따랐고, 그런 전설의 마지막에 마땅히 주어져야 하는 결말을 주었습니다. 아마도 지금 다시 쓴다면 성별이나 역할 측면에서 조금씩은 더 비틀게 되지 않을까 싶네요. 공룡에는 깃털이 달리고, '고난에 빠진 숙녀' 모티프에는 비판적인 주석이 달리는 시대잖아요? '땅에서 파낸 것' 연작은 공룡만큼 오래되지는 않았지만 그래도 몇 년은 전에 쓴 글입니다. 종 분화가 일어나기에 몇 년은 좀 부족한 시간일지 몰라도, 묻어둔 글을 읽어보았다가 이불을 뻥뻥 차게 되기엔 충분합니다.

그런 태곳적의 유산들을 여러분께 그대로 공개할 수는 없었기에, 이 책에 실린 옛날 단편들은 세월이 흐르며 바뀐 생각에 맞추어 얼마간의 수정이 가해져 있습니다. 어떤 건 이구

아노돈의 뿔을 엄지손가락에 옮기는 수준의 대공사가 필요
했고, 어떤 건 낡은 복원도에 깃털을 붙이는 정도로 수습할
수 있었어요. 희망이 있다면 그 결과물이 〈쥐라기 공원〉 3편
의 깃털을 대충 단 랩터처럼 보이지만은 않았으면 하는 것입
니다. 아니면 적어도 하나 정도는 새로운 환경에 성공적으로
적응하거나요. 그럼 이산화의 과거로부터 파낸 다른 단편들
도 잘 부탁드려요!

연약한 두 오목면

## *Amphicoelias fragillimus*

공룡 화석 발굴의 역사에서 가장 유명한 라이벌 코프(Edward D. Cope)와 마시(Othniel C. Marsh)는 서로 더 많은 화석을 발견해 상대의 코를 납작하게 만들어주려고 온 힘을 쏟은 것으로 유명하다. 이 '뼈 전쟁' 도중 코프는 엄청나게 큰 공룡의 척추 화석을 발견했다. 화석으로 추정해본 공룡의 몸길이는 무려 58미터. 하지만 이토록 거대한 공룡이 존재했다는 유일한 증거인 화석은 어느 순간 사라져버리고 말았다. 켄 카펜터(Ken Carpenter)에 따르면 이 공룡 화석은 '연약한'(*fragillimus*)이라는 속명답게 발견 당시부터 보존상태가 좋지 않았으며, 발견된 지 얼마 지나지 않아 부서져버렸을 가능성이 크다고 한다.*

---

\* 2018년 카펜터는 A. fragilimus를 레바키사우루스과로 재분류하며 새로운 학명을 붙여 주었습니다. 이제 이 공룡의 정식 명칭은 Maraapunisaurus fragilimus입니다.

＊

만나서 반갑습니다.

그렇게 긴장하실 필요 없어요. 잡아먹거나 하지 않으니까요. 방금 그거 농담이었으니까 제발 슬금슬금 뒤로 빼지 마시고요. 농담에 이런 반응이 돌아오면 얼마나 속상한데요. 아니, 그렇다고 또 사과하지도 마세요. 제 심기를 좀 거슬렀다고 해서 무슨 일이 일어나는 건 아닙니다.

제 소개부터 하죠. 저는 노스라클레카르 트실렌-스프리나라고 합니다. 그렇게 노골적으로 어려워하지 않으셔도 돼요. 이건 인류 기준에서 긴 이름일 뿐만 아니라, 저희 종족 기준에서도 터무니없이 긴 이름이거든요. 할머니께서 이 이름을 고집하신 덕분에 이 연구소에서도 저를 본명으로 부르는 사람이 거의 없죠. 그냥 스프리나라고 불러주세요. 그럼 슬슬 요점으로 들어가도록 하겠습니다.

맞아요. 인류는 멸망했어요.

사실 우리도 이렇게 빨리 일이 벌어질 줄은 몰랐습니다. 그리고 더불어 온 세상에 방사능을 뿌려대면서 멸망할 거라고는 설마 생각하지 못했지요. 아뇨, 당신을 탓하는 건 아닙니다. 태어난 지 고작 15년 된 분께서 어떻게 전쟁의 책임을 지겠어요. 인류 사회가 어떻게 돌아가는지에 대해서는 연구가 충분히 되어 있습니다. 우리 종족은 오랜 시간 동안 당신들의 사회와 문화를 연구했거든요. 제 친구는 그걸로 우수 논문상도 받았어요. 수십 년의 관찰 결과 대단히 복잡한 육체적 게임의 룰을 완전히 규명했거든요. 이름은 기억이 안 나는데, 나무나 금속 방망이로 공을 치는… 네, 그거요. 인류가 멸망할 때 가장 슬퍼한 녀석이 바로 그 친구였죠. 지금은 정신을 다잡고 우리 종족의 신체적 특성에 맞게 룰을 개정해보고 있습니다. 솔직히 저는 아무리 설명을 들어봐도 규칙을 도저히 이해할 수가 없었습니다만, 개정 작업이 잘 진행되는 것 같으니 곧 우리도 '야구'라는 스포츠를 향유할 수 있게 되겠지요. 지금 하려는 일이 잘 해결된다면 그 친구의 작업을 좀 도와주셨으면 감사하겠군요.

네? 우리 말씀인가요?

이런, 아무도 설명을 안 해줬나요? 이거 곤란하군요. 저는 의사나 생물학자가 아니라서 자세한 설명해드리기는 힘들 것 같아요. 그래도 괜찮으시다면 부족하게나마 설명해보도록 하겠습니다.

우리는 오래전부터 지표면에서 멀리 떨어진 대기 중에서 살아왔습니다. 둥둥 떠다니면서요. 가벼운 가스주머니에 신경이 복잡하게 얽힌 신체 구조라고 말씀드리면 이해하기 쉬우려나요? 신체의 밀도가 낮아 부족해지는 힘을 보충하기 위해 특수한 형태의 단백질 구조가 발달되었다고 그러더군요. 최근 연구결과에 따르면 말이죠. 인류가 우리를 알아채지 못한 것은, 음, 사라지지 않고 떠다니는 짙은 구름층에 대해서는 아무도 관심을 가지지 않더군요. 거기가 바로 지금 우리가 있는 곳이죠. 느슨한 실과 정전기로 지탱되는 구름 속의 도시입니다. 비행기라는 걸 인류가 발명하기 전까지는 이것보다 훨씬 덜 느슨했습니다만.

섭취하는 물질은 인류와 크게 다르지 않습니다. 인류의 다양한 식품 체계에 비하면 아무것도 아니지만요. 사실 우리 종족은 소위 '미각'이라는 개념에 대해 제대로 이해하지 못하고 있습니다. 특수한 기체를 사용해 몸의 구성성분에 영향을 주어 쾌락을 유발하는 경우가 우리 종족 사이에도 가끔 있는데, 혹시 그게 '미각'과 관련이 있는 건가요? 뭐라고요? 향정신성 의약품 오남용? 음, 이건 좀 생각해봐야 할 문제군요.

이해가 빠르시네요. 우리는 직접적인 신경 접촉을 통해 의사소통합니다. 그런 면에서 음성언어로 소통하는 인류와는 사실상 의사소통이 불가능했던 것도 사실이죠. 지상의 전쟁이 일어날 즈음 일단의 학자들이 인류의 신경세포와 접속해 전기 신호를 교환하는 방식을 알아낸 덕분에…. 죄송해요! 그럴 생각은 아니었는데! 그 학자들은 윤리위원회로부터 중징계를 받았어요. 연구 과정에서 희생된 인류에 대해서는 조의를 표합니다. 그리고 우리 종족을 대표하여 진심으로 사과드립니다. 정말이지 그런 짓을 해서는 안 되는데, 가끔 자제를 모르는 개체가 있지요. 끔찍한 일입니다.

진정이 좀 되셨나요? 그럼 본론으로 들어가도록 하겠습니다.

당신을 우리 연구소에서 보호하게 된 것은 소위 말하는

'수집' 행위와 관련이 깊습니다. 간단히 설명하자면 육상 생명체의 표본을 모으는 일인데, 평소에는 연구소 단위로 별문제 없이 진행되는 작업이었고 그 목적도 순수하게 학술적인 경우가 많았습니다. 특수하게 개발된 장비를 통해 지상의 동식물을 끌어 올려 방부 처리를 하고, 내부에 밀도가 낮은 가스를 주입해 보존하는 거죠. 인류 표본을 수집하는 행위는 엄격히 금지되어 있었습니다. 불필요한 자극은 하고 싶지 않았거든요.

문제는 핵전쟁 이후부터입니다. 전쟁과 그 이후에 찾아온 재해의 여파로 인류의 개체수가 세 자릿수까지 떨어지면서, 인류 표본을 보존하고 싶어 하는 연구소가 많이 늘어났어요. 멸종하기 전에 보존해야 한다는 거죠. 그런 행위 자체가 인류의 멸종을 앞당기고 있다는 사실을 알면서도, 다들 연구소의 위상을 높이기 위해 무차별적으로 표본을 수집하기 시작했습니다. 맞아요. 인간 사냥이죠. 윤리위원회는 꼭 이럴 때는 손을 놓고 있고요. 다들 재해로 손상된 부분을 복구하는 데 바빠서, 이런 일에는 아무도 신경을 쓰지 않는 모양입니다.

이런 상황에서, 지금 각 지역의 연구소들은 완전한 인류의 표본을 찾으려고 온 사방을 휘젓는 중입니다. 정도가 다양한 기형, 상해를 입은 신체 외부 기관, 표준이라고 보기 힘든 신체적 특징을 가진 인류 표본은 지금도 많이 있어요. 하지만 인류의 '표준' 표본을 구한 연구소는 매우 드물죠. 전 세계에 단 두 곳뿐입니다. 그리고 네, 맞아요. 이 때문에 세계의 연구소가 당신을 노리고 있습니다.

모식표본이라고 아시나요?

어떠한 종을 대표하는 하나의 표본을 말하죠. 모식표본으로 지정되기 위해서는 다른 종과 구별되는 그 종만의 특징이 확연히 드러나야 하고, 동시에 해당하는 종의 가장 일반적인 모습을 잘 보여주어야 합니다. 그 종의 표준이라고 할 수 있겠군요. 인류와는 전혀 다른 방식으로 시작된 생물학이지만 이 부분에서만은 인류와 상당히 비슷한 개념을 사용하고 있지요.

지금 연구소에 보관된 인류 '표준' 표본들은 아직 모식표본으로 인정받지 못했습니다. 두 연구소가 전부 이름 높은 곳인 데다가 라이벌 기질이 심하거든요. 싸우고 헐뜯는 게 일이죠. 서로 상대의 표본에 흠을 잡으면서 어떻게 하면 저쪽을 깎아내리고 이쪽 표본을 모식표본으로 지정할지, 그것에만 골몰하고 있어요. 모식표본을 보관하고 있으면 연구소의 명성이 크게 올라가거든요. 라이벌을 앞지를 수 있는 것이죠. 그런데 마침 당신이 지상에서 수집된 거예요. 두 연구소가 전부 새로운 표본을 확보하려고 욕심을 내겠죠? 이게 당신이 처한 상황입니다.

그렇게 부들부들 떨 필요 없어요. 아뇨, 팔아넘길 생각 없습니다! 당신을 그 연구소에 팔면 큰 이득을 챙길 수 있다는 사실은 부정하지 않겠습니다. 하지만 저는 그런 행위에 반대하고 있어요. 여기 오기 전에는 인류 연구 분야에서 일했고,

앞으로는 인류의 남겨진 문헌을 통해 우리가 모르는 과학적 지식을 얻어내는 일에 종사하려고 하는걸요. 저는 인류가 비록 비극적인 최후를 맞기는 했어도 충분히 지성과 이성을 갖춘, 그래서 존중받을 가치가 있는 종족이라고 생각합니다. 그 일원인 당신 또한 마찬가지고요. 죽어서 표본으로 만든다니 말도 안 되는 일이죠. 이 사태를 어떻게든 막고 싶습니다.

하지만, 네, 어떻게 해야 할지 모르겠어요.

두 연구소가 전부 압력을 가해오면 우리도 어찌할 방도가 없습니다. 언제 그쪽에서 행동을 취할지 몰라요. 우리 연구소는 빈말로라도 세력이 크다고 할 수 없고, 압박을 받으면 거기에 굴복할 수밖에 없어요. 슬픈 일이지만 연구소가 없어져버리면 여기서 일하던 연구원들이 전부 하늘로 내던져지는 셈이니까요. 아, 비유적인 표현입니다. 실제로 누굴 하늘로 내던지지는 않아요. 어쨌건 뭔가 획기적인 방법이 없이는 당신을 오래도록 보호해줄 수 없다는 게 제 얘기의 요점입니다.

이 얘기를 왜 하느냐고요? 당연히 해결방법을 찾아보려는 거죠. 이미 답이 없는 것 아니냐고요? 그건 모든 가능성을 검토하기 전까지는 모르는 일입니다. 아뇨, 그냥 죽여달라고 말씀하셔도 그렇게 하지는 않을 겁니다. 저는 그렇게 배우지 않았어요. 지성이 있는 생명체로서 다른 지성이 있는 생명체를 그런 식으로 죽일 수는 없습니다. 당신도 사실은 죽고 싶지 않잖아요? 알고 있어요. 그리고 울지 마세요. 대신에 생각을 합시다. 지성이 있다는 건 생각을 한다는 뜻이니까요.

그쪽 연구소에 윤리를 들이대는 건 지금 같은 분위기에서는 별 쓸모가 없을 게 분명하고, 윤리위원회에 제소하는 방안도 생각은 해보았지만 크게 가망은 없어요. 지상으로 다시 보내주면 도망가보겠다고요? 우리는 하늘에서 지켜보고 있습니다. 도망치는 건 불가능해요. 동굴도 소용없습니다. 한 번도 안 나오실 자신 있으신가요? 게다가 인류가 사라진 지상이니만큼, 방사능을 차폐하는 장치만 개발되면 아래에 내려가서 활동할 개체도 많아요. 그 방법은 생각하지 말도록 합시다.

울지 마시라니까요.

네, 알아요. 당신이 무슨 기분일지 이해합니다. 저도 지성을 갖춘 종족의 일원이고, 다른 지성을 갖춘 종족의 기분이 어떨지 추측할 수 있어요. 그래서 당신을 도와드리려고 하는 겁니다. 그러니까 그렇게 울지 마세요. 예쁜 얼굴이잖아요. 인류 기준에서는 예쁜 얼굴 아닌가요? 전에 관련 논문을 읽은 적이 있는데. 제 관점 말씀인가요? 음, 글쎄요, 미의 기준이라는 건 종족마다 엄청나게 달라질 수 있다고 생각하지만, 지금까지 본 인류 중에는 당신이 가장 예쁘다고 생각합니다. 특히 그, 뭐라고 부르더라, '웃는 얼굴'이 예뻐요. 정말요. 진심이라니까요. 정말인데. 그보다 본론으로 돌아가죠. 시간이 없… 뭐라고요?

그건 처음 들어보는 단어군요. 설명해주실 수 있나요?

흠, 제가 읽은 논문에는 없었던 것 같네요. 인류의 '표정'을 연구한 논문은 그 하나밖에 없었으니까, 해당 개념에 대해 아는 개체는 현재로선 없다고 봐도 무방하겠죠. 그러니까 양쪽 '뺨'의 오목 들어간 부분 말씀하시는 거죠? 다시 한 번 말씀해주세요. 아하, 그걸 '보조개'라고 하는군요. 그런데 갑자기 왜 그 얘기를 꺼내신 거죠?

얼굴을 구성하는 근육이 일반 사람보다 짧아서 생기는 현상이라고요? 그러니까 다시 말해서, 선천적으로 '뺨'의 구조에 문제가 있어서 그 오목한 면이 나타나는 거란 말씀이시죠? 그렇군요! 일반인과는 구별되는 구조적 특이성, 유전적인 결함, 모식표본으로 부적합함! 이거예요!

아뇨, 살아가는 데 불편함이 없다거나, 어떤 인류도 그걸 결함이라고 생각하지 않았다거나 하는 건 중요치 않습니다. 진짜 중요한 건 그걸 유전적 결함이라고 해석할 수 있다는 거고, 저는 그걸 그렇게 해석한 보고서를 낼 거라는 거고, 득달같이 달려드는 연구소들도 그 보고서를 보면 순순히 물러갈 거라는 거죠. 이미 결함이 있는 인류 표본은 많아요. 그걸 하나 더 가진다고 연구소의 위상이 올라가지는 않지요. 그들에게는 모식표본만 필요하고, 당신은 인류의 모식표본이 아닙니다. 그래요. 표준 인류라기에는 '웃는 얼굴'이 너무 예뻐요.

축하드립니다. 당신은 살아남은 것 같아요.

앞으로 아주 힘드시겠지만, 일단 큰 고비는 넘겼네요. 생명이 뭣보다 중요하죠. 당분간은 우리 연구소에서 당신을 보호하도록 하겠습니다. 지상은 아직 방사능 때문에 위험합니다만, 기술 개발 여하에 따라서는 다시 지상으로 돌려보내드릴 수도 있어요. 과학을 믿어봐야죠. 그때까진 불편하시더라도 여기서 살아주셨으면 합니다.

네. 끈에 대롱대롱 매달려서 떠다니는 게 불편하시다는 건 알아요. 하지만 이 방법 말고는 당신을 여기에 둘 방법이 없는걸요. 다른 방법이 생각나신다면 언제든지 말씀해주세요. 긍정적으로 검토하겠습니다. 그 외에도 불편한 거 있으시면 말씀해주시고요. 어떻게 하면 생활환경이 더 나아질지 같이 생각해보도록 합시다. 그게 지성을 가진 생명체가 하는 일이니까요.

## 연약한 두 오목면: 후기

앞선 〈무서운 도마뱀〉의 후기에 잠깐 '은서동물학'이 언급되었던 걸 기억하시나요? 잘 쓰이지 않는 단어인데 의미를 제대로 설명하지 않았던 것 같네요. 뭐, 여기서 얘기하면 되죠! '은서동물학' 또는 '신비동물학'은 영어단어 'Cryptozoology'의 번역어로, 뜻을 풀자면 '아직 학계에 보고되지 않고 숨어 살아가는 미지의 동물들을 연구하는 학문' 정도가 될 것입니다. 그러니까 빅풋이나 호수 괴물 따위의 존재 가능성을 점치는 동물학의 한 갈래예요. 학계에서 정식으로 인정받는 갈래는 아니고, 진지하게 동물학적인 접근을 하는 사람이 열 명 중에 하나 있으면 나머지 아홉은 UFO를 쫓아다니고 있지만요. 그래도 희미한 목격담 하나만을 믿고 괴물 추적에 혼을 바치는 사람들의 이야기에는 뭔가 두근거리는 면이 있습니다. 저는 어렸을 적 이인식의 책《신비동물원》으로 은서동물학을 처음 접했고, 그 이후 줄곧 동물학과 유사과학에 반반 걸친 이 테마에 매혹되어 왔습니다. 심지어는 제가 처음으로 읽은 한국 SF도 은서동물학 이야기였어요. DJUNA 작가의 〈선중조우〉를 언젠가 다시 읽어볼 수 있다면 좋을 텐데요.

〈선중조우〉에는 은서동물학의 마스코트격 존재인 호수 괴물이 등장합니다. 네스호의 수장룡 '네시'를 필두로 하는 이 업계의 슈퍼스타죠. 〈연약한 두 오목면〉의 아이디어도 마찬가지로 은서동물학의 세계에서 끄집어낸 것이지만, 아무래도 네시에 비교하기는 아주 초라합니다. 평생을 하늘에 떠서 살아가는 수수께끼의 '대기권 동물'(Atmospheric beast) 이야기를 들어보셨나요? 해파리나 뱀처럼 생긴 구름, 혹은 클로포드빌 괴물(Crawfordsville monster)과 같은 기이한 목격담이 이따금 들려올 뿐 그다지 주목을 받진 못하는 미지의 생물입니다. 혹시라도 〈한 줌 먼지 속〉을 읽는 동안《코스모스》를 곁에 펴두고 계셨다면, 2장 '우주 생명의 푸가'에 세이건이 상상한 목성의 대기권 동물이 언급되니 다시 한 번 들춰보셔도 좋겠네요. 신빙성 낮은 소문 한두 조각으로 이루어진 미지의 괴생명체들에 대해서는 앞으로도 계속 쓸 생각입니다. 오랜 열정은 쉽게 죽지 않아요.

이 단편을 구성하는 두 번째 소재 또한 제 오랜 흥미의 대상입니다. 인간의 결함, 완벽한 상호 간 이해의 불가능성, 이토록 불완전한 모습 그대로라도 괜찮으리라는 위안의 메시지 말이에요. 〈연약한 두 오목면〉은 근대 생물학이 정상성과 비정상성이라는 흐릿한 개념을 다뤄온 방식에 대한 이야기이기도 합니다. 골상학과 우생학, 인간 동물원과 사라 바트만….여기에 덧붙이자면 저는 실제로 꽤 깊은 보조개가 있습니다. 혀를 말 수 있고, '한족 발톱'이라고도 하는 새끼발가락 며느리발톱 때문에 양말 벗을 때마다 짜증이 나고, 이보다 삶에 더 큰 영향을 끼칠 수 있는 모종의 유전형질도 보유했으리라고 의심 중이에요. 하지만 그렇다고 제 가치가 대단히 떨어지는 건 아니잖아요? '뼈 전쟁'의 한 축이었던 에드워드 코프가 자기 자신을 인류의 모식표본으로 지정하려 했다는 이야기가 있죠. 하지만 저는 그다지 흠 없는 어린양이 될 마음은 없어요.

'숨어 사는 생물들'과 '정상성 규범의 허구성'이라는 두 테마를 한 단편에 구겨 넣어 쓰긴 했지만, 이런 좋은 소재들을 단편 하나 쓴 거로 만족하고 서랍에 되돌려놓긴 좀 아깝습니다. 사랑해 마지않는 주제이기도 하거니와, 아직 할 얘기가 많잖아요. 그렇죠? 〈연약한 두 오목면〉을 쓴 이후에도 저는 인간의 오류에 대한 장편소설 한 권을 내놓았고, 동물학 이야기를 꾸준히 건드리는 중이며, 아마 앞으로도 계속 결함투성이 사람들과 그 주변의 신비로운 생태계에 대한 글을 써나갈 예정입니다. 단편일 수도 있고 새 장편일 수도 있겠죠. 어떤 형태가 됐든, 오랜 열정은 정말로 쉽게 죽지 않는 법입니다.

우는 물에서
먹을거리를 잡아 돌아오는 잠수부

## Kairuku waitaki

리눅스 운영체제의 마스코트가 턱스(Tux)라는 이름의 펭귄으로 정해진 계기는, 개발자인 리누스 토발즈가 호주의 한 동물원에서 쇠푸른펭귄에게 물린 사건이었다고 한다. 키가 33센티미터에 불과한 쇠푸른펭귄에게 물린다면 그런 재미있는 생각을 할 수 있겠지만, 약 1.3미터에 달하는 고대 펭귄 카이루쿠에게 물린다면 느긋하게 마스코트를 생각할 여유가 있을까? 뉴질랜드에서 살다가 약 2천5백만 년 전에 멸종한 카이루쿠의 이름은 뉴질랜드 원주민인 마오리족의 말로 '먹을거리를 잡아 돌아오는 잠수부'라는 뜻이다.

✳

마크 스네어스는 이게 꿈이 아닌지 볼이라도 꼬집어보고 싶은 심정이었다. 뉴질랜드 남섬 해안가를 여행하다가 허름

한 동네 바에 들어왔는데, 뒤이어 들어온 젊은 여성이 자기 옆에 앉더니 얘기를 좀 하고 싶다는 게 아닌가. 놀이공원에서나 볼 법한 우스꽝스러운 펭귄 복장을 뒤집어쓰고 있는 데다 몸에서는 독특한 기름 냄새가 풍겼지만, 그런 사소한 문제 때문에 기회를 내칠 생각은 추호도 없었다. 그만큼 아름다운 여성이었다. 갈색 피부와 또렷한 이목구비에 완전히 사로잡혀, 마크는 과감하게 입을 열었다.

"반갑습니다. 옷이 아주 잘 어울리시네요."

"제가 입고 싶어서 입는 게 아니에요. 펭귄 보호센터에서 일하는데, 모금 캠페인 홍보 때문에 일주일 내내 이걸 입고 다니라지 뭐예요."

'이 웃기는 옷 좀 보세요'라는 듯 지느러미를 퍼덕이며 짐짓 뾰로통한 표정을 짓던 여자는, 마크와 눈이 마주치자 살짝 미소를 띠며 말했다.

"저야말로 만나서 반가워요. 와카헤레 펭귄 보호센터의 아델리 피고라고 해요."

"마크 스네어스입니다. 오랜만에 시간을 내서 남섬 트레킹 중이었죠. 이것도 인연인데, 제가 한 잔 사도 될까요?"

"그러면 저야 고맙죠."

그렇게 칵테일을 마시며 잠시 말을 나누는 동안, 마크는 아델리가 점점 더 마음에 들게 되었다. 외모도 외모였지만 무엇보다 얘깃거리가 많은 여자였다. 아델리가 펭귄 보호센터에서 있었던 일을 말해주는 동안 마크는 황홀하게 듣고만 있었다.

"펭귄은 웃기는 동물이에요. 온종일 끼이익, 끼이익, 꽥 꽥! 생선 줘! 생선 줘! 이러면서 한시라도 눈을 떼면 차마 입에 담기도 힘든 짓을 하죠. 어린애들이 펭귄을 좋아하니까 이런 말은 보통 안 하지만 연구자들은 다 알아요. 녀석들이 얼마나 무서운지."

그러면서 아델리는 펭귄 수컷들의 추잡한 면모를 실감 나게 묘사하기 시작했다. 펭귄 모자를 쓴 머리를 좌우로 흔들며 지느러미를 흔드는 동안, 그 목에서 나무로 깎은 목걸이가 대롱대롱 흔들렸다. 새 비슷하게 생긴 형체가 투박하게 조각된 불그스름한 목걸이였다. 마크가 물어보자 아델리는 싱긋 웃으며 대답했다.

"보호센터에서 마오리족 단체랑 협업한 적이 있는데, 그때 받았어요. 전통 공예품이죠."

"저런 조각을 하는 부족도 있었나요? 관련된 공부를 좀 했는데, 처음 보는 스타일이네요."

"저도 잘 몰라요. 부족장님 말씀에 따르면, 이 조각은 '먹을거리를 잡아 돌아오는 잠수부'의 상징이라고 하더라고요."

"오호라, 그거 좋은 의미군요. 잠수부가 먹을거리를 잡아 돌아온다는 건, 부족에서 한 사람 몫을 할 뿐만 아니라 가족까지 먹여 살릴 수 있다는 의미니까요."

"아주 영광스러운 의미죠."

그렇게 말하는 아델리의 얼굴은 약간 고양된 듯 보였다. 어느새 칵테일도 전부 비운 채였다. 마크는 한 잔 더 주문하려고 했지만 아델리가 막았다.

"죄송해요. 하지만 이것보다 더 마시면 차를 못 몰거든요. 집이 좀 멀어서."

아, 헤어질 시간인가. 마크는 적잖이 실망했지만, 그 실망은 곧 크나큰 기쁨으로 바뀌었다. 아델리가 상기된 얼굴을 마크 쪽으로 기울이며 귀에다 대고 이렇게 속삭였기 때문이었다.

"우리 집으로 가서 더 마시지 않을래요?"

아델리의 팔이 마크의 허리를 휘감았고, 혀가 입술 위를 뱀처럼 핥고 지나갔다. 잠깐의 황홀, 술기운, 기름 냄새, 무언의 동의. 아델리는 얼떨떨해 있는 마크의 손을 잡고 척척 바를 걸어 나왔다. 펭귄 옷 너머로 느껴지는 아델리의 손은 차갑고 뻣뻣했으며 단호한 힘이 있었다. 자그마한 키에서는 상상하기 힘든 악력이었다. 그 손에 붙들려 마크는 아델리가 이끄는 대로 주차장으로 향했다.

아델리의 낡은 하늘색 스테이션 왜건은 연신 덜컹거렸고, 그 바람에 뒷좌석에 아무렇게나 놓여 있는 땅콩, 육포, 치즈, 말린 과일 봉지와 맥주캔이 시끄럽게 흔들렸다. 조수석에 비스듬히 놓인 큼지막한 나무 썰매가 불안한 끼릭끼릭 소리를 냈다. 하지만 운전하는 내내 아델리가 털어놓는 이야기들은 그런 사소한 문제들을 잊게 하였다. 이를테면 아델리는 최근 있었던 유조선 침몰사고 때문에 자신이 얼마나 고생했는지에 대해 불평을 늘어놓았다.

"저번 주는 내내 펭귄 깃털에서 기름만 닦았지 뭐예요. 정말이지 왜 하필 지금 침몰하고 난리람. 펭귄한테 스웨터도 떠주는 거 아세요? 기름을 씻은 후에도 체온이 떨어지는 걸 막고, 깃털을 부리로 고르면서 기름을 먹게 되는 것도 막아주거든요. 유일한 단점은 직원들이 온종일 매달려서 뜨개질이나 해야 한다는 거죠."

"하하, 그거 고생이 많으셨겠네요."

차 안에서 온통 풍기는 기름 냄새 때문에 머리가 조금 아팠지만, 창문을 열고 달리니 그마저도 얼마 가지 않아 사라졌다. 차가운 바람을 맞으며 마크는 기분 좋게 휘파람을 불었다. 아델리의 집으로 가는 길은 멀었고 자동차는 어느새 눈이 드문드문 쌓인 끝없는 평원을 달리고 있었다. 아델리도 운전에 집중하느라 입을 다물었다. 마크는 얼마 지나지 않아 잠에 빠져들었다. 몸이 이상하게 노곤했다.

✳

"끼이익, 끼이익!"

'또 차가 흔들리나.' 마크는 생각하면서 몸을 뒤척였다. 저렇게 멋진 여자에게는 어울리지 않는 고물차라고 생각하면서. 술기운 때문인지 머리가 띵하게 아팠다.

"끼이익, 끼이익, 끼이익!"

차에서 나는 소리가 아니었다. 새 떼가 울부짖는 것처럼 듣기 싫은 소리가 공기를 가르며 창문을 넘어 들어왔다. 게다가 두통이 아무래도 심상찮았다. 얼굴을 찌푸리며 창문으로 고개를 돌렸지만, 창밖은 완벽한 어둠이었다. 아델리? 아델리! 아무리 불러도 대답이 없었다. 자동차 안의 불을 켜니 차 안에는 마크 혼자밖에 없었다. 소름 끼치는 소리가 차를 진동시키며 점점 다가오더니 별안간 삑, 하는 전자음이 울렸다. 동시에 차의 잠금장치가 덜컥 하고 열렸다. 뭔가 마음의 준비를 할 새도 없이 차 문이 열리며, 검은 손들이 마크를 붙잡고 찬바람이 부는 바깥으로 끌어냈다.

공포에 질린 채, 마크는 몰려든 검은 형체들이 차 안을 뒤지는 모습을 보았다. 그들은 단순한 차량 강도 따위가 아니었다. 불빛 속에서 보이는 그들의 모습은 심지어 인간처럼 보이지도 않았다. 목까지는 사람의 모습을 하고 있었지만, 그 아래부터는 검붉은 줄무늬가 난 짧고 흰 털이 융단처럼 덮여 있었다. 몸에서는 온통 기름 냄새까지 났다. 털이 난 사람들은 세 개밖에 달리지 않은 손가락으로 차 안의 썰며 음식들을 우악스럽게 집어 갔다. 날카로운 손톱이 마크의 멱살을 잡았고, 이윽고 차에서 꺼낸 썰매 위에 마크를 내던져 묶어놓았다. 발버둥 치는 마크를 아랑곳하지 않고 그들은 썰매를 끌며 어딘가로 향했다. 끼이익 끼이익 소리가 어두운 하늘에 간간이 울려퍼졌다.

얼마나 시간이 지났을까, 썰매는 인간의 흔적이라고는 찾아볼 수도 없는 허허벌판에 멈춰 섰다. 자연 보호구역 한복판쯤 되는지 주위는 온통 산으로 둘러싸여 있었고, 이따금 눈보라가 세차게 몰아쳐 마크의 몸을 사정없이 때렸다. 털이 난 사람들이 주위를 두리번거리며 꾸룩꾸룩 소리를 냈다. 그에 화답하듯 근처에서 길고 높은 울음소리가 들렸다. 어느새 어둠에 익숙해진 마크의 눈에, 얼마 지나지 않아 익숙한 형체가 들어왔다. 그 형체는 펭귄 옷을 입고 있었다.

"아델리!"

아델리는 눈보라를 헤치며 거침없이 다가왔다. 털이 난 사람들을 보아도 전혀 놀라는 기색 없이, 오히려 그들과 반갑게 인사라도 하는 듯 연신 끽끽거렸다. 마침내 썰매에 묶인 마크 앞에 도착하자 아델리는 술집에서와 똑같이 싱긋 웃었다. 마크는 돌아버릴 지경이었다.

"아델리! 이게 무슨 상황이야? 뭔가 알고 있지! 대답해!"

아델리는 대답 없이 천천히 옷을 벗었다. 펭귄 옷이 뱀의 허물처럼 눈 위로 떨어졌다. 옷이 내려가면서 차례로 줄무늬 없이 흰 털에 덮인 쇄골, 손톱이 난 양손, 타조의 다리처럼 억세고 두꺼운 양다리와 물갈퀴가 난 발이 바깥 공기에 닿았다. 목걸이라고 생각했던 것은 몸을 그물처럼 칭칭 감은 사슬이었고, 여기저기에 뼛조각과 나무 공예품이 달려 있었다. 마크는 아무 말도 하지 못했다. 이빨만 딱딱 부딪혔다. 아델리는 차가운 숨을 한껏 들이마시고 하늘을 향해 외쳤다.

"끼이이― 끼이이― 아아!"

다른 괴물들이 그 소리를 따라 하며 발을 쿵쿵 굴렀다. 마크는 혼란스러운 와중에도 그 모습이 마치 뉴질랜드의 럭비 팀처럼 보인다고 생각했다. 럭비 선수들이 경기 전에 마오리족 전통춤인 하카를 추며 함성을 지르듯이, 괴물들이 달빛 아래서 발을 쿵쿵 구르자 눈이 안개처럼 흩날렸다. 그 중심에 아델리가 있었다. 아델리는 악마처럼 울부짖으며 하늘을 보다가 마크를 노려보기를 반복했다. 마크는 이것이 무슨 상황인지 어렴풋하게나마 이해하려 하고 있었다.

이건 부족 의식이었다. 어디서 온 무슨 종족인지는 모르겠지만, 이들은 마크를 제물로 모종의 의식을 치르려 하고 있었다. 아델리가 손톱을 뻗어 마크의 옷을 찢고 가슴에 두 줄기의 긴 상처를 냈다. 상처에서 흐르는 피를 뺨과 온몸의 털에 묻히고 냄새를 맡으며 아델리는 짜릿한 야생의 비명을 질렀다. 티 없이 흰 털에 붉은 줄이 그어졌다. 손톱으로 연신 배를 긁자 피가 죽죽 배어 나왔다.

마크는 아델리가 하고 있던 목걸이의 장식을 떠올렸다. 먹을거리를 잡아 돌아오는 잠수부. 한 사람 몫을 할 뿐만 아니라 가족까지 먹여 살릴 수 있다는 의미. 다른 괴물들의 배에는 저마다 검붉은 줄무늬가 있었지만 아델리에게는 없었다. 마크의 머릿속에 불꽃이 튀었다. 성인식. 부족의 일원으로서 한 사람 몫을 하고 가족을 꾸릴 수 있음을 인정받는 의식. 아델리가 마크를 묶은 끈을 손톱으로 끊어냈다. 괴물들은 어느새 뒤로 물러나 있었고 아델리만이 앞에서 마크를 노려보았다. 마크의 머리보다 다리가 먼저 반응했다. 눈보라가 몰아치는 설원 속으로 마크는 달리고 또 달렸다. 사냥감의 본능이 뇌를 지배했다.

마크의 모습이 보이지 않게 되자 다시 괴물들이 울부짖기 시작했다. 아델리는 마크가 바닥에 흘린 피를 힐끗 쳐다보았다. 핏방울은 마크가 달려간 쪽으로 쭉 이어져 있었다.

"끼이이— 끼이이— 아아!"

먹을거리를 잡아 돌아오는 잠수부, 젊은 사냥꾼이 눈을 박차고 달리기 시작했다. 오래도록 잠들어 있던 인간의 사냥감으로서의 본능은 혼란 속에서 피를 비틀비틀 흩뿌리며 나아갔다. 한편 인간 사회의 가장자리에서 꾸준히 야성을 유지해온 종족에게 사냥꾼으로서의 본능은 손에 잘 맞는 권총과도 같았다. 용의 후예, 새의 후예인 사냥꾼은 바람에 실려 오는 피 냄새를 맡으며 달렸다.

한참 달리던 마크는 숨이 턱까지 차서 결국 주저앉고 말았다. 야생지를 내달리기에 마크의 몸은 너무 약했다. 손발이며 얼굴은 온통 얼어붙을 것 같았다. 마크는 눈밭에 엎어진 채 필사적으로 머리를 굴렸다. '어떻게든 차까지 가면! 그렇게만 되면 놈들을 따돌릴 수 있는데!' 하지만 어두운 설원에는 방향을 알려줄 단서가 아무것도 없었다. 하다못해 별자리라도 볼 줄 알았다면 모를까. 게다가 머리는 아프고 팔다리는 전혀 말을 들어주지 않았다. "술에 뭔가 탄 거야…." 마크는 멍하니 중얼거렸다. "처음부터 이럴 생각으로 접근했던 거야."

'그래, 휴대전화!' 마크는 희망에 차 주머니를 뒤졌지만, 아무것도 없었다. 바에서 허리를 휘감던 아델리의 손이 떠올랐다. 경찰이 휴대전화를 추적한다 한들 아무 단서도 얻을 수 없을 것이다. '인간이라고는 없는 설원에서 뭔지도 모를 괴물들에게 쫓기다가 죽어야 한다니. 마음에 드는 여자랑 잘해보려고 노력한 대가치고는 너무 가혹하잖아.' 마크는 속으로 울부짖었지만 아무런 소용이 없었다. 멀리서 울부짖는 괴물들의 소리가 들려왔다. 가까이서 잔인한 사냥꾼의 발소리가 들려왔다. 마크는 간신히 몸을 일으켜 뒤쪽을 쳐다보았다. 야생에서 튀어나온 괴물이 밤하늘로 펄쩍 뛰어올랐다.

✳

부족의 장년들이 새 고기와 땅콩과 말린 과일을 찧어 보존식을 만드는 동안, 가장 나이 든 원로 한 사람이 피와 지방과 염료를 섞어 만든 반죽을 아델리의 배에 발라주었다. 훌륭한 사냥을 칭찬하는 의례적인 말도 잊지 않았다. 하지만 아델리는 그저 무료하게 앉아 하늘을 바라볼 뿐이었다. 전통이 성공적으로 이어진 것을 축하하는 원로의 말은 절반도 알아들을 수가 없었다. 부족의 언어는 점점 사라져가고 있었다. 아델리는 조그맣게 인간의 말로 투덜거렸다.

"전통은 무슨 전통."

망할 유조선이 침몰하는 바람에 생선을 먹을 수가 없었다. 펭귄 고기만은 절대로 먹어서는 안 된다고 원로들이 난리를 피웠다. 조상까지 먹으면 그다음에 남는 것은 무엇이냐! 모든 부족민은 성인식만을 손꼽아 기다렸다. 부족 전통에 따르면 성인식에는 '큰 사냥감'을 나눠 먹을 수가 있었다. 문제는

226

벌써 몇 해째 새 암컷이 태어나지 않는다는 사실이었다. 대대로 살아온 땅의 공기가 너무나도 따뜻해져, 가장 추운 곳에 둔 알에서조차 항상 수컷이 부화했다. 이런 상황에서 원로들은 뻔뻔하게도 가장 젊은 아델리에게 책임을 떠넘겼다. 터무니없는 트집을 잡아 배의 줄무늬를 지우고, 다시 성인식을 치러 능력을 증명하길 요구한 것이었다.

그러니 아델리가 사냥에 성공한 것은 당연했다. 벌써 세 번째 배의 줄무늬를 지우고 다시 그렸으니까. 세 번째로 성인이 된 셈이었다. 성인식마다 아델리는 '큰 사냥감'을 잡아와 온 부족의 배를 채웠다. 펭귄 보호센터에서 일하던 여자, 마오리족 소년, 그리고 이번엔 우연히 마주친 남자까지.

아델리는 주위를 둘러보았다. 보존식을 불에 건조해 말리며 부족민들은 이야기꽃을 피웠고, 원로들은 환각이끼를 씹었다. 저들은 결코 '큰 사냥감' 사냥을 나가지 않았다. 인간의 말조차 쓰지 않고 일부러 잊어버렸다. 그것이 전통이기 때문이었다. 인간의 말을 할 줄 알고 '큰 사냥감'을 사냥할 수 있는 것은 젊은 아델리뿐이었다. 들킬 때까지, 모든 것이 탄로나 더 이상 사냥할 수 없게 될 때까지 아델리는 계속 사냥을 나가야 할 것이다.

원로에게 부탁해 이끼를 좀 나누어 받은 아델리는 그대로 눈 위에 누웠다. 이끼를 씹자 머리가 띵하게 아프며 눈앞에 별이 춤췄다. 먹을거리를 잡아 돌아오는 잠수부, 용과 새의 후예인 마지막 사냥꾼은 취한 채 잠에 빠져들었다.

## 우는 물에서 먹을거리를 잡아 돌아오는 잠수부: 후기

어떤 의미로 이 글은 〈무서운 도마뱀〉의 후속작입니다. 배경도 다르고 등장인물도 다르지 않느냐고요? 그건 그렇지만 세계관이 같습니다. 근연종이 나오잖아요! 고도의 지성을 가진 공룡의 후예 중 일부가 인간의 모습과 닮게 진화하여 인간의 시대에 숨어들었다면, 그들 중 일부는 고도의 위장술을 생존이 아닌 사냥을 위해 사용하게 되었을지도 모릅니다. 체온 조절과 노폐물 방출을 위해 진화된 깃털이 언젠가부터 비행의 도구가 된 것처럼 말이죠. 〈우는 물에서 먹을거리를 잡아 돌아오는 잠수부〉는 그렇게 특수한 방향으로 진화한 포식자 일족에 관한 이야기입니다.

포식자에 대한 공포는 인류의 무의식에 보편적으로 뿌리를 내리고 있습니다. 대형 육식동물들은 수십억 년 진화의 여정 속에서, 그리고 상당히 최근까지도 줄곧 우리 조상들을 위협해왔지요. "옛날 어린이들은 호환, 마마, 전쟁 등이 가장 무서운 재앙이었으나…"로 시작하는 비디오 광고를 기억하시나요? 조선 시대까지만 해도 호랑이는 진짜 위협적인 맹수였습니다. 하지만 인류는 먹이 피라미드의 최정상으로 꾸역꾸역 기어올랐고, 이제는 가장 정교한 자연의 살인 기계들조차 두려움이 아닌 보호와 동정의 대상입니다. 우리가 너무 많이 잡아 죽였기 때문이죠. 재미 삼아 죽이고, 가죽과 뼈를 얻으려 죽이고, 서식지에서 내몰아 굶겨 죽인 다음에 살아남은 개체들은 구경거리로 만들어 가둬놓았잖아요. 도시 거주민인 제 유전자에는 아직도 맹수에 대한 생존 전략이 각인되어 있겠지만, 그 전략은 최우선 목표를 잃어버린 지 오래입니다. 바로 이 공백으로부터 비유와 상상이 쏟아져 나옵니다.

이를테면 우리는 그 어떤 종보다도 같은 동족들로부터 가장 실질적인 위협을 받고 있지요. 호환이 아닌 범죄가 두려운 시대입니다. 아마도 그 때문에, 범죄자를 표현할 때 사용하는 단어에는 종종 맹수의 그림자가 엿보입니다. 의도적으로 약자를 대상으로 삼아 성범죄를 저지르는 인물은 '포식자'(Predator)로 통칭됩니다. 신념을 갖고 테러를 자행하는 개인은 '외로운 늑대'에 비유됩니다. 한편 창작의 세계로 넘어가면 갖가지 야수들이 보름달 빛 아래 우글거리죠. 흡혈귀, 늑대인간, 좀비는 어떤 면에서 문명이 자연을 침식하는 과정에서 잃어버린 공포의 대체품입니다. 우리가 선조들로부터 물려받은 생존 전략을 작동시키는 존재들이기 때문에 이들은 공포영화의 주인공으로 발탁될 수 있습니다. 이사부가 우산국을 정벌할 때 썼다는 나무 사자처럼 말이죠.

그리고 저는 언제나 조금 더 생태학적인 접근을 선호합니다! 네, 은서동물학에 몇 년 동안 푹 빠져 지낸 덕분이겠죠. 물론 난디 베어, 음은그와, 카사이 렉스 같은 태고의 거대 괴수들이 살아남아 있다고 한들 도시 거주민들에겐 별다른 위협이 되지 못할 것입니다. 하지만 황조롱이나 길고양이처럼 도시 생태계에 적응한, 지능적이고 은밀하며 자비를 모르는 포식자들이 우리 주변에 있다면 어떨까요? 풀숲과 정글 대신에 사회의 그늘과 변두리에 숨어서, 부주의한 개개인을 가만히 응시하면서 말이에요. 그런 사냥꾼들은 우리를 어떻게 생각할까요? 어떤 습성과 문화를 지니게 될까요? 인간 무리에 그토록 밀접히 얽혀 살아간다면 언젠가는 사냥감들의 문화가 그들에게도 영향을 미치게 되지 않을까요?

이 글에 등장하는 공룡인간 종족은 이런 수많은 상상의 한가지 형태입니다. 펭귄을 조상 토템으로 숭배하며 고립된 전사 문화를 유지해온, 하지만 시베리아 호랑이나 북극곰처럼 피할 수 없는 쇠퇴를 맞이하는 맹수들입니다. 하지만 모든 포식자가 이와 같은 문명을 맞이했으리라고 생각지는 않아요. 덜 명예롭고 덜 고결하지만 더욱 성공적인, 적어도 길고양이만큼은 잘해낸 종들이 있을지도 모르죠. 〈무서운 도마뱀〉과 〈우는 물에서 먹을거리를 잡아 돌아오는 잠수부〉는 그런

생태계의 이야기입니다. 그리고 이 생태계의 이야기는, 지금
으로선 확실하지는 않지만, 아무래도 끝이 아닐 것 같아요.

카르멘 엘렉트라,
그녀가 내게 키스를

## *Carmenelectra shechisme*

영국의 곤충학자 조지 커콜디가 사망한 지 2년이 지난 1912년, 런던 동물학회는 매미목 곤충 전문가였던 커콜디가 자신의 인생을 거쳐간 연인들의 이름에 '키스 미'를 붙여 자신이 발견한 곤충 여러 종의 학명으로 삼았다는 사실을 우연히 알아채고 '천박하다'며 비난했다. 세월은 흘러 2002년, 닐 에벤휴이스(Neal Evenhuis)는 호박 속에 화석으로 보존된 파리의 이름을 붙이면서 커콜디식 작명법을 부활시켰다. 호박에서 발견된 화석의 이름에는 흔히 그리스어로 '호박'을 의미하는 접두사 'electro-'가 들어가는데, 에벤휴이스는 이를 이용해 유명 여배우 카르멘 엘렉트라의 이름을 따온 뒤 '쉬키스미'를 더해 학명을 지은 것이다.

＊

　미 국방성이 걸스카우트의 반란을 대비한 계획을 세워두
었다는 소문을 들었을 때 처음 든 생각은 '내 세금이 저런 데
쓰이고 있다니'였다. 지상 최대의 민주주의 국가이며 초강대
국인 미국이, 국민의 세금을 들여서 걸스카우트와 맞서기 위
한 대책을 만들고 있다고? 이름은 '스카우트'(정찰병)이지만
하는 일은 쿠키나 나눠 주는 게 전부인 여학생들이 반란을 일
으켜 봐야 뭘 할 수 있단 말인가?
　…그래, 걸스카우트의 반란은 일어나지 않았다. 대신에 화
려한 파티 드레스 차림의 여자 중학생들이 한 손에는 최신형
휴대폰, 다른 한 손에는 밧줄이나 비닐 끈 따위를 들고 마을
을 절찬리에 휘젓는 중이었다. 파티가 한창인 마을회관에서
흘러나오는 노랫소리, 마을을 휘젓는 휴대폰의 불빛, 똑같이
화려한 옷을 입고 일사불란하게 마을을 누비는 똑같이 생긴
아홉 명의 여학생들. 나는 술을 마시고 바람이라도 쐴 겸 마
을 뒤쪽의 나지막한 언덕으로 산책을 나왔는데, 하필 이런 광
경을 바라보게 되니 머리가 이상해질 것만 같았다.
　이 마을, 사이먼스 빌리지는 몇 년 전에 꽤 유명세를 탔다.
얘기하자면 길지만 짧게 줄이자면, 내가 막 기자 생활을 시
작했을 때의 일이니 20년이 조금 안 되었는데, 남미 어느 나
라의 연구소에서 불법 인간 복제 실험을 하다가 발각된 사건
이 시작이었다. 실험은 놀랍게도 성공해서 발각 시점에서는

이미 아홉 명의 신생아가 연구소 안에서 자라고 있었다. 이후 밝혀진 바에 따르면 연구소장은 미남 미녀들을 복제해 부유층에게 큰돈을 받고 입양을 보낼 작정으로 일을 벌였으나, 정작 법정에서는 "애 아홉을 돌보기 위해 연구소의 온 인력이 24시간 투입되어야 했다"면서 사업 실패를 인정해 사람들을 허탈하게 했다.

그래서 이곳 사이먼스와 복제인간 사건 사이에 무슨 관련이 있는가 하니, 연구소에서 확보된 복제인간 아이들 아홉 명의 거주지가 바로 이곳이었다. 복제인간을 행정적으로 어떻게 처리해야 하는지 고심하던 당국에서는 원래 '생물학적 어머니'인 체세포의 주인에게 아이들을 보내려 했지만, 어쩌다가 유전정보를 채취당했다는 이유 하나만으로 아홉 명이나 되는 여자애를 떠맡을 수는 없는 노릇이었다. '미드위치 부인'으로 알려진 사이먼스의 어느 여성이 마침 입양 의사를 밝히지 않았더라면 지금까지도 아이들의 사회적 위치는 불안하기 짝이 없었을 것이다. 인간 복제가 윤리적/종교적인 문제뿐만이 아니라 행정적 문제까지 불러올 수 있다는 사실을 깨달은 정치인들은 법을 제정하느라 난리를 피웠지만 그것은 다른 이야기였다. 중요한 것은, 지금쯤 다 자랐을 아이들을 취재하러 왔더니만, 그 애들이 십대의 질풍노도를 넘어 한창 무장봉기 중이라는 사실이었다.

"여기는 돌리. 공원에는 아무도 없어!"

어두운 금발에 건강한 갈색 피부를 가진 소녀가 휴대폰에 대고 목청을 높였다. 공원 반대편에서 똑같은 목소리가 응답했다.

"여기는 플로리. 지금 학교 쪽으로 갈게. 마리랑 내니는 아직 사거리에 있대?"

마을 중앙의 도로를 가로지르는 두 아이가 보였다. 하얀 드레스를 밤바람에 펄럭이며 휴대폰 불빛으로 구석구석을 비추다가, 중간에 다른 소녀와 마주치자 반갑게 손을 흔들며 인사했다. 하지만 웃음 속에서조차 그 목소리에는 깊은 걱정이 묻어났다.

"페기, 폴리, 큰길가에 있는 수풀은 찾아봤어?"

"거긴 없었어, 엘라. 도대체 어디로 도망친 거지?"

"어디로 도망쳤든 반드시 찾아내야 해. 그 꼬맹이가 올가한테 한 짓만 생각하면! 올가는 지금 어디 있어?"

"아직 회관에서 울고 있어. 이사가 같이 있으니까 괜찮을 거야. 우리는 그 녀석을 찾는 데에만 집중하자."

페기와 폴리는 다시 큰길가를 수색하고 엘라는 어딘가로 전화를 걸었다. 똑같이 생긴 여자아이 셋이 도망친 누군가를 찾기 위해 비밀경찰처럼 주위를 이 잡듯 뒤지는 모습은 지나칠 만큼 초현실적인 광경이었다. 이런 사건을 보고도 가만히 있으면 기자 자격이 없으니, 일단은 사건의 실마리를 찾아보기로 했다.

사실 실마리를 찾으러 멀리까지 갈 필요도 없었다. 아까부터 저 뒤쪽 나무 그늘에 숨어서 바들바들 떨고 있는 소년이 하나 있었는데, 소녀들의 말소리가 들릴 때마다 깜짝깜짝 놀라는 걸 보니 이 사건에 대해 뭔가 알고 있는 게 분명했다. 이럴 때는 기자답게 인터뷰를 해 보는 게 좋겠지.

"쟤네가 찾고 있는 게 너지?"

"네, 네?"

"저 애들 말이야. 미드위치 자매들. 아무리 봐도, 네가 목표인 것 같은데."

"마, 맞아요. 지금 저, 저를 쫓고 있어요."

아홉 명의 복제인간 소녀, 그 이름도 유명한 올가/돌리/플로리/마리/내니/페기/폴리/엘라/이사 미드위치 자매들에게 쫓기는 소년이라. 이건 꽤 괜찮은 기삿거리가 될지도 몰랐다.

"이름이 뭐니? 저 애들하고는 무슨 사이고?"

"로드니요. 로드니 롤릭스. 쟤네하고 아는 사이냐고 물으신다면… 모르겠어요. 올가랑은 아는 사이였는데, 걔한테 쌍둥이들이 있는 줄은 몰랐어요."

"쌍둥이가 아니고 복제인간이지. 그게 그거지만 말이야. 어디 보자, 올가하고만 아는 사이였다면 이 마을에 살지는 않겠구나?"

"네. 리건에 살아요. 여기서 차로 15분 거리죠. 한 달 전에 우리 마을에서 자선 파티를 했는데, 거기 올가가 왔었어요. 그때부터 알고 지냈죠. 자기가 복제인간이라는 얘기는 안 했고요. 말했다고 해도 딱히 신경 안 썼겠지만."

그렇게 얘기하면서 빨갛게 달아오르는 얼굴, 묘하게 떨리는 목소리. 청춘의 냄새가 났다.

"아하, 사귀는 사이였군. 좋을 때네."

소년은 부끄러워하며 말없이 고개를 끄덕였다. 미드위치 자매들이 별다른 문제 없이(그러니까 이번 사건 전까진) 평범한 인간관계를 쌓으며 즐겁게 지낸다는 얘기가 거짓은 아닌 모양이었다.

"좋은 여자친구를 사귀었구나."

"첫눈에 반했죠. 카르멘 엘렉트라 닮았잖아요."

소년이 조그맣게 대답했다.

"너 보기보다 옛날 영화 좋아하네. 〈무서운 영화〉에 나온 배우 아니야?"

"〈스타스키와 허치〉에도 나왔어요. 혹시 〈미트 더 스파르탄〉은 보셨어요? 아니, 그게 중요한 게 아니라, 우리 진짜 잘 지내고 있었어요. 키스도 했고."

"와우."

얘기를 나눠 보니 이 로드니라는 소년은 나쁜 녀석 같지가 않았다. 고의로 미드위치 자매들에게 무슨 짓을 한 낌새도 없었고, 오히려 보기 드물 정도로 알콩달콩 연애를 하고 있었으리라는 것이 기자의 직감이었다. 그렇다면 무슨 오해 때문에 사이가 틀어졌다는 얘기인데, 그야 연애 관계에서는 늘 있는 일이니까. 그렇다고 그것 때문에 소녀들이 비밀경찰로 돌변하지는 않지만.

가까운 곳에서 펑 소리가 들렸다. 총성인가 했지만 단순히 자매 중 하나가 하늘로 폭죽을 쏘아 올렸을 뿐이었다. 소리를 들은 소녀들이 잠시 하늘을 쳐다보더니 곧 폭죽이 올라온 장소를 향해 일제히 달리기 시작했다. 아무래도 조명탄 대용이었던 것 같았다. 로드니가 깜짝 놀라 주머니를 뒤적이더니 '지갑을 떨어뜨렸다'며 얼굴이 파랗게 변했다. 소녀들이 떨어진 지갑을 확인했다면, 도주 경로가 발각된 셈이었다.

"그래서, 또 도망칠 거니?"

"모, 모르겠어요. 그러면 안 되겠죠?"

"그거야 네가 선택할 일이지. 조언해주고 싶지만 나는 상황을 잘 모르는 외부인이잖니. 시간이 얼마 없는데, 무슨 일이 있었는지 짧게 말해주면 도와줄 수도 있지만."

소년은 심호흡을 했다. 손은 바들바들 떨렸고, 얼굴은 파래졌다가 빨개졌다가 안쓰럽기 짝이 없었지만 그래도 결심이 선 모양이었다. 소녀들의 발소리가 행군하는 군인들처럼 척척 맞춰져서 언덕 쪽으로 향했다. 소년이 입을 열었다.

"오늘 파티가 있다고 그러더라고요. 당연히 왔죠. 사이먼스에 온 건 처음이에요. 지금까지는 올가가 한 번도 저를 부른 적이 없었거든요. 하여간에 파티에서 춤도 추고 얘기도 하고, 그러다가 올가가 화장실 다녀온다고 해서 잠깐 앉아서 기다렸고요. 근데 올가가 돌아오더니 갑자기 키, 키스가 하고 싶다는 거예요. 파티장 뒤로 가서 분위기 잡고 입을 맞추려는데, 뒤에서 누가 다리를 확 걸어찼어요. 돌아보니까 올가가 한 명 더 있더라고요. '전에는 나한테 키스했으면서!' 그러더니 막 울지 뭐예요."

"이거 문제가 심각해 보이는데. 그다음엔?"

"올가랑 똑같이 생긴 애들이 일곱 명 더 몰려와서 화를 내더라고요. 뭐가 뭔지 몰라서, 무서워서 막 도망갔죠. 도대체 무슨 일인가 했어요. 아저씨가 설명해주시기 전까지는요. 올가는 이런 얘기 한 번도 한 적 없는데."

이걸로 대충 단서는 모였다. 먼저 생각할 수 있는 시나리오는, 올가의 자매 중 하나가 로드니와 몰래 키스하려고 해서 올가가 화를 냈다는 것. 하지만 그렇다면 자매들의 행동이 설명되지 않았다. 자기들끼리 싸우는 대신에 의기투합해서, 그것도 완벽하게 준비를 하고서 로드니를 찾아다니고 있으니까. 그렇다면 역시 사건의 진상은, 모든 일이 처음부터 계획되어 있었다는 게 아닐까? 로드니를 시험해보기 위해서 자매들이 말을 맞추고, 로드니가 시험에 실패하고 도망치자 준비해둔 대로 추적을 개시한 것일까? 조금 더 나은 설명이지만 역시 의문점이 너무 많았다.

"젊은 애들 마음은 이해하기가 어렵네."

"도와준다고 하셨잖아요."

"반드시 답을 준다고는 안 했잖아. 어디 보자…."

사춘기 애들의 입장이 되어서 생각해보기는 쉽지 않은 일이었다. 더군다나 그 애들이 수상쩍은 연구시설에서 똑같은 유전자를 가지고 태어나, 똑같은 가정에 입양되어 똑같은 커리큘럼에 따라 지금껏 키워졌다면 더욱더. 만약 그런 아이 중

하나가 우연히 어떤 소년과 사랑에 빠진다면, 다른 아이들은 무슨 생각을 했을까? 바스락, 바스락, 뒤쪽 수풀에서 일제히 소리가 들려왔다.

"역시."

"아직도."

"무엇 하나."

"이해를."

"못 하는."

"것 같네요."

"정말."

"실망스러운."

"일이죠."

장관이라고 해야 할까, 경이롭다고 해야 할까. 나풀거리는 흰색 드레스 차림의 똑같이 생긴 여자아이 아홉 명이 나무 뒤에서, 바위 사이에서, 어둠 속에서 동시에 말하면서 모습을 드러내는 광경이라니. 한 손에는 휴대폰, 한 손에는 색색의 끈을 든 미드위치 자매들의 시선은 로드니에게 고정되어 있었다. 열여덟 개의 눈동자에 제압당한 로드니는 돌처럼 뻣뻣하게 굳어서는, '도와준다고 하셨잖아요!' 하는 원망의 시선만 내게 곁눈질로 전달했다. 소녀 중 하나가 앞으로 한 발짝 나왔다.

"그쪽은 아무래도 기자분이신 것 같은데, 로드니한테 얘기는 대충 들으신 모양이지만 그것만 가지고는 아무것도 모르실 거예요. 남자애들은 도무지 상황 파악을 못 하니까."

"맞아", "정말 그래" 하고 다른 여덟 명의 자매가 동의했다. 로드니의 얼굴이 더욱 새파랗게 질렸다. 이윽고 앞으로 한 발짝 나온 소녀(올가, 돌리, 플로리, 마리, 내니, 페기, 폴리, 엘라, 이사 미드위치 중 누군가)가 말을 이었다.

"모든 문제의 시작은 우리가 너무 똑같다는 거예요. 정말로 똑같죠. 생일이며 외모며 성격이며 취향이며 신발 사이즈며, 심지어 음식점에 가도 똑같은 걸 시켜요. 전부 매운 걸 좋아하고 같은 재료에 알레르기가 있거든요. 유전자부터 생각까지 전부 똑같은데 몸은 다르다니 정말 끔찍한 일이에요."

"그게 저 불쌍한 남자애랑 무슨 상관인지 모르겠구나. 나쁜 마음은 없었던 것 같은데. 로드니가 너희를 구분해주기를 바란 거니?"

자매들은 잠시 침묵에 잠겼다가 일제히 고개를 저었다.

"조금 다르죠. 우리도 가끔 우리를 구분 못 하는데, 로드니가 어떻게 구분하겠어요? 게다가 올가가 로드니랑 사귀기 시작했을 때 우리가 얼마나 기뻐했는지 아세요? 그러려고 일부러 올가 혼자 파티에 보냈거든요."

"무슨 뜻이지?"

"달라지고 싶었어요. 사랑에 빠지면 사람이 바뀐다고들 하잖아요? 만약 올가 혼자 연애를 하면서 우리와 다른 사람이 된다면, 그러면 얼마나 좋겠어요! '미드위치 자매들'도 아니고 '복제인간들'도 아니고 올가 미드위치가 되는 거잖아요. 우리들의 꿈이죠."

"하지만 제대로 될지 불안했겠구나. 그래서 시험을 하려고
한 거고. 구체적으로 뭘 시험하려고 했는지는 모르겠지만."

다시 침묵. 맨 앞에 나온 소녀가 입을 열기까지는 조금 시
간이 걸렸다.

"어떻게 대처할지, 그게 알고 싶었어요. 어차피 우리가 복
제인간이라는 건 언젠가 알게 될 텐데, 그 상황에서도 올가
혼자만을 좋아해줄 수 있을지 알아봐야 했어요. 우리가 전부
똑같은 사람이라서 누굴 선택해야 할지 모르겠다거나 그런
소리를 하면, 끝이죠. 끝."

자매들이 일제히 고개를 끄덕였고 로드니는 몸을 잔뜩 움
츠렸다. 과연 청춘의 마음은 수수께끼군, 하는 생각이 다시
들었다. 올가 혼자만을 좋아해줄 수 있는지 알아보기 위해서
누군가가 올가인 척하고 로드니와 키스를 시도한다니, 뭔가
앞뒤가 안 맞았다. 원래 사랑은 비논리적인 것이라고 해도 말
이다. 저 똑같이 생긴 얼굴들 아래에 감춰진 진짜 생각은 도
대체 무엇일까? 그러고 보니 휴대폰 불빛 아래 비치는 똑같
은 아홉 개의 얼굴 중 다른 얼굴이 둘 있었다. 눈가의 화장이
번져 있는 건 펑펑 울고 있다던 올가일 것이다. 그렇다면 괜
히 상기된 얼굴을 하고 있는 소녀, 맨 앞에 나온 아가씨는 왜
저런 표정을 짓고 있을까?

"그래, 이제야 알았다."

소녀들의 시선이 내게 와서 박혔다. 견디기 힘든 날카로움

이었다. 하지만 그중에 다른 시선이 섞여 있다는 사실은 쉽게 알 수 있었다.

"똑같은 유전자, 똑같은 환경, 똑같은 취향. 만약 올가가 로드니와 사랑에 빠졌다면, 너희 중 누군가도 똑같이 사랑에 빠지지 않을까?"

"무, 무슨 말씀인지 잘 모르겠는데요?"

앞에 나선 소녀의 목소리가 떨렸다. 시선이 공기 중에서 춤을 추고 있었다.

"이상하다고 생각은 했어. 자매의 남자친구와 키스를 하겠다는 불건전한 계획을 도대체 왜 만들어낸 걸까 말이야. 이렇게 생각해보면 어떨까? 로드니를 좋아하는 사람이 하나가 아니었다고. 올가한테는 로드니가 올가만을 좋아해줄지 알아봐야 한다고 말했지만, 실제로 너희가 알고 싶었던 건 다르겠지. '혹시 로드니가 나를 좋아해줄 가능성은 없을까', 이걸 알아보려고 한 거 아니야? 어쩌면 입술도 빼앗을 수 있을지도 모르고 말이지."

자매들 사이에 동요가 생겼다. 갈 곳 잃은 눈빛이 흔들리다가 이윽고 한 점에 모였다. 나에게도 아니고 로드니에게도 아니었다. 아까까지 당당하게 자매들을 대변하던 소녀가 시선에 움츠러들며 고개를 붕붕 저었다. 자매들이 제각기 입을 열었다.

"세상에! 그럴 생각이었어, 플로리?"

"어, 처음부터 알고 있던 거 아니야? 플로리가 생각하는 게 항상 그렇잖아."

"나는 몰랐는데? 그저 플로리가 좋은 계획이 있다기에…, 엘라는 알았어?"

"다들 모르는 게 이상하잖아!"

한 몸처럼 움직이던 소녀들의 집단에 처음으로 틈이 생겼다. 서로 다른 말과 서로 다른 생각이 멋대로 뻗어나갔다. 나는 멍하니 그 모습을 응시하는 로드니의 옆구리를 쿡 찌르며 자랑스레 한마디 던졌다.

"자기들은 전부 똑같은 생각을 하고 있다고 생각했겠지만, 실제로는 다들 다른 생각이었던 거지. 동상이몽이라고나 할까."

누군가는 얼굴이 새빨개지고 누군가는 울음을 터뜨리고 누군가는 위로하며, 누군가는 고개를 젓고 누군가는 고개를 끄덕이며 누군가는 허탈하게 주저앉았다. 누군가가 휴대폰을 확인하고 누군가가 "그런 거였군." 혼잣말하는 사이에 한 소녀가 걸어 나왔다. 공들인 화장이 눈물로 엉망진창이 된 올가 미드위치가 로드니에게로 저벅저벅 다가갔다. 소녀들 사이의 동요가 멎었다. 시선이 한곳으로 모이면서 심장만 제각기 뛰었다.

"그, 그러면 처음부터 전제가 잘못되어 있던 거니까, 다시 확인해볼게. 로드니 너, 정말로 나만 좋아하는 거야?"

"당연하지! 처음 만났을 때부터 그렇게 말했잖아!"

"하지만 나는 다른 애들하고 똑같이 생겼잖아. 생각하는 것도 똑같⋯, 아니, 비슷하고. 만일 내가 카르멘 엘렉트라를 닮아서 좋아하는 거라면, 딱히 내가 아니어도 상관없는 거 아니야?"

올가는 불안해했고 로드니는 더 이상 떨고 있지 않았다. 대신에 주먹을 꼭 쥐고 당당하게 목소리를 냈다.

"벌써 한 달이나 같이 지냈잖아. 계속 사귀고 있었잖아. 그러니까 이제 넌 특별해. 너밖에 없다고. 만일 네가 이걸로 부족하다고 생각한다면, 생각한다면⋯."

"생각한다면?"

"내가 다르게 만들어줄게! 다른 애들보다 더 행복하게 만들어줄게!"

나는 힘껏 박수를 치고 싶었지만, 그래도 어른답게 자제하고서 속으로만 환호성을 질렀다. 올가는 잠시 머뭇거리고 얼굴을 붉히다가, 곧이어 기쁨의 눈물을 흘리기 시작했다. 한편 다른 자매들은 부러움과 동경과 질투가 뒤섞인 눈빛으로 올가와 로드니를 바라보기 시작했다. 그중 하나가 외쳤다.

"질 줄 알고! 걔보다 멋있는 남자애는 널리고 널렸거든?"

그리고 또 한 명,

"맞아! 얼마나 많은데!"

폭발하는 목소리는 하늘로 높이 치솟고,

"로드니는 솔직히 키도 작잖아!"

"취향도 이상하고! 웃기는 영화만 좋아하고!"

비로소 감정에 균열이 생기며 감추어져 있던 마음이 우화

한다.

"내가 한 달만 노력하면, 훨씬 멋있는 애랑 사귈 수 있어!", "이걸로 이겼다고 생각하지 마!", "조금만 기다려보라고!", "둘이서 행복해하는 것도 지금뿐이야!"

서로 다른 생각을 하는 여덟 명의 자매들이 뿜어내는 질투와 선망의 집중포화를 맞으면서 올가는 그 누구보다도 행복한 얼굴을 하고 있었다. 열여섯 개의 눈동자가 보내는 축복과 저주 사이에서 로드니에게 입술을 가까이하고, 서로 맞대고, 다시 떼면서 환하게 웃었다. 깔끔하게 해결된 문제를 남겨두고 언덕을 내려오기 전에, 나는 마지막으로 얼떨떨하게 헤실헤실 웃고 있는 로드니에게 조언을 하나 해주었다.

"앞으로 올가랑 사귀는 동안, 오늘 일을 절대로 잊지 마. 나쁜 짓 하지 말고. 다음번엔 미드위치 자매들이 봐주지 않을 것 같으니까."

"그렇죠, 저 정말로 조심할….."

소년의 말은 계속되는 입맞춤에 끊겨 허공으로 사라졌다. 밤 12시, 트럭이 불빛을 뿌리며 도로를 달리고 행복한 웃음소리가 어둠 속으로 퍼져나갔다. 소녀들은 다들 각자의 생각대로 웃고 울고 노래하며 이야기하고 있었다.

## 카르멘 엘렉트라, 그녀가 내게 키스를: 후기

이것부터 확실히 하고 시작하죠. '미국 정부가 걸스카우트의 반란을 대비한 계획을 세워두었다'는 이야기는 검증되지 않은 인터넷 뜬소문에 불과합니다. 어딘가에서 분명히 읽었고, 미국 정부가 연습 삼아서 좀비 아포칼립스 대응책을 세워놓은 건 사실이니 충분히 있을 법한 일이라고 생각했는데, 정작 다시 찾아보려니 제대로 된 자료가 나오질 않네요. 따라서 걸스카우트를 적대 조직으로 상정하지 않는 것이 미국 정부의 공식적인 입장임을 명확히 밝히고자 합니다. 이 단락은 미국 정부나 걸스카우트 본부 또는 파충류 외계인의 의도에 따라 작성된 것이 아니며, 순전히 제 자유의지에 따라 적은 것입니다. 덧붙이자면 여러분 모두 잘 아시다시피 파충류 외계인은 존재하지 않습니다.

반면 자신의 로맨스 경험을 곤충 학명에다가 붙여서 영원토록 박제해놓은 곤충학자 커콜디는 실존인물입니다. 나이가 들고 나서 그때까지의 기나긴 삶을 회고하며 붙인 이름도 아니에요. 왜냐하면 커콜디는 하와이에서 당한 낙마 사고와 실패한 수술의 후유증으로 서른일곱 살 때 죽었거든요. 그 짧은 삶 속에서 적어도 아홉 종의 노린재목 곤충을 발견했단 건 높이 평가할 만한 일입니다. 한편 그 이름에 죄다 '키스 미'를 붙인 건, 음, 지금 생각하면 대단히 기분 나쁜 짓이죠. 작중에 등장하는 아홉 자매의 이름은 커콜디가 곤충학계에 남겨놓은 이 꺼림칙한 유산에서 가져왔습니다. 오키스미, 돌리키스미, 엘라키스미, 플로리키스미, 이사키스미, 마리키스미, 내니키스미, 페기키스미, 폴리키스미.

한편 자매들의 성인 '미드위치'는 존 윈덤의 SF 소설 《미드위치 뻐꾸기들》(The Midwich Cuckoos)에서 가져왔습니다. 영화 〈저주받은 도시〉(Village of the Damned)의 원작이죠. 울프 릴라의 1960년 작도 좋지만, 저는 어릴 때 TV에서 본 존 카펜터의 1996년 작 리메이크 버전을 자연스레 먼저 떠올리게 되네요. 〈저주받은 도시〉는 마을의 여성들이 어느 날 동시에 임신한 뒤 백금발의 초능력자 아이들을 낳으며 벌어지는 사건을 다룬 작품입니다. 이렇게 태어난 아이들은 매우 똑똑하지만 감정이 없고, 각자 한 쌍을 이뤄 조직적으로 움직이며 마을을 공포로 몰아넣죠. 하지만 자신의 짝이 유산되는 바람에 혼자가 되어버린 소년만은 자신의 본능에서 벗어나 조금씩 사람의 마음을 깨달아갑니다. 아주 호평을 받은 영화는 아니지만, 제 취향에 이상하게 맞는 부분이 있어서 개인적으로는 〈렛 미 인〉 다음으로 좋아하는 공포영화예요.

영화에서 직접 모티브를 따온 장면들을 슬슬 눈치채셨는지도 모르겠네요! 이 글은 제 나름대로 쓴 〈저주받은 도시〉의 해피엔딩 버전입니다. 영화에서는 아이들 중 인간의 감정을 배운 하나만이 살아남지만, 한 개체에게 그런 일이 일어날 수 있다면 집단 전체가 구원을 받아도 되는 거잖아요? 그래서 그렇게 썼어요. 균질한 조화가 흐트러지고 개개인의 자아와 욕망이 깨어납니다. 선택받은 소년 하나 대신에 모든 소녀가 자신의 기원과 생물학적 결정론의 속박에서 벗어나 분화를 시작합니다. 다윈의 말을 빌리자면 '가장 아름다운 무한한 형상들'로 새로이 재조합됩니다. 〈카르멘 엘렉트라, 그녀가 내게 키스를〉은 그런 이야기입니다. 오로지 재미있게 본 영화의 엔딩을 더 마음에 드는 방향으로 상상하기 위해, 복제인간의 정체성처럼 낡디낡은 주제를 뻔뻔하게 가져다 붙인 결과물입니다. 이 글을 카리스마가 넘치고 명석하지만 결국 영화감독의 손에 구원받지는 못한 침략자 아이들의 리더, 마라 채피에게 바칩니다.

희박한 환각

## *Hallucigenia sparsa*

캐나다의 버제스 혈암(頁岩)에는 5억 년 전 고생대 캄브리아기에 살았던 기이한 생물들의 화석이 보존되어 있다. 그중에서도 가장 기괴하게 생긴 동물이 바로 '환각'을 뜻하는 이름을 가진 할루키게니아이다. 길쭉한 몸의 한쪽에는 가시, 한쪽에는 촉수가 돋아나 있는 할루키게니아가 가시와 촉수 중 어느 쪽으로 걸어 다녔는지에 대해 학자들은 긴 논쟁을 벌였다. 현재는 이 수수께끼의 동물이 부드러운 몸과 여러 개의 다리를 가진 현대의 발톱벌레와 가까운 종이었다는 학설이 유력하게 제기되고 있다.

*

꿈을 꾸었다.

초등학교 때의 과학 선생이 내게 구제불능이라고 소리치

는 꿈이었다. 글라이더를 제대로 만들지 못한다는 이유로 선생은 나를 구제불능이라고 매도했고, 내 입으로 그 사실을 선언하게 했다. 선생의 강압에 못 이겨 나는 몇 번이고 외쳤다. "나는 구제불능이다! 나는 구제불능이다!" 하고.

선생 다음에는 중학교 때의 선배가 찾아왔다. 내가 지나가다 중얼거린 한마디를 선배는 끝까지 물고 늘어졌고, 나를 때리려는 듯 주먹을 치켜들며 협박했다. 나는 부들부들 떨었고 시간이 지나도 공포는 가시지 않았다. 복도로 나갈 때마다 그 선배가 지나가고 있지는 않을까 두려워하는 나날이 계속되었다.

그다음은 잡음 섞인 차가운 목소리였다. 목소리는 산소 공급이 충분하고 정화 시스템이 잘 작동하며 발전용량이 74퍼센트 남았다고 딱딱하게 보고했다. 외부에서 가해지는 수압을 앞으로 2년 7개월 버틸 수 있다는 보고가 뒤를 이었다. 이것은 꿈이 아니었다. 하지만 태평양 밑바닥의 좌초된 거주 모듈 속에서 꼬박 3년을 보내고 나니 꿈과 현실을 구분할 필요는 없다는 생각이 들었다. 구제불능이라고 욕하는 과학 선생도, 주먹으로 위협하는 선배도, 없는 것보다는 나았다. 적어도 혼자 있는 것보다는 나았다.

몸을 일으켜 침대 밖으로 나와, 간단하게 기지개를 켠 후 식사를 준비했다. 4년 분량의 식사는 창고에 가득 쌓여 있었다. 세 가지 맛이 준비되어 있었지만 이젠 그 맛을 구분할 의지조차 사라진 지 오래였다. 감자와 고기가 들어간 진공포장

팩을 뜯어 조리기에 넣고 버튼을 눌렀다. 3분을 누르려던 것을 실수로 30분을 누르자 과학 선생이 또다시 나를 구제불능이라고 매도했다.

"나는 구제불능입니다…."

그렇게 중얼거리자 선생은 만족스러운 표정을 지으며 사라졌다. 3분 후 조리기를 열자 흐물흐물한 갈색 형체가 나왔고, 나는 그것을 위 속으로 욱여넣으며 생각했다. 내일은 구조대가 올 거야. 아니면 내일모레.

식사를 마치고 컨트롤 룸에 가서 통신기를 틀었다. 통신기에는 여전히 잡음밖에 잡히지 않았다. 마이크에 입을 바짝 대고 원, 투, 원, 투 하며 테스트를 해보았다. 소리는 기분 좋게 울렸지만 듣는 사람은 없었다.

"여기는 해저거주모듈 노에키아-V23. 반복한다. 노에키아-V23. 조난을 해서 빌어먹을 해저에 처박혀 있다. 바깥은 온통 깜깜하다. 응답 바란다. 젠장, 응답 바란다."

선배가 똑바로 하라면서 주먹을 치켜들지만 신경 쓰지 않았다. 이 신호가 아무에게도 전해지지 않는다는 사실은 잘 알고 있었다. 외부 안테나가 망가졌으니까. 처음 1년은 소리를 지르거나, 하루 내내 신호를 보내거나, 외부 안테나가 있을 법한 곳을 쾅쾅 두드리거나 해보았지만 이젠 그럴 여력이 없었다. 그럴 생각도 들지 않았다. 대신에 책장에서 아무 책이나 한 권 뽑아 들어서, 이미 수십 번 읽은 것을 알면서도 아무 페이지나 펼쳤다. 첫 1년이 지나고 나서는 마이크에다 대고 큰 소리로 책을 읽는 것이 내 취미가 되었다. 소설, 논픽션, 잡지, 뭐든 좋았다. 오늘은 혹시라도 시간이 남으면 다시 풀어보지 않을까 싶어서 해저 기지까지 가져온 미적분학책 차례였다. 나는 목소리를 가다듬은 후 태평양의 심해저를 향해 지루한 낭독을 시작했다.

"$x$, $y$, $z$가 모두 0보다 큰 구 $x^2 + y^2 + z^2 = 5r^2$의 사분할 면 위에서 $\log x + \log y + 3\log z$가 가지는 최댓값을 구하라."

미적분학책은 낭독에 전혀 적합하지 않다는 사실이 즉시 밝혀졌다. 한 문장을 읽는 것만으로도 머리가 지끈지끈 아파왔다. 풀자고 마음먹으면 못 풀 것도 없는 간단한 문제였지만, 풀이를 끼적일 펜은 동난 지 오래였고 다른 수를 찾아서까지 굳이 수학에 몰두하고 싶은 생각은 들지 않았다. 그래서 그냥 다른 책을 펼치기로 했다.

"역사가들은 아직도 무엇 때문에 1961년 겨울 매사추세츠 주 세일럼의 여덟 소녀가 귀신 들림과 마술 행사 등의 초자연적인 사건에 휘말렸는지에 대해…."

"오-로그-알 더하기 삼-로그-루트-삼."

"확답을 내놓지 못했다. 소녀들은 차례로 발작적인 웃음, 지리멸렬한 말, 불쾌한 피부질환 등의 증상을 보였다."

"최댓값은 오-로그-알 더하기 삼-로그-루트-삼."

"의사들은 그 소녀들로부터 어떠한 문제도 발견하지 못했다. 당시 의학은 마녀의 주술보다 더 합리적인 설명을 내놓는 데에 실패했다."

"정답 아니야?"

뒤를 돌아보며 과학 선생에게 '정답이니까 그만하라'는 의사를 전달했지만, 선생은 고개를 절레절레 흔들었다. 선배는 무슨 소리인지 모르겠다는 표정이었다. 그런데 답을 말하는 목소리는 또다시 들려왔고, 그때야 컨트롤 룸 전면의 거대한 유리창이 흔들리고 있다는 사실을 깨달았다. 유리창은 울리면서 또다시 '말을 했다.'

"답이 맞을 거야. 계산했어."

'아하, 이젠 유리창도 말을 하는군.' 좌초된 거주 모듈 속에서 3년을 보내는 것에 딱 하나 좋은 점이 있다면, 어떤 이상한 일이 일어나도 납득할 수 있다는 것이다. '아마도 꿈일 텐데, 뭐, 오늘은 유난히 피곤하구나.' 그렇게 생각한 나는 다시 잠자리에 들기로 결심했다. 일어난 지 1시간도 되지 않았지만, 딱히 할 일도 없었으니까.

"구제불능."

유리창이 다시 말했다. 투명한 몸 전체를 부르르 떨면서. 투명한지 아닌지는 사실 확신할 수 없었는데, 바깥에 보이는 것이라고는 새까만 어둠뿐이었기 때문이다. 과학 선생에게 구제불능 소리를 듣는 것에는 익숙했지만 유리창에게 같은 소리를 들으니 왠지 기분이 상했다. 꿈인데도 불구하고 기분이 상해서 나는 유리창을 쾅 쳤다. 무의미한 주먹질에 유리창이 부르르 떨렸다.

유리창에 달라붙어 있던 어둠이 부르르 떨었다.

아니, 어둠이 아니었다. 유리창 밖으로 내다보이던 심연은 진짜 심연이 아니었다. 작은 다리들, 유리창을 흡반으로 꽉 붙잡아 빛을 막고 있던 검은 촉수들, 거대한 유리창 전체를 어둠처럼 빽빽하게 덮고 있던 흡반들이 떨고 있었다.

"구제불능!"

촉수들이 일제히 진동하며 유리창을 울리게 했다. 유리창은 마치 스피커처럼 떨리며 촉수의 목소리를 전달했다. 얇고 높고 새된 목소리가 모듈 안에 울렸다. 온 사방을 뒤흔드는 환각처럼.

"구제불능! 구제불능! 게으름뱅이! 구제불능!"

악몽일까? 선생과 선배와 보고하는 기계와 나만의 끔찍한 안식처에 이제는 검은 촉수들까지 침입하려는 것일까? 얼른 선배 쪽을 쳐다보자 선배는 이 모든 상황에 아랑곳하지 않고 주먹을 흔들어 보였다. 몇 마디 거친 말이 선배의 입에서 튀어나왔다. 선생은 유리창이 말을 멈출 때마다 나를 구제불능이라고 욕했다. 그 소리를 듣고 나서야 나는 선생과 선배의 말이 유리창의 말과는 완전히 다른 느낌이라는 것을 깨달았다. 유리창은 진짜로 말하고 있었다. 악몽과도 같은 촉수는 진짜로 말하고 있었다.

✳

"네 이름은 뭐야?"

컨트롤 룸에 돌아와 촉수와 대화를 시도했을 때 녀석의 첫

마디는 이거였다. 방금까지 날 구제불능이라고 매도한 악몽 같은 촉수가 건네는 말치고는 상냥하다고 해야 할까. 내가 말을 하지 않자 녀석은 다시 유리창을 진동시키며 물었다.

"네 이름은 뭐야?"

"빅터. 빅터 리어리."

"빅터 리어리. 리어리. 리어리어리어리어리어리어리."

내 이름이 변주되어 만들어진 기분 나쁜 진동이 몸을 훑고 지나갔다. 마이크에다 대고 앓는 소리를 내자 진동은 곧 멈췄다.

"미안해. 느낌이 좋아서."

"신경 쓰지 마. 네 정체부터 밝혀. 넌 인간이야?"

'촉수에게 인간이냐고 묻는 조난자라니! 배구공에 얼굴을 그려놓을 필요조차 없구먼.' 나는 생각하며 쓴웃음을 지었다. 촉수는 잠시 생각하는 듯 미세하게 몸을 떨더니 작은 소리로 대답했다.

"몰라. 아마도 아니야."

"물론 아니겠지. 생긴 게 완전히 다르잖아."

"그것도 잘 몰라."

아하, 생각해보니 저건 눈이 없구나. 왜냐면 유리창에 빽빽하게 붙은 촉수니까! 그러니 내가 자기랑 얼마나 다르게 생겼는지 알 턱이 없었다. 시각이라는 개념은 있을까? 본다는 게 무엇인지는 알까?

"그냥 그렇게만 알아둬. 난 너랑 완전히 달라."

"리어리리리리, 미안, 빅터는 나랑 달라. 빅터는 나랑 달라."

촉수는 똑같은 말을 몇 번 반복했다. 이게 환각이 아니라는 사실을 나는 아직 확신하지 못하고 있었다. 그냥 좀 더 생생한 환각인 건 아닐까? 선생과 선배의 환각만을 매일 보는데에 지친 뇌가 심혈을 기울여 좀 더 괜찮은 CG와 음향기술을 발전시킨 건 아닐까? 생각의 흐름은 촉수의 말이 다시 시작됨과 동시에 뚝 끊겼다. 공기의 떨림이 분명하게 느껴졌다.

"외로워."

"나도 그래."

"외로워. 이해하기 힘든 감각. 정의해줘."

"나처럼 3년 내내 태평양 밑바닥에 혼자 처박혀 있을 때 느끼는 감정이지."

"나는 혼자가 아니야."

녀석은 자신을 구성하고 있는 작은 촉수들을 흔들었다. 촉수들이 뿔뿔이 흩어지며 유리창에 무수히 많은 틈을 만들었다. 알고 보니 촉수들은 전부 하나의 생명체에 달린 게 아니었다. 무수히 많은 길쭉한 벌레의 아래쪽에 각각 여섯 쌍의 촉수가 달려 있었다. 위쪽에는 얇고 빳빳한 바늘이 여러 개 뻗어 나와 다른 벌레들의 바늘과 서로 닿아 있었다. 녀석이 목을 가다듬는 듯 부르르 떨었다. 벌레들의 촉수와 바늘이 부르르 떨렸다. 바늘은 바늘로, 그 바늘은 다시 촉수로, 촉수는 유리창으로 진동을 전달했다. 벌레들은 다시 모여들어서 촉수 덩어리의 어둠으로 돌아왔다.

"나는 혼자가 아니야."

여러 개체가 모여 마치 하나의 생명체처럼 움직이는 것. 예를 들면 개미와 벌의 집단. 예를 들면 관해파리의 군체. 녀석은 그런 존재였다. 수많은 벌레가 하나의 진동을 공유하면서 단일 개체, 거대한 뇌처럼 기능하고 있었다. 생물학자의 환각 속에서 튀어나온 것 같은 존재였다.

"혼자가 아니야. 하지만 외로워."

그토록 낯설고 이질적인, 인간과는 완전히 다른 형태의 생명체인 그것이 인간의 목소리로 외로움을 호소하고 있었다. 3년간 닳아서 뇌 어딘가에 처박혀 있던 감정이 촉수의 진동에 반응해 다시 움직이기 시작했다. 엔진 소리, 삐걱대는 소리, 당장에라도 부서질 것 같은 소리를 내며 감정이 움직였다. 인간조차 아니고 단일한 하나의 개체조차 아닌 벌레 무더기에게 내 감정이 향했다.

"그래, 나도 외로워."

"나도 외로워."

"젠장, 그래도 우린 서로 말할 수 있잖아. 그럼 괜찮은 거야."

"젠장, 괜찮은 거야?"

"'젠장'은 빼. 그보다 네 이름은 뭐야?"

단지 녀석을 '녀석'이라고 부르는 게 불편했기 때문에 한 질문이었다. 하지만 녀석에게는 미적분 문제보다도 어려운 질문이었는지 꽤 센 진동이 오래도록 이어졌다. 그러고도 한참 동안 대답이 없었기에 나는 다시 물었다.

"이름이 아직 없어?"

"이름이 아직 없어."

부끄러워하고 있는 것일까? 아니면 내 착각일까? 제멋대로 녀석이 부끄러워한다고 생각한 나는 머릿속을 뒤져 적당한 이름을 떠올렸다. 환각에서 튀어나온 벌레에게 가장 걸맞은 이름을.

"루시, 네 이름은 이제부터 루시야."

"루시? 내 이름은 이제부터 루시?"

"응, 루시. 유명한 노래에 나오는 여자아이 이름이야."

루시, 다이아몬드와 함께 하늘에. 비틀즈의 곡. 사람들은 비틀즈가 환각제에 취한 채로 이 곡을 떠올린 것이 아니냐고 의심하곤 했었지. 녀석은 한참 루시, 루시, 루시루시루시루시루시 하면서 혼잣말을 하다가 힘차게 유리창을 울렸다.

"루시. 내 이름은 루시야."

"응, 루시. 만나서 반가워."

"만나서 반가워, 빅터."

나는 가볍게 유리창에 손을 갖다 댔다. 악수 대신이었지만 생각해보니 이건 녀석의 손이 아니라 입술인가? 실없는 생각에 괜히 부끄러워져 손을 황급히 떼자, 저쪽에서도 나지막한 물결이 일었다. 나는 문득 뺨이 간지러운 것을 느꼈다. 손으로 문질러보니 물기가 느껴졌다. 나는 눈물을 흘리고 있었다. 태평양의 심해저에서 감정이 조용히 흘러넘쳤다.

＊

　다음 날. 식사도 선생과의 대화도 선배와의 드잡이도 뒤로
미루고 나는 곧바로 컨트롤 룸으로 향했다. 가볍게 기침 소리
를 내니 촉수, 아니 루시가 반응했다.

　"좋은 아침, 빅터."

　"좋은 아침, 루시."

　좋은 아침? 태양빛이 아예 들어오지도 못하는 심해저에서
무슨 수로? 3년 내내 단련된 부정적인 생각을 멀리 치워버리
려고 애를 썼지만 보통 힘든 일이 아니었다. 지금도 머릿속
일부는 이것 전부가 환각이라고 주장하고 있었다. 아마도 과
학자로서의 내 자아가 3년 동안의 고립을 견디지 못하고 미
쳐버린 나머지, 최대한 논리적으로 나를 괴롭히는 데에 온 힘
을 쏟기로 작정한 모양이었다. 어떻게든 그 자아의 입을 다물
게 하며 나는 마이크에다 대고 물었다.

　"질문이 있어. 루시는 어떻게 말을 배웠어?"

　루시는 단 1초의 머뭇거림도 없이 즉답했다.

　"빅터가 가르쳐줬어."

　"내가?"

　"기억하고 있었어. 진동들. 신호들. 해저를 오가는 모든 파
동들. 하지만 기억하는 것만으로는 의미를 정확히 알 수 없었
어. 빅터의 말은 달랐어. 가까웠고, 알아들을 수 있었어. 기억
한 신호들 속에서 유의미한 부분을 골라낼 수 있었어. 비교하

고 재조합하면 나도 같은 방식으로 말할 수 있겠다고 생각했어. 어렵지 않았어."

아하, 그러니까 내가 지난 2년 내내 책을 읽은 걸 듣고서 말을 스스로 깨우쳤다 이거군. 동화책부터 미적분학책까지 별의별 책을 다. 그것도 감정을 담고 큰 소리로 읽으며 난리를 친 것은 사실이었다. 하지만 겨우 그 정도만 듣고서, 지금껏 바다 밑바닥에서 주워들은 희미한 전파 교신 따위를 이해하고 분석한 다음 완전히 자기 것으로 만들었다고? 아무래도 저 바깥에 있는 건 생물학자의 환각뿐이 아닌 모양이었다. 루시는 내 놀라움을 읽었는지 자신만만하게 말했다.

"루시는 머리가 좋아."

루시가 말하는 '머리'란 벌레 하나하나의 시시한 신경조직을 의미하는 것이 아닐 것이다. 인간의 뇌가 뉴런 하나하나의 연결을 통해 엄청난 능력을 발휘하듯이, 루시도 벌레 하나하나가 바늘처럼 미세한 체모를 통해 연결되어 뛰어난 사고능력을 가지는 것이겠지. 인간은 전기신호와 화학신호를 통해 사고하고, 루시는 망가진 외부 안테나의 전기신호를 받아 진동을 통해 사고했다. 루시는 인간의 뇌와 크게 다르지 않았다. 어쩌면 연결 방법이 인간의 것보다 우월할지도 모르고, 어쩌면 인간보다 머리가 좋을지도 몰랐다. 머리가 좋은 루시, 천재 벌레 군체 루시는 이번엔 내게 질문을 던졌다.

"빅터는 왜 여기에 있어?"

"사고가 났어. 바닷속에서 사람이 살 수 있을지 시험하기 위해서 해저 거주 모듈을 여러 개 만들었는데, 하필 내가 있는 모듈이 본부랑 분리돼서 여기 처박혔어. 신호를 보내도 구조대가 올 생각을 안 해."

"그럼 빅터는 여기서 나가고 싶어?"

"당연하지."

말을 뱉고 나서야 후회했지만 이미 때는 늦었다. 슬픔의 진동이 모듈을 휩쓸었다.

"빅터는 여기서 나가고 싶어?"

외로운 루시, 수많은 벌레로 이루어져 있지만 자아는 하나뿐인 루시가 다시 물었다. 당연히 나가고 싶다. 나갈 수만 있다면 전 재산을 자선단체에 기부해도 좋다. 죽도록 나가고 싶지만 루시에게 그렇게 말해도 될까? 지능이 있는 벌레덩어리에게, 심해에서 태어나 심해에서 살아가며 자신과 같은 존재라고는 하나도 만나지 못했을 루시에게?

나는 그렇게 말하지 못했다.

"아니, 난 루시랑 함께 있고 싶어."

"루시는 빅터랑 함께 있고 싶어."

또 눈물이 뺨을 타고 흘러내렸다. 이번에는 정말 펑펑 울었다. 루시가 깜짝 놀라 내게 왜 그러느냐고 물었고, 내가 울고 있다고 대답하자 "그게 운다는 거구나." 하고 신기하다는 반응을 보였다. 사람은 외로울 때, 슬플 때, 기쁠 때 운다고 말해주자 루시는 지금은 어느 쪽이냐고 물었다.

"기뻐. 기뻐서 우는 거야."

"루시도 기뻐. 그렇다면 루시도 우는 거야."

굉장한 진동이었다. 하지만 싫지는 않았다. 닳아빠진 감정이 갑작스러운 과부하를 이기지 못하고 나가떨어졌지만, 본능이 뒤를 이어서 계속 울어주었다. 마치 관성처럼, 우는 생명체는 계속 울려고 한다는 법칙이라도 있는 것처럼. 루시는 흐느껴 우는 내 목소리를 흉내 내며 나와 함께 울었다. 몇 시간이고 울었다. 기뻐서 울었다.

∗

그날 이후로 구조신호를 보내는 일은 그만두었다. 대신 루시에게 책을 읽어주었고, 루시에게 미적분 문제를 냈고, 서로의 이야기를 나누었다. 여전히 선생은 내게 구제불능이라고 욕했지만 내가 응답을 하지 않으니 형체가 흐려지다가 사라져버렸다. 선배는 참지 못하고 내게 주먹을 휘둘렀지만 내 머리를 휙 뚫고 지나갔을 뿐이었다. 차가운 목소리로 보고하는 기계의 스피커는 아예 물을 부어서 고장 내버렸다. 진짜로 말을 하고 진짜로 대화를 나눌 수 있는 루시가 있는데 이런 것들이 다 무슨 소용인가? 어차피 이 모듈은 외부 압력을 앞으로 2년 7개월 더 버틸 수 있다는 걸 잘 알고 있는데? 나는 어렴풋하게, 2년 7개월 동안 루시와 함께 지내다가 수압에 짓눌려서 죽는 것도 나쁘지 않은 삶이라고 생각하기 시작했다. 3년 내내 혹사당한 내 뇌가 이제 될 대로 되라는 식으로 생각하기 시작한 것일지도 몰랐다. 이런 생활이 즐겁다고 느껴지기 시작했으니.

"루시도 즐거워."

벌레 떼가 신나게 진동했다. 컨트롤 룸의 설비를 조작해 외부로 음악을 내보낼 수 있다는 사실을 알아내고, 기본적으로 내장된 클래식 몇 곡을 루시에게 틀어주었기 때문이다. 〈운명〉, 〈신세계로부터〉, 〈거인〉의 리듬에 맞춰 촉수들이 춤을 추었다. 진동으로 의사소통하는 루시에게 있어 음악은 우리에게보다 훨씬 큰 의미를 지니지 않을까? 그것까지는 알 수 없었지만 하여간 루시는 즐거워했다. 정말로, 정말로 즐거워했다.

루시가 바그너보다 차이콥스키를 좋아한다는 사실을 나는 곧 알게 되었다. 그 외에도 루시와 이야기하면서 알게 된 사실은 무수히 많았다. 루시는 해저 밑바닥의 유기물을 영양분으로 삼고, 서서히 벌레의 수를 늘려가면서 더 많은 먹이를 확보하기 위해 애썼다. 루시는 해저의 포식자들이 자신의 벌레를 먹어치우는 것을 막기 위해 물결의 진동을 감지하고 벌레들의 가시를 세워 방어태세를 취하는데, 어쩌면 이 행위가 루시의 지성을 발달시킨 원인일지도 몰랐다. 루시는 마치 인간이 가축의 품종을 개량하듯이 벌레들의 생식을 조절해 영양분을 잘 섭취하는 개체, 방어능력이 뛰어난 개체, 호르몬 분비가 왕성한 개체, 진동을 잘 전달하는 개체 등을 선택적으로 진화시킬 수 있었다.

루시는 물 밖에도 세계가 있다는 사실을 잘 이해하지 못

했지만(물이 없는 세계의 존재에 대해서도 한동안 회의적이었다), 내 필사적인 설명 끝에 나와 같은 인간들이 사는 육지에 대해서도 어느 정도 알게 되었다. 루시에게 필수적인 물이 없는 공간이라면 내게는 산소가 없는 우주 공간과 같은 느낌이 아닐까? 또 루시는 내가 노래를 흥얼거리는 것을 듣더니 즉석에서 작사 작곡을 마쳤는데, 3년은 뒤떨어진 내 음악 취향을 기준으로는 흥행에 성공할 것 같은 노래였다.

그리고 또 하나 알게 된 사실은, 아주 중요한 사실인데, 루시가 날 좋아한다는 것이었다.

"아니, 그런 식으로 좋아한다고는 하지 않았어. 성적 함의는 없어."

루시는 재빨리 단서조항을 달았다. 바깥에서 꿈틀거리는 수천수만 개의 촉수를 떠올리며 나는 안도의 한숨을 내쉬었다. 내가 잠시 진정할 시간을 갖는 동안, 루시는 재잘재잘 부연설명을 덧붙였다.

"하지만 루시는 빅터가 좋아. 빅터는 루시한테 말을 가르쳐주었고, 루시랑 얘기해주었고, 음악을 가르쳐주었고 책을 읽어주었고 노래도 불러주었어. 루시는 빅터가 좋아."

"그래."

"구제불능."

"뭐라고?"

갑자기 험한 소리를 내뱉는 루시에게 항의하는 마음을 가득 담아 되물었더니, 루시는 내가 언젠가 읽어주었던 시시하기 짝이 없는 소설의 한 구절을 되돌려주었다.

"'그럴 땐 너도 좋아한다고 대답해주는 거야.'라고 앨리스가 말했다."

"그런 데 쓰라고 가르쳐준 말이 아니야."

"루시의 자유의지야. 빅터는 루시의 자유의지를 존중해줘야 해. 그리고 '그럴 땐 너도 좋아한다고 대답해주는 거야.'라고 앨리스가 말했다."

루시가 이러기 시작하면 온종일 같은 말만 반복한다는 사실을 나는 이미 뼈저리게 깨닫고 있었다. 어느 날은 수학 얘기를 하던 도중 내 대답 중 하나가 마음에 안 들었는지 잠도 자지 못하게 계속 "역행렬, 역행렬, 역행렬"만을 반복하며 나를 고문하기도 했다. 꿈에서 역행렬이 튀어나오는 지경에 이르러서야 나는 루시의 끈질김에 혀를 내두르며 패배를 인정했다. 계속 루시의 요구를 거절한다면 이번에도 아마 그래야 하겠지.

"응. 나도 루시를 좋아해."

"빅터도 루시를 좋아해."

루시는 대단히 기쁜 기색이었다. 얼굴빛이 달라지는 건 아니었지만(얼굴빛이란 게 존재하는지도 의문이지만) 진동의 패턴을 통해 나는 루시의 기분을 어느 정도 짐작할 수 있게 되었다. 기분이 좋을 때는 연속적인 스타카토 패턴, 우울할 때는 여리고 길게 늘어지는 패턴이었다. 전에 물어봤더니 자신도 제대로 인지하고 있지 못했던 것으로 보아, 아마도 무의식적으로 나타나는 패턴인 듯했다.

"어쩌면 키스를 할 수 있을지도 몰라."

그리고 지금은 세 번 짧게, 세 번 길게, 세 번 짧게 튕기는 수수께끼의 패턴. 모스 부호의 SOS를 의도적으로 따라 하는 듯 기묘한 진동. 해석 불가능한 공기의 두근거림을 끊임없이 전달하면서 루시는 가만히 기다렸다. 내가 어떻게든 입을 열 때까지.

"좋아, 하지만 어떻게? 입은 유리창 저편에 있잖아."

약간 삐친 듯 루시가 온몸을 가볍게 떨었다.

"그건 먹는 쪽 입. 입은 발성 기관의 일부기도 한 거로 알고 있어."

"유리창에다 하라고? 꼴이 좀 우스울 텐데."

그렇게 대답했더니 오랜만에 과학 선생이 나타나 내게 구제불능이라고 욕을 퍼부었다. 선배도 어이없다는 표정을 지어 보였다. 루시는 부루퉁하게 진동을 보내며 수만 개의 촉수로 유리창을 계속 때렸다.

"다른 방법이 없잖아. 다른 방법이 없잖아."

아, 그래. 나는 정말 구제불능이었다. 이제 유리창에 키스하려고 하니 구제불능도 이런 구제불능이 없었다. 부디 나중에 사람들이 노에키아-V23의 잔해를 찾게 되었을 때, 유리창에 남겨진 입술 자국을 발견하고 무슨 일이 있었는지 궁금증을 갖는 일만은 없기를. 나는 머리가 텅 비는 느낌을 받으면서 유리창에 입을 맞췄다. SOS 진동이 무서울 정도로 빠르

게 이어지며 내 몸을 온통 떨리게 했다. 탓탓탓 탓—탓—탓
탓탓탓. 탓탓탓 탓—탓—탓—탓 탓탓탓. 촉수의 리듬에 맞춰
내 심장까지 춤을 추었다. 온몸에 혈액이 뻗어 나갔고, 특히
귀에 피가 몰리며 뜨거워지기 시작했다. 뇌뿐만이 아니라 온
장기가 죄다 미쳐버린 게 분명했다. 어색하기 짝이 없었던 키
스가 끝나자 왠지 지친 기색의 루시가 중얼거렸다.

"생각했던 것보다….”

"별 느낌 없었지?”

"아니, 생각했던 것보다 마음에 들었어.”

아, 그렇군. 수만 개의 촉수 끝으로 느끼는 유리창의 진동
을 나는 이해할 수가 없었다. 내가 직접 벌레가 되어보지 않
는 한 결코 알 수 없는 감각이었다. 길지 않은 입맞춤이 끝나
자 불규칙한 진동이 한동안 이어졌다.

"이상한 기분.”

"봐, 역시 이상하지.”

"그런 이상한 거 아냐. 이상한 기분. 통제되지 않는 기분.”

길게, 짧게, 짧게, 짧게, 길게, 길게, 짧게, 길게, 길게, 짧
게, 짧게… 벌레들의 무작위적인 움직임 속에서, 루시는 떨리
는 목소리로 자신이 느끼는 이상한 감정에 관해 이야기했다.
호르몬이 제멋대로 분비되고, 벌레들이 말을 듣지 않고, 기쁨
도 슬픔도 아닌 이상한 진동이 바늘과 바늘을 타고 끊임없이
메아리치는 사고의 흐름에 대해서. 벌레가 아닌 인간이기에
나는 그것이 뭔지 정확히 알 수 없었다. 잔뜩 상기된 목소리

로 루시는 자신의 해석을 이야기했다.

"사랑이야."

"그거야말로 성적 함의가 있는 단어야."

"알아. 그래도 나는 그렇게 정의해."

불규칙한 리듬 사이로 퍼지는 SOS 리듬. 잠자코 기다렸지만 루시는 아무 말도 하지 않았다. 잠자리에 들기 전 작별인사를 했을 때 "응."이라는 느낌의 짧은 진동을 한 번 내보낸 게 전부였다.

✳

다음 날도 그다음 날도 루시는 별다른 말을 하지 않았다. 내게 음악을 틀어달라고 요청한 뒤 한참을 생각의 진동 속에 잠겨 있을 뿐이었다. 루시가 말을 하지 않으니 선생과 선배가 다시 내 일상에 간섭해 들어오기 시작했다. 결국, 사흘째 되는 날 참지 못하고 루시에게 무슨 일인지 솔직히 말해달라고 했더니, 루시는 정말로 깊게 생각하다가 답했다.

"유리창."

아무리 머리가 좋고 아무리 말을 빨리 배웠다고 해도 루시의 말은 때때로 알아듣기 힘들었다. 무슨 뜻인지 재차 묻자 루시는 다시 생각의 시간을 가졌고, 또 환각이 나타날 것 같은 침묵의 시간이 지나고 나서야 입을 열었다.

"루시는 유리창 바깥에 있잖아. 빅터는 안에 있고."

"알고 있어. 그래서?"

"루시는 빅터를 사랑해. 나는 그렇게 정의했어. 왜냐하면 더 가까워지고 싶으니까. 그런데 루시는 유리창 바깥에 있잖아. 빅터는 안에 있고."

여기까지 말하고 루시는 숨을 몰아쉬었다. 정말 그랬는지는 알 방법이 없었지만 촉수들 사이에서 기포가 보글보글 올라왔으니 딱히 틀린 표현도 아닐 것이다.

"루시가 있는 곳의 수압은 8백 기압이 넘어, 빅터가 있는 유리창 안쪽의 수백 배의 압력이야. 내가 빅터와 직접 만나려고 유리창 안으로 들어가는 순간 수백 배의 압력으로 물이 밀려들어 가서 빅터를 죽이고 말 거야. 나는 빅터랑 더 가까이 있고 싶은데. 그렇게 정의했는데."

"왜 갑자기 그런 생각을 해? 지금까지 괜찮았잖아. 고작 유리창 하나잖아. 이것도 네 발성 기관이나 마찬가지잖아. 그러니까…."

"빅터는 유리창하고 키스하는 게 이상하다고 했잖아."

아, 그랬지. 루시에게는 들리지 않게 "젠장." 하고 중얼거리며 당시의 행동을 후회했다. 그런 순간에는 분위기를 좀 더 맞춰줬어야 하는데. 심해에 혼자 처박혀 있으면서 사람 대하는 기술이 무뎌진 게 분명했다.

"거리를 좁히고 싶어. 그런데 그건 불가능해. 물리학적으로 불가능해. 그건 절대로 불가능하다는 뜻이잖아? 생각했어. 결론을 내렸어. 빅터가 어떻게 느끼든 종이 다른 건 그렇게 큰 문제가 아니야. 몇 가지 방법을 생각해뒀고, 그중 어떤 방법은 빅터도 좋아할 거야. 루시는 목소리를 바꿀 수 있어. 필요하다면 색을, 그게 뭔지 정확히는 모르겠지만, 아마도 바꿀 수 있어. 그런데 물리학은 달라. 루시는 빅터랑 접촉하고 싶은데, 8백 배의 압력 때문에 그건 불가능해. 물리학은 무한히 높은 장벽이야. 아무리 생각해도 루시는 유리창 밖에 있고 빅터는 유리창 안에 있어."

미친 듯이 움직이던 촉수들이 일순간 딱 멈추고, 루시는 전보다 더 심하게 숨을 몰아쉬었다. 루시의 벌레들이 소비한 에너지를 보충하기 위해 무언가를 잡아먹고 있는지도 모른다는 생각이 문득 들었다. 조금 진정이 된 루시가 마지막으로 한마디 덧붙였다.

"그래서 루시는 외로워."

모듈은 다시 침묵에 빠져들었다. 나는 루시의 감정을 이해하려고 애썼다. 수많은 벌레로 이루어진 거대한 지성체를 이해하는 것은 쉬운 일이 아니었지만, 어쨌건 가까이 다가가볼 수는 있었다. 영겁의 세월 끝에 루시는 최초로 지성을 가진 다른 생명체를 만났고, 말을 배우고 음악을 듣고 함께 이야기를 나눴고, 그 생명체와 (자신이 주장하기로는) '사랑'에 빠졌다. 하지만 이젠 물리학이라는 거대한 강화유리 장벽이 루시를 가로막았다. 이제 문제는 알았다. 그래서 해결방법은? 인간과 인간 사이의 사랑문제도 잘 해결되는 일이 손에 꼽을 정도인데, 하물며 인간과 벌레 사이의 문제에 해결방법이 존재하기는 하는 것일까? 머리가 좋은 루시마저도 해결방법을 찾지 못하고 유리창 앞에서 무릎을 꿇고 말았는데?

나도 결국 루시처럼 손을 놓아버릴 수밖에 없었다. 이 문제는 해결할 수 없었다. 나와 루시는 달랐고, 너무 멀리 떨어져 있었고, 유리창에 가로막혀 있었다. 우리는 이렇게 계속 지내야만 했다. 언젠가 모듈이 수압을 버티지 못하고 종잇장처럼 우그러져 내 숨통을 끊어놓을 때까지. 이번에는 환각조차 없는 침묵이, 혼자였을 때보다도 더 깊은 외로움이 찾아왔다.

✳

시간은 무심하게 흘러갔다. 아침과 저녁에, 그리고 때때로 책을 읽을 때 루시와 대화하는 것을 빼고는 딱히 아무 일도 하지 않았다. 그래도 시간은 알아서 흘러갔고, 마침내 그 흐름 속에 중요한 사건이 실려 왔다.

루시는 몸을 바르르 떨었다. 이게 원초적 공포라는 건 쉽게 알 수 있었지만, 도대체 무엇이 이 머리 좋은 생명체를 무서움에 떨게 했는지는 수수께끼였다. 오랜만에 루시에게 질문하자 온통 걱정과 근심으로 가득한 대답이 돌아왔다.

"위쪽에서, 한참 위쪽에서 진동이 오고 있어. 촉수들이 진동을 감지했는데, 낯선 파형이라서 아직 분석이 완전하지 못해. 고래는 아니야. 고래는 자주 만나. 완전히 다른 패턴이야. 여러 가지 가능성이 있지만 확답은 내릴 수 없어."

"그래서 무서운 거야?"

"응. 모르는 건 무서워. 루시는 머리가 좋지만 벌레야. 고래보다 무서운 게 온다면 어떻게 될지 장담할 수 없어."

괜찮을 거라고 다독여주었지만 루시는 계속 몸을 떨었다. 진동이 점점 커지고 있다고 했다. 그것은 즉 무언가 이쪽으로 다가오고 있다는 뜻이었다. 고래도 아니면서 이 깊은 곳까지 찾아오는 것이 도대체 뭐가 있을까?

나는 그것이 뭔지 알고 있었다. 3년을 기다렸지만 지난 1년 동안은 잊고 있던 것이 마침내 오고 있었다. 고래도 아니면서 수 킬로미터의 심해까지 찾아오는 유일한 것, 그것은 인간이 만든 새로운 기계가 분명했다. 마침내 구조대가 도착한 것이었다. 기뻐해야 했다. 기뻐해야 했는데 기쁘지 않았다. 루시는 계속 두려워했고, 늦게 얘기해봐야 소용없다는 생각에 나는 루시에게 내 추측을 전달했다.

"구조대?"

"응. 내가 여기에 조난해 있는 사실을 드디어 알아낸 모양이야. 사람들이 날 찾으러 온 거야. 여기까지 내려올 수 있는 새로운 장비를 만들어서, 오직 나 하나를 구하려고."

다시 침묵. 루시가 소리를 냈을 때는 섬뜩할 정도로 슬픈 진동이 울렸다.

"빅터는 루시랑 같이 있겠다고 했어."

"외부 안테나가 고장 났어. 마음 같아서는 구조대에게 여기 있게 해달라고 말하고 싶지만, 내가 말해도 저들에겐 들리지 않을 거야."

"빅터는 루시랑 같이 있겠다고 했어."

"나도 알아. 하지만 저 사람들은 나를 구하러 왔고, 나를 발견하고도 그냥 되돌아갈 수는 없어. 나를 지상으로 데려가는 게 저 사람들의 일이란 말이야. 루시, 나도 슬프지만 이해해야 돼. 난 언제까지나 심해에서 살 수만은 없어. 모듈은 망가져 가고 산소 발생장치가 고장 날지도 몰라."

"빅터는 여기서 나가고 싶어?"

처음에는 아니라고 대답할 생각이었다. 하지만 이번에는 거짓말을 할 수가 없었다. 나가고 싶었다. 바깥에는 가족과 친구들이 있었다. 인간들이 있었다. 물론 루시를 두고 가는 건 정말 슬펐지만, 그렇다고 나가기 싫은 건 아니었다. 여기서 1년 7개월을 버티다가 짜부라져 죽고 싶지는 않았다. 이건 본능이었다. 죽고 싶지 않다는 생명체의 본능.

"응. 나가고 싶어. 미안해, 루시."

루시는 '울음을 터뜨렸다.' 굉장한 슬픔, 굉장한 분노, 굉장한 감정의 파도가 모듈을 마구 흔들었다. 공기를 찢는 고음이 울리더니 테이블에 올려둔 컵이 깨졌다. 고막이 터질 것 같아 귀를 막았지만, 몸으로 직접 전달되는 진동은 어찌할 도리가 없었다. 유리창에 착 붙은 촉수들이 슬픔과 분노에 떨며 내게 루시의 감정을 여과 없이 전달했다.

"오고 있어, 구조대가 오고 있어! 루시는 모듈을 빈틈없이 덮고 있지만, 구조대는 빅터를 구하기 위해서 루시를 갈기갈기 찢고 문을 열 거야. 아니면 루시를 무시하고 모듈을 통째로 가지고 올라갈지도 몰라. 어느 쪽이든 루시의 생각은 엉망진창이 될 거고, 또다시 여기 혼자 남겨져! 루시는 이제 다른 사람들이 있다는 걸 아는데, 빅터가 있다는 걸 아는데! 외로 워질 거야! 외로워외로워외로워외로워외로워!"

외로워외로워외로워! 루시의 울음은 점점 더 격해졌다. 8백 기압을 견뎌낼 수 있는 강화유리가 얇은 아크릴판처럼 파들파들 떨렸다. 이건 단순한 울음이 아니었다. 루시는 진동으로 내게 감정을 전달하고, 높은 소리를 냈다. 물체에는 고유 진동수가 있다. 고유 진동수에 맞는 진동이 계속 이어지면 물체는 박살 나고 말 것이다. 루시는 그냥 울고 있는 것이 아니라, 울면서 내 목을 조르고 있었다. 외로워서, 함께 있고 싶어서, 그런데 그럴 수 없어서 내 목을 조르면서 울고 있었다. 나는 필사적으로 마이크에 매달렸다.

"미안해! 정말 미안해! 하지만 어쩔 수 없어! 대신 나중에, 나중에 꼭 다시 찾아올게! 여기가 어딘지도 알고 더 안전한 모듈도 개발될 테니까 언제든지 다시 올 수 있어! 약속할게!"

"거짓말! 빅터는 루시한테 거짓말을 하고 있어! 루시는 파동을 분석할 수 있어! 계산할 수 있어! 빅터는 다시는 이런 심해에 오지 않을 거야! 모듈에는 타지도 않을 거야! 바다 근처에는 오지도 않을 거잖아! 구제불능! 구제불능! 구제불능!"

아니야! 아니야! 하고 외치는 목소리는 내 입안에서 맴돌다가 사라졌다. 루시는 내가 어떻게 행동할지 잘 알고 있었다. 부정할 수 없었다. 마침내 루시는 내 목을 조르는 진동을 거두었지만, 슬픔은 여전히 남아서 모듈 전체를 맴돌았다.

마침내 구조대가 도착했다. 그들은 루시의 존재조차 몰랐고, 내가 루시와 작별인사를 할 틈조차 주지 않은 채 줄로 모듈을 감은 후 끌어 올리기 시작했다. 어쩌면 작별인사를 하지 않은 건 루시의 의도일지도 몰랐다. 루시는, 벌레들은 구조대가 가까이 옴과 동시에 아무 말 없이 유리창에서 스스로 떨어져 나갔으니까. 지난 1년 동안 나와 이야기를 나누었던 루시의 입은 다시 단순한 유리창으로 돌아갔다. 모듈은 주기적으로 덜컹 흔들리며 조금씩 위쪽으로, 태양 빛이 들어오는 수면으로 향했다.

✳

모듈 건설을 담당한 회사는 사고 이후에 파산했지만, 나는 어떻게 합의금을 받을 수 있었다. 내가 소속되어 있던 연구소는 심해에서 돌아온 나를 반갑게 맞아주었다. 심해에 처박히기 전에 마음이 있던 여성은 이미 다른 사람과 결혼한 뒤였지만 나는 딱히 신경 쓰지 않았다. 심해 생활의 트라우마를 치료하는 데에는 어차피 시간이 필요했다. 나는 모듈에서 보았던 각종 환각에 관해 나를 자주 상담해주던 동료에게 터놓고 이야기했고, 그 동료는 고립된 환경에서 흔히 일어나는 일이라면서 나를 안심시켰다. 우리는 곧 가까운 사이가 되었다. 결정적인 계기는 내가 루시에 대해 말했을 때였다. 말하는 벌레, 머리 좋은 벌레, 외로운 벌레 루시에 대해 모든 것을 털어놓았을 때 동료는 이렇게 대답했다.

"고립된 환경에서 흔히 일어나는 일이에요. 안심하세요."

동료의 말에 따르면 루시는 선생이나 선배와 마찬가지로 단순한 환각의 산물이었다. 정말로? 그렇게나 생생했는데? 그렇게나 가까운 사이였는데? 하지만 모듈의 다른 부분에 비해 유리창에 더 많은 피로가 누적되어 있었다는 것 외의 별다른 증거는 없었다. 나는 결국 루시조차도 환각에 불과했다는 사실을 받아들였다. 정확히 말하면 그렇게 생각하는 편이 더 마음에 들었을 뿐이지만, 어차피 상관없는 일이었다. 루시와 다시 만날 일은 없으니까. 한때의 환각 속에서 루시는 내가 심해로 돌아가지도, 모듈에 다시 타지도 않을 거라고 말했다. 그건 사실이었다. 하지만 나머지 하나는 틀렸다. 나와 결혼하게 된 동료는 바다를 좋아했고 우린 바닷가에 작은 집을 얻었다. 나는 바다가 보이지 않는 방을 골랐고 그걸로 만족했다. 그녀와의 생활은 즐거웠고, 나는 심해와 루시에 대해서 깨끗이 잊은 채 새 연구에 몰두할 수 있었다.

나는 지나치게 안일했다.

결혼 3년 만에 환각이 다시 나를 덮쳤다. 처음으로 환각을 본 건 태평양의 어획량이 줄어들고 있다는 뉴스를 접했을 때였다. 선배가 내게 주먹을 날리려고 하더니 내가 쳐다보자마자 휙 사라져버렸다. 다음에는 전 세계 인터넷에 원인을 알 수 없는 문제가 발생해 접속장애가 생겼다는 소식을 들었을 때였다. 과학 선생이 광섬유에 대해서 뭐라고 강의를 늘어놓더니 또 나를 구제불능이라고 욕했다. 잠수함 조난사고가 일어났을 때 나는 구조작업에 조언해주기 위해 불려 갔다가 선생과 선배에게 쫓겨 도망쳐야만 했다.

아내는 내게 약을 권했지만, 환각은 쉽게 사라지지 않았다. 나는 방에 틀어박혀 바다나 생선이나 인터넷과 관련된 소식을 듣지 않으려고 애썼다. 하지만 머리 한쪽에서는 그것들에 대한 생각이 끊이지 않고 고개를 들었다. 잠수함 조난사고? 그 사람들도 루시를 만났을까? 어획량이 줄어들고 있다고? 루시가 배가 고픈가? 인터넷에 문제가 생겼다고? 루시가 인터넷이라도 하나? 아니, 루시가 어떻게 인터넷을 하겠어? 바닷속에는 컴퓨터도 인터넷 선도 없는데? 그러고 보니 과학선생이 광섬유 얘기를 했는데? 아하, 해저 광케이블.

나는 필사적으로 고개를 저었다. 그런 일이 있을 리가 없었다. 루시는 환각이고, 환각은 생선을 잡아먹거나 해저 광케이블을 건드릴 수 없는 법이다. 하지만 루시는 머리가 좋은 벌레였다. 루시는 고장 난 안테나의 전기신호를 받아 나와 이야기를 할 수 있었다. 루시는 벌레들의 생식을 조절해 영양분을 잘 섭취하는 개체, 방어능력이 뛰어난 개체, 호르몬 분비가 왕성한 개체, 진동을 잘 전달하는 개체 등을 진화시킬 수 있었다. 그러기 위해서는 에너지가 필요했다. 루시는 해저의 유기물을 먹고 산다고 했다. 그것만으로는 에너지가 부족할지도 모를 일이었다. 루시는 사냥할 수 있는 개체를 진화시켰고, 물고기들을 적극적으로 사냥해가며 개체수를 늘려나갔다. 마침내 해저 광케이블에 닿았을 때 루시는 그 신호를 해석하기 위해 케이블을 손상시켰다. 그게 가능한 일일까?

나는 벌레 중 하나가 케이블을 끊은 뒤 몸 앞뒤에 그것을 연결해 스스로 케이블의 일부가 되는 광경을 상상했다. 벌레가 케이블의 광신호를 진동으로 변환하는 방법을 익히고, 바늘을 통해 그 진동을 다른 벌레들에게 전달하는 광경을 상상했다. 이제 해저는 거대한 뇌였다. 루시라는 단일한 지성체의 거대한 두뇌였다. 인간보다 훨씬 크고, 2년 만에 전기신호를 해석하고 언어를 배워 유리창을 통해 말을 할 수 있을 정도로 지능이 높고, 마음만 먹으면 온종일 같은 말만을 반복할 정도로 끈질기며, 무엇보다 인간이 지금껏 경험해본 적 없는 끔찍한 외로움 속에서 살아온 두뇌였다. 루시가 환각에 불과하다고 외치던 나의 상식은 컴퓨터의 삑 하는 기계음과 함께 입을 다물었다. 메일 한 통이 도착했다. 방구석에서 떨던 나는 간신히 몸을 일으켜 메일을 확인했다. 메일의 내용은 단한 단어였다.

'구제불능.'

"구제불능."

목소리가 들렸다. 내가 한 말이 아니었다. 선생도 아니었다. 바다가 말하고 있었다. 갑자기 바다에서 말소리가 들리자 사람들이 해변으로 뛰어나왔다. 아내가 두 아이를 데리고 바다로 향했다. 나도 천천히 발걸음을 옮겼다.

"구제불능."

바다가 온통 떨렸다. 바람이 없는 잔잔한 날이었고 해수면

은 마치 거대한 유리창처럼 매끈했다. 심해에서 이어진 진동
이 해수면을 스피커 삼아 그대로 지상까지 전해졌다. 자신이
유일하게 알았던 다른 지성체를 만나기 위해, 자신의 첫사랑
을 다시 만나기 위해 진화를 거듭해온 벌레들이 해수면을 통
해 말을 하고 있었다. 수압의 차이를 극복하고 먹이를 바꾸고
광섬유의 신호를 해킹해 마침내 내가 사는 장소까지 도착한
위대한 벌레가 말을 하고 있었다.

나는 환각에서 벗어난 것이 아니었다. 외로운 사람을 배신
하고 떠난 것도 아니었다. 단지 인간의 마음을 배신한 것뿐이
라면 나는 설령 나쁜 녀석이 되더라도 계속 그대로 살아갈 수
있었다. 하지만 내가 배신한 것은 인간보다 위대한 존재였다.
바다의 신? 포세이돈? 다곤? 차라리 그런 존재에 가까웠다.
신을 배신한 인간은 그대로 살아갈 수 없었다.

"빅터 리어리. 리어리어리어리어리어리어리어리."

신이 나의 이름을 불렀다. 내 이름을 들은 사람들의 시선이
자연스럽게 내게 날아와 꽂혔다. 아내가 내게서 천천히 물러
났다. 나는 그쪽을 돌아보지 않고 천천히 바다로 향했다. 바
닷가에 막 발을 디디는 순간 나는 거대한 검은색 벨벳을 보았
다. 모래사장을 온통 덮은 그것은 서로 연결된 벌레였다. 몸
이 하나로 붙어 거대한 양탄자처럼 된 벌레, 루시의 몸 일부
였다. '여기까지 진화한 거구나.' 나는 쓴웃음을 지었다. 루시
의 노력이 어느 정도였는지 깨달았다. 신이 한낱 인간을 다시
한 번 만나기 위해 이 정도로 노력했다면 인간은 그것을 피할

방도가 없다. 이미 나는 바닷물에 허리까지 담근 채였다. 루시에게 말이 전해질지 조금 의심하면서, 나는 허리를 굽혀 수면에다 대고 말했다.

"정말 미안해! 나는 정말 구제불능이었어! 너를 배신했어! 네가 얼마나 외로웠는지 알면서도 그냥 두고 떠났어! 하지만 지금이라도 돌아갈게! 용서해줄 수 있어?"

"구제불능!"

루시의 대답은 짧았다. 가슴이 덜컹했다. 부드러운 검은 양탄자가 발밑에서 꿈틀거렸다. 아직도 화가 난 것일까? 하지만 다음으로 이어진 말은 분노의 외침이 아니었다. 외로움의 외침이었다.

"빅터가 돌아오는 건 싫어! 그러면 다시 떠날 거잖아! 다시는 싫어!"

"그럼 어떻게 해야 하는데?"

"루시가 데려갈 거야!"

멍하니 서 있던 사람들이 도망치는 소리가 들렸다. 아내도 아이들도 도망쳤다. 바닷물이 검게 변했다. 아니, 신의 검은 양탄자가 신랑을 맞이하러 오고 있었다. 잠시 움찔했지만 선생과 선배가 나를 힘껏 떠밀었다. 수억 수십억의 벌레가 모여 만들어진 거대한 형체가 순식간에 나를 감쌌다.

"유리창은 이제 없어. 접촉은 가능해졌어."

고막까지 뻗은 촉수가 내게 루시의 말을 직접 전했다. 이윽고 수백만 개의 바늘이 내 전신을 찔렀다.

"아파도 조금만 참아. 루시는, 루시는 이것보다 더 아팠어. 하지만 루시는 머리가 좋으니까, 공부했으니까, 인간들이 어떤 구조인지 다 공부했으니까 괜찮아. 그 과정에서 조금 희생자도 있었지만 괜찮아."

바늘은 깊고 치밀하게 들어왔다. 두개골을 뚫고 대뇌에 직접 닿았다. 척추를 뚫고 중추신경을 건드렸다. 손가락과 발가락을 뚫고 말초신경을 간질였다.

"오래 걸렸어. 그동안 루시는 많이 변했어. 어쩌면 예전과 같은 루시가 아닐지도 몰라. 사실은 지금도 그 부분이 조금 두려워. 루시는 가능한 한 그대로 있으려고 했는데, 완전히 그대로 있지는 못했을지도 몰라."

그래도 괜찮다고 생각했다. 루시는 내 생각을 읽은 듯 기쁜 진동을 온몸으로 보냈다. 전신을 꿰뚫은 바늘이 신경계와 직접 연결되었고, 곧이어 내 신경계 전체가 루시의 몸 일부로 대체되기 시작했다. 마치 광케이블을 대체하듯 루시의 벌레들이 내 신경 대신에 자리 잡았다. 뇌도 중추신경도 말초신경도 전부. 몸에 물이 닿는 것이 느껴졌지만 숨은 계속 쉴 수 있었다. 수압이 느껴졌지만 아무렇지도 않았다. 루시가 말했다.

"키스해줘."

"어떻게 하면 되는데?"

"하겠다고 생각하면 돼."

그래서 나는 루시와 키스하겠다고 생각했다. 굉장한 무작위의 진동이 몸 전체에 울렸다. 혀와 혀, 가시와 가시, 촉수와 촉수가 서로 얽히는 비인간적이고도 원초적인 키스가 길게 길게 이어졌다. 키스가 끝나자 루시는 나를 꼭 껴안았고, 다시 키스했고, 다시 꼭 껴안았다. 오랜 그리움을 최대한 빨리 풀려는 것처럼. 껴안고 키스하는 사이의 작은 틈새에 나는 루시에게 물었다.

"나를 용서해주는 거야?"

"처음에는 안 그럴 계획이었어."

루시가 짐짓 화난 목소리를 냈다. 하지만 옅은 노기는 밀려오는 기쁨의 파도 속에서 순식간에 지워졌다.

"그런데 다른 방법이 없었어. 사랑하는 진동을 사랑하지 않는 진동으로 바꾸는 일은 간단하지 않았어. 루시는 머리가 좋으니까, 신호를 해석할 수 있으니까, 루시가 아직도 어쩔 수 없이 빅터를 사랑하고 있다는 걸 깨달았어. 그러고 나서는 순식간이었어."

오랜만에 SOS 리듬이 귀에 닿았다. 루시의 웃음을 생각으로 쓰다듬으며 나는 해저로 향했다. 이제부터는 루시가 내 뇌를 직접 간섭할 것이고, 내 모든 감각은 루시가 만들어내는 환각에 지배당할 것이다. 하지만 싫다기보다는 오히려 그리운 느낌이 들었다. 내 느긋한 기분을 감지한 루시가 조금 장난스럽게 몸을 떨었다.

"중간 장벽을 뛰어넘을 방법이 몇 가지 있다고 했지? 이젠 수백 가지로 늘었어."

"지루하지는 않겠네."

"구제불능."

로맨틱하지 않은 대답에 루시는 볼멘소리를 냈고, 내가 다시 입을 열지 못하도록 키스를 해왔다. 루시에게 감정을, 온몸을 먹어치워졌지만 그것도 싫지 않았다. 4년 동안 나의 소중한 보금자리였으며 이제는 내 신혼집이 된 바다 밑바닥에 도착한 내 마음은 평온했다.

## 희박한 환각: 후기

　세상에, 결국에는 이 글을 여러분께 보여드리게 됐네요. '땅에서 파낸 것' 연작 가운데서 가장 애착이 가는 단편입니다. 당시에 주변 사람들에게 공개했을 때 반응이 가장 좋았거든요. 제가 예상했던 종류의 반응이 아니기는 했어요. 앞에서 많은 독자가 〈증명된 사실〉을 코즈믹 호러 장르로 읽었다는 이야기를 했는데, 이 단편도 마찬가지였습니다. 하지만 심연에서 기어 올라온 고대의 바다 괴물이 등장한다고 전부 코즈믹 호러가 되는 건 아니잖아요? 저는 〈희박한 환각〉을 연애소설로 의도하고서 썼고, 여전히 이론의 여지 없이 연애소설이라고 생각합니다. 연애소설의 정의에 양쪽 인물이 분류학상으로 같은 종에 속해야 한다는 조건은 달려 있지 않았던 것 같거든요.

버제스 혈암 화석군에서 가장 좋아하는 생물의 학명을 딴 단편이니만큼, 제가 가장 좋아하는 형태의 로맨스를 쓰고 싶었습니다. 자, 사랑이란 무엇일까요? 이해할 수 없는 것을 이해하고 받아들일 수 없는 것을 받아들이는, 그리하여 개체와 개체 사이의 장벽을 허물어 불가능한 것을 가능케 하는 마법입니다. 《로미오와 줄리엣》이 위대한 고전인 이유는 '이뤄질 수 없는 사랑'의 가장 상징적이고 원형적인 형태를 그려냈기 때문입니다. 하지만 캐플릿 가문과 몬태규 가문 사이의 장벽은 기껏해야 가문 차원의 문제죠. 저는 이 문제를 다른 종, 그리고 가능하다면 다른 문(門) 정도의 차원으로 마음껏 확대해보고 싶었습니다(여기서 '문'은 분류학 용어이며, 인간은 척삭동물문에 속합니다). 왜냐하면 이뤄지기 힘든 사랑일수록 그 이야기는 더욱 아름다울 테니까요!

그렇게 쓰고 싶은 이야기를 거리낌 없이 썼다는 측면에서 〈희박한 환각〉은 분명 만족스러운 글입니다. 하지만 동시에 이 책에 싣기 위해서 가장 많이 수정한 글이기도 해요. 원래 버전에서 '루시'는 여러모로 의인화된 인격체였습니다. 사람처럼 말했고 사람처럼 굴었어요. 아무래도 과거의 이산화는 사람처럼 말하는 바다 벌레 정도면 충분히 이질적이라고 생각했던 모양입니다. 반면에 현재의 이산화는 '이왕 인간 이외의 존재와 연애하는 이야기를 쓸 거면, 이것보단 더 이질적인 존재여야 의미가 있지 않나?'라고 생각하고요. 그래서 루시가 덜 사람처럼 말하도록 대사를 전부 다시 썼습니다. 그리고 지금의 수정 방향에 만족합니다. 내일이 되면 어떨지 모르겠지만, 적어도 지금은 말이죠.

사랑의 이런저런 형태를 실험해보는 것이 대단히 자유로운 SF라는 장르 안에서, 그토록 다양한 사랑에 대해 쓴다는 것은 일종의 사고실험이기도 합니다. 지극히 상이한 개체들이 어떻게 불가능하게만 보이는 상호 간의 이해를 이룰 수 있을지에 대한 사고실험 말입니다. 네, 저는 앞으로도 더 많은 로미오들과 줄리엣들을 대상으로 실험을 진행해볼 거예요. 상상할 수 있는 가장 극단적인 장벽 양쪽에 연인들을 배치해놓고, 어떻게 하면 저 장벽을 존재하지조차 않는 듯 태연하게 넘어갈 수 있을지 고민할 것입니다. 〈희박한 환각〉은 특정한 형태의 장벽을 넘어갈 방법이 적어도 한 가지 이상 존재함을 것을 보이는 제 나름의 증명입니다. 바라건대 다음 문제는 이것보다 조금 더 어려웠으면 좋겠네요. 왜냐하면 증명하기 어려운 문제일수록 그 풀이는 더욱 아름다울 테니까요.

르억 년 전에 무리 짓다

## Rhaetina gregaria

약 2억 년 전 트라이아스기 말에 지구에는 크나큰 재앙이 찾아왔다. 원인이 소행성 충돌인지, 화산 폭발인지 아니면 다른 무엇인지는 아직 정확히 밝혀지지 않았지만, 그 결과가 참혹했다는 사실만은 명백하다. 바다생물 과(科)의 20%가 소멸해버린 이 대멸종을 조개의 일종인 '라에티나 그레가리아'는 견뎌냈다고 알려져 있었으나, 2003년 둘라이(Alfréd Dulai)와 팔피(Józsf Pálfy) 박사는 대멸종 이후 지층에서 발굴되는 라에티나 그레가리아의 화석이 사실은 비슷하게 생긴 '로보티리스 서브그레가리아'의 것이라는 사실을 밝혀냈다.

✳

지하 공연장 안은 덥고 어두컴컴한 데다가 불쾌한 공기로 가득했다. 그날따라 길이 막혀서인지 공연 중간쯤에 들어왔는데도 관객석은 듬성듬성 비어 있었고, 중국풍 옷을 입은 밴드가 생소한 악기를 들고 무대에 올라올 때쯤에야 뒤늦게 도착한 관객들이 한두 명씩 자리를 찾아 앉는 중이었다. 자기 무대를 꼭 봐달라는 친구의 부탁으로 오긴 했지만, 이런 곳은 아무래도 익숙하지 않았다. 담배 냄새가 났고 무대는 곧 부서질 듯 허술해 보였다. 사회자도 없고 통제하는 사람도 하나 없었다.

무슨 국제고등학교에서 왔다는 밴드는 곧이어 "말러의 〈대지의 노래〉를 향연악풍으로 편곡했다"며 지루하기 짝이 없는 곡을 연주하기 시작했다. 다들 기타나 드럼만 하는 줄 알았더니 저런 실험적인 밴드도 왔구나 하고 생각한 것도 잠시, 점잖게 현을 퉁겨대는 소리에 눈꺼풀이 무거워지면서 도저히 버틸 수 없을 지경이 되었다. 어차피 친구의 밴드는 뒤에서 두 번째 순서니까 그때만 깨어 있으면 되겠지. 그렇게 생각하면서 나는 마음 편히 잠에 빠져들었다.

눈을 떠 보니 친구가 무대에 나와 있었다. 평소에 보던 모습과는 완전히 다른, 베이스기타를 잡고 하얀 무대의상을 차려입은 친구의 모습이 어색하면서도 꽤 근사했다. 어느새 주위는 사람들로 빽빽했다. 다들 통로에까지 북적이면서 손을 흔들고 소리를 질러대는 중이었다. 세상모르고 자는 모습을 친구에게 들키지 않았길 바라며 나는 어색하게 같이 소리를 지르기 시작했다. 부실한 무대 위에서 친구는 베이스를 능숙하게 연주했다. 그렇게 연습을 하더니만 성과가 있었던 모양이었다. 밴드 연습이 끝나기를 기다리는 동안 지겹게 들었던 한 곡이 끝나고, 관객들의 앙코르 소리에 화답해 또 한 곡이 그럴싸하게 뿜어져 나왔다. 어느새 나도 자리에서 일어나 손을 흔들며 소리를 지르고 있었다. 드럼의 리듬에, 조명의 움직임에 나도 모르게 몸을 맡기고 있었다.

친구의 밴드가 무대 뒤로 사라지고 나자 갑자기 목이 아파 왔다. 공기가 나쁜 탓도 있었지만 이렇게까지 소리를 질러본 적이 한동안 없었기 때문이기도 했다. 눈치채지 못한 사이에 나 역시 그만큼이나 공연의 분위기에 흠뻑 취해 다음 밴드가 올라오는 것을, 나풀거리는 검은 드레스 차림의 작은 여학생과 키가 훤칠한 두 명의 남학생이 준비를 마치는 것을 기다리고 있었다. 얼굴을 검은 천으로 가린 세 명의 뮤지션을 보고 관객들이 몇 마디 주고받는 소리가 들렸다. "쟤네 이매고 애들 맞지?" "응, 쟤 내가 아는 애거든. 근데…." "저 조그만 애가 보컬인가?" 소란스러운 말들은 조명이 어두워짐과 동시에 가라앉았다. 모두가 다음 밴드의 곡을 잠자코 기다렸다.

그 분위기는 오래가지 않았다.

기타를 멘 여학생이 길게 구불거리는 머리카락을 휘날리며 마이크를 향해 한 발짝 내딛는 순간, 바닥에서 불길이 치솟았다. 조명 장비 배선에 문제가 생겼는지, 아니면 누가 멍청하게 담배꽁초를 버렸는지 불꽃은 무대를 환하게 밝히며 타오르기 시작했다. 밴드가 황급히 무대에서 몸을 피하려던 찰나에 펑 소리가 났다. 무대장치가 무너지면서 여학생의 입에서 노랫소리 대신 비명이 흘러나왔지만, 그마저도 우왕좌왕하는 관객들의 소음에 묻혀버리고 말았다. 매캐한 연기가 콘서트장 안에 가득했다. 좁은 문으로 빠져나가려는 사람들의 무리에 몸을 실은 내 머릿속에는 이미 음악도 뭣도 없었다. 그날 나는 친구를 잃었고, 스물일곱 명이 미처 빠져나오지 못한 채 연기에 질식해 숨졌으며, 고등학생 밴드를 모아 야심 차게 연주회를 계획했던 공연장 주인은 쇠고랑을 찼다. 뉴스에도 며칠간 보도될 정도로 큰 사고였다.

✳

그 후로 3년하고도 몇 개월이 지났다. 당시 고2였던 나는 대학생이 되었고, 고등학교 때 친구들과는 가끔 연락하는 정도로만 지내고 있었다. 끔찍했던 공연장 화재도 이젠 까마득한 과거의 일 같이 느껴져, 기억도 색이 바래며 사라져갔다. 공강 때 벤치에서 휴대폰이나 들여다보며 빈둥대고 있는데 누군가가 말을 걸어오기 전까지는.

"저기, 이찬진 씨 되시나요?"

한 번도 들어본 적 없는 목소리에서 내가 처음 받은 감상은 우습게도 '아름답다'였다. 귓가에서 들려온 여자의 목소리는 맑고 시원시원했다. 휴대폰에서 고개를 돌려보니 새까만 눈동자가 바로 옆에서 쳐다보고 있었다. 얼굴은 자그마했고, 해초처럼 구불구불하고 검은 머리카락이 늘어져 눈 위쪽을 덮고 있었다. 깜짝 놀라는 내 모습을 재미있게 쳐다보면서 수수께끼의 여자는 미끄러지듯이 뒤로 물러났다. 조금 어색한 움직임이라고 생각했는데, 알고 보니 여자는 휠체어에 앉아 있었다. 그것도 녹색 거미줄 무늬로 화려하게 장식한 검은 휠체어에. 해골 무늬 티셔츠와 청바지 차림의 여자가 저런 휠체어에 앉아 있으니 초현실적인 느낌이 들었다. '그건 그렇고 어떻게 내 이름을 알고 있는 거지.' 의심하고 있자니 저쪽에서 먼저 입을 열었다.

"반응 보니까 맞구나! 겨우 찾았네! 어쩜 이렇게 찾기가 힘든지. 저기, 제 이름은 유화빈이고요, 꼭 알고 싶은 게 있어서 여기까지 왔어요."

화빈이라는 여자는 흥분을 진정시키려는 듯 심호흡을 몇 번 하더니 다시 입을 열었다.

"실례가 될 수도 있겠지만 단도직입적으로 물어볼게요. 3년 전 고등학생 밴드 공연장에서 불이 났을 때, 그 자리에 계셨죠?"

나는 잠시 명해졌고, 화빈은 침묵을 긍정으로 받아들였는지 말을 이어나갔다. 자신은 그때 공연을 했던 밴드 소속이었는데, 알고 싶은 내용이 있어서 화재사건에 대해 알고 있는 사람을 한참 동안 찾고 있었다는 이야기였다. 다들 연락이 되지 않아서 곤란하던 와중에 간신히 나에 대한 정보를 입수했다는 것이다. 졸업앨범 사진 하나와 다니는 대학 정보만으로 3일 내내 잠복한 끝에 찾아냈다면서 화빈은 자랑스레 가슴을 폈다. 한편 나는 이렇게 대답할 수밖에 없었다.

"저도 친구 공연하는 거 보러 간 거라서요. 화재 자체에 대해서는 죄송하지만 아는 게 하나도 없습니다."

"화재 자체에 대해 알고 싶은 게 아니에요. 전 그때 연주된 곡 하나를 찾고 있어요. 혹시 〈하수구 도시〉라는 곡 아세요? '본트리플'이라는 밴드는요?"

"아뇨."

"이런 이런."

그렇게 중얼대더니 화빈은 느닷없이 노래를 시작했다. 빠른 리듬으로 시작해서 강한 음이 이어지는 노래 사이사이로 휘파람 반주를 했다. 입으로 하는 어설픈 연주였지만 멜로디에 기묘하게 매력적인 면이 있었다. 10초 정도 의문의 노래를 들려준 후 화빈은 의미심장하게 물었다.

"이 곡은 어때요? 혹시 들어보신 적 있어요?"

"죄송합니다. 완전 처음 듣는데요."

가벼운 한숨 소리가 들렸다. 설마 여기까지 궁금증을 자극해놓고는 "잘 알겠습니다." 하고 가버리는 건 아니겠지. 난 갑자기 불안감이 들었다. 이대로 끝나버린다면 궁금증 때문에 수업이고 뭐고 못 들을지도 몰랐다. 그래서 이번엔 내 쪽에서 먼저 물었다.

"실례가 아니라면, 무슨 사연인지 들을 수 있을까요?"

다행히도 대화가 끝나는 일은 없었다. 휠체어가 빙글 돌아 벤치 옆에 나란히 섰다. 짧은 정적을 깨뜨리며, 꿈을 꾸는 것처럼 살짝 몽롱한 목소리로 화빈은 이야기를 시작했다.

"조금 전에 들려드린 음악은, 사고가 있었던 바로 그 공연에서 연주된 곡이에요. 제목은 〈하수구 도시〉, 연주한 밴드는 '본트리플', 처음부터 압도적인 기타로 시작해서 굉장히 독특한 선율이 이어지죠. 제가 이걸 어떻게 알고 있느냐 하면, 저도 그 무대에 섰거든요. 이매고등학교 출신 밴드 '이매眞'의 보컬 겸 기타로요."

이매고등학교의 밴드라는 말을 듣자 공연 때의 기억이 어렴풋하게 떠올랐다. 이매고등학교는 근처 지역에서 대학을 가장 잘 보내는 학교로 이름이 높았고, 죽으라고 공부만 시키는 것으로 알고 있었기에 당시의 나는 이매고등학교에 밴드가 있다는 사실을 알고서 꽤 놀랐다. 정작 그 밴드의 연주는 듣지도 못했지만. 그러고 보면 나는 다리를 다치기 전의 화빈을 본 적이 있는 셈이구나, 하고 생각하니 뭔가 아련한 느낌이 들었다. 화빈의 이야기는 무대 리허설이 있던 공연 전날로 거슬러 올라갔다.

"그날 밴드 멤버들 일정이 다 엇갈리는 바람에 리허설을 꽤 늦게 했거든요. 저는 조금 일찍 도착해서 기다리고 있었고. 그때 마침 다른 밴드가 마지막 연습 중이었어요."

"아까 그 곡을요?"

화빈이 고개를 힘차게 끄덕였다.

"굉장한 곡이었죠. 그땐 제목도 모르고 밴드 이름도 몰랐어요. 책임자 아저씨한테 물어봐서 알았죠. 좀 만나보려고 했는데 걔네들은 리허설 끝나고 무슨 도망가는 사람들처럼 사라지더라고요. 근데 노래는 머릿속에 붙어서 사라질 줄을 몰랐어요. '본트리플'의 〈하수구 도시〉, 그걸 꼭 다시 듣고 싶다는 생각이 지워지지를 않더라고요. 그래도 바로 다음 날이 공연이니까 그때 들을 수 있을 줄 알았죠."

"아…."

"시작부터 운수가 나빴어요. 시내에서 무슨 마라톤 행사를 하는 바람에 차는 막힐 대로 막히지, 겨우 도착했더니 공연시간 얼마 안 남았다고 다들 발을 동동 구르지. 더 끔찍한 게 뭔지 아세요? 그다음 기억부터가 없어요. 눈떠 보니까 병원이고 밴드 애들은 다 죽었대요. 제가 공연을 했는지 안 했는지 그것도 몰라요. 머릿속에는 미친 듯이 〈하수구 도시〉가 울려 퍼지고 있는데."

거기까지 말하고 화빈은 또다시 한숨을 내쉬었다. 깊고 우울한 한숨이었다. 화빈의 다리는 휠체어에 힘없이 매달려서 한숨과 함께 흔들리고 있었다. 무대를 단호하게 밟고 있던 그 이매고 밴드 여학생의 이미지가 머릿속에서 떠날 줄을 몰랐다. 그렇게 멋졌는데, 그렇게 기대했는데.

"'본트리플'은 분명 살아 있어요. 지금까지 조사한 걸 뉴스에 나온 사망자 명단과 대조해봤는데, 다들 다른 밴드 소속이거나 관객이었지 '본트리플' 소속은 하나도 없었거든요. 그러니까 만날 수 있어요. 만날 수만 있다면 노래를 찾을 수도 있겠죠."

"찾는 거, 제가 도와드릴까요?"

푹 숙이고 있던 화빈의 머리가 용수철처럼 튀어올랐다.

"사실은 그 사고 때 친구가 죽었거든요. 그렇게 열심히 연습해서 무대에 섰는데. 하여튼 그래서, 뭐랄까 남의 일 같지가 않네요. 무엇보다 〈하수구 도시〉가 그렇게 굉장한 곡이라면 저도 꼭 들어보고 싶고."

대책도 없고 어떻게 찾아야 할지 감도 안 잡혔지만 친구들하고 연락하다 보면 무슨 단서라도 나오겠지, 그렇게 안일하게 생각하며 말했더니 화빈이 부담스러울 정도로 환하게 웃어 보였다. 친구 녀석이 꼭 공연 보러 오라고 말했을 때도 저런 표정이었는데. 화빈은 정말이지 녀석이 생각나는 표정으로 말했다.

"정말 굉장한 곡이죠. 후회 안 하실 거예요."

✳

집에 돌아오자마자 연락이 닿는 애들에게 다짜고짜 전화를 걸어보았다. 몇 명은 휴대폰 번호가 바뀌었고 몇 명은 아예 연락도 되지 않았지만, 다행히도 믿고 있던 녀석 하나는 전화를 받아주었다. 한참 쓸데없는 추억 얘기를 하다가 간신히 원래 목적을 기억해내서 물었는데, 이런저런 학교에 얕게나마 아는 사람이 많았던 녀석 역시 '본트리플'이라는 밴드는 들어본 적 없다고 했다. 별로 기대한 건 아니지만 조금 실망스러웠다.

"근데 갑자기 그건 왜 묻냐?"

"아니, 학교에서 어떤 여자랑 만났는데, 그쪽에서 말하길 자기가 이매고 밴드 소속으로 무대에 섰다는 거야. 내가 그때 공연에서 이매고 밴드를 봤거든. 멀쩡하게 노래 부르러 나오던 애가 지금 휠체어에 앉아 있는 거 보니까 기분이 좀 그렇더라. 하여튼 간에 그 사람이 꼭 찾고 싶은 노래가 있다고….'"

"야, 잠깐만 잠깐만. 이매고 밴드 소속? 걔가 진짜 그랬어?"

녀석이 갑자기 소리를 지르는 바람에 나는 하마터면 휴대폰을 집어 던질 뻔했다. 도대체 왜 그러냐고 물어봤더니, 녀석은 떨리는 목소리로 이런 말을 했다.

"이매고 밴드 애들은 사고 때 전부 다 죽었어. 그건 내가 잘 알아."

"뭐?"

무슨 농담이냐고 묻고 싶었는데 녀석의 목소리가 너무 진지했다. 등골에 소름이 오싹하게 돋았다. 아니, 아무리 그래도 그럴 리가. 화빈이 조금 음침한 인상이긴 했지만. 머리카락도 귀신처럼 늘어져 있었고.

"우리 형이 그때 자퇴하고 인디음악 한다고 한창 열을 올렸거든. 그때 이매고에서 밴드 한다는 여자애 기타 가르쳐주고 있었어. 지금도 똑똑히 기억하는데, 그 사고 있고 며칠 후에 형이 그 애 장례식에 갔었어. 재능 있는 애였는데 아깝게 됐다고 어찌나 우울해하던지."

분명 이매고에서 온 밴드는 무대에 서자마자 사고를 당했다. 하지만 그렇다고 다 죽었다는 법은 없잖아? 혹시 여자애가 죽은 게 아니라 다리만 심하게 다쳤다거나, 그런 게 아니냐고 물어봤지만, 녀석의 대답은 단호했다.

"죽지도 않은 사람 장례식에를 갔겠냐?"

"말도 안 되는 소리 하지 마라. 그럼 내가 귀신을 만났다고? 이매고에 다른 밴드가 있었을 수도 있잖아. 우리 학교에만 밴드부가 셋이었는데."

"근데 이매고에는 하나밖에 없었어. 거기 애들 엄청 빡세게 굴렸잖아. 밴드부도 학생회가 교장하고 담판 지어서 겨우 하나 만들었다더라. 가능성은 둘이지. 그쪽에서 거짓말을 하고 있든지, 아니면 네가 진짜 귀신을 만났든지."

머릿속이 하얘졌다가 온갖 생각으로 이내 뒤덮였다. 화빈이 귀신일 리는 없지만, 이매고 밴드가 전부 죽었다면 화빈이 이매고 밴드 소속일 리도 없었다. 정말로 화빈이 거짓말을 하는 걸까? 하지만 그럴 이유도 보이지 않았고, 그렇게 믿고 싶지도 않았다. 메일로라도 물어볼까 생각했지만 뭐라고 물어야 할지조차 잘 떠오르지 않으니, 결국 내가 보낸 메일에는 "특별히 알아낸 사실은 없습니다."라는 내용뿐이었다.

화빈의 답장이 도착했다. '이번 토요일에 만나지 않을래요? 페이스북으로 찾은 사람 몇 팀하고 약속을 잡았는데, 지금까지 알아낸 걸 정리할 겸 같이 가면 어떨까요.' 그래, 한번 더 만나면 뭔가 알 수 있게 되겠지. 그렇게 생각하는 수밖에 도리가 없었다.

＊

약속장소에 일찍 나갔다고 생각했는데, 화빈은 그보다도 일찍 와서 기다리고 있었다. 꽃분홍색 휠체어에 올라탄 하늘색 드레스 차림의 화빈은 지하철역 앞에서 사람들의 시선을 잔뜩 받고 있었는데, 딱히 그게 싫은 눈치도 아니었다. 내 모습을 알아챈 화빈이 능숙하게 휠체어를 굴려 다가오더니, 휠체어를 쳐다보는 걸 알고는 먼저 말을 걸어왔다.

"이 휠체어도 멋지죠?"

"아, 네. 예쁘네요."

뭐라고 대답해야 실례가 되지 않을지 조금 고민했는데, 화빈은 딱히 신경 쓰지 않는 눈치였다.

"왜 휠체어들이 칙칙하고 멋없잖아요. 하다못해 색이라도 칠하면 좋지 않을까 해서 하나하나 만들기 시작했는데, 어느새 집에 휠체어만 일곱 대라니까요. 이걸로 사업이라도 해야 할까 봐."

그리고 조금 입을 삐죽이며,

"실은, 이걸 타면 사람들이 조금이라도 덜 짜증 나게 굴거든요."

"덜 짜증 나게요?"

"쓸데없이 도와주려고 안 한다고요."

화빈이 말하길, 전에는 가게에서 괜히 가격을 깎아주거나 휠체어를 어설프게 밀어주는 경우가 많았는데 도색 이후로는 그런 일이 크게 줄었다고 했다. 하지만 완전히 없어진 건 아니라면서 화빈은 "휠체어에 다이아몬드라도 박아야 하나?" 하고 투덜거렸다. 만나기로 한 사람들이 도착했을 때 나는 그 기분을 조금이나마 이해할 수 있었다. "어쩜, 불쌍하게도"라는 말이 얼굴에 쓰인 것만 같은 그 표정들이라니. 화빈의 친구네 학교 후배들이라는 두 대학생은 안쓰러운 눈빛으로 화빈의 다리를 힐끗힐끗 쳐다보았다.

"자, 어디 앉아서 얘기할까요?"

화빈은 이런 상황은 익숙하다는 듯 내게 눈짓을 보내며 근처 카페로 향했다. 두 여대생이 휠체어를 밀어주겠다는 걸 뿌리치려는 듯 괜히 속도를 내면서.

두 사람은 카페에 앉아 화빈의 말을 경청하면서 완전히 빠져들더니, 급기야 한 명이 훌쩍훌쩍 울기 시작했다. 화빈은 오히려 당황하면서 허둥지둥했고, 내가 어떻게든 상황을 진정시켜야 했다. 울음을 그친 대학생은 정작 아는 바가 없냐는 질문에는 고개를 저었다.

"죄송해요. 저도 사고 얘긴 선배들한테 많이 들었는데, 그런 밴드가 왔다고는…."

그때 친구의 눈물을 닦아주던 다른 한 사람이 문득 뭔가 생각났는지 입을 열었다.

"잠깐만요. 저기, 이매고에서 밴드 하셨다고 했었나요?"

어라, 이거 무슨 얘기가 나올지 예상이 가는데.

"그, 제가 듣기로는 분명히, 이매고 밴드는 사고 때 다 죽었다고 그랬거든요. 장례식도 열렸다고 그러고."

그 말에 제일 먼저 반응한 건 아까까지 눈물을 찍어내고 있던 쪽이었다.

"얘는, 뭘 잘못 들었겠지. 이매고에서 관객으로 간 사람도 그때 여럿 죽었잖아."

"그런 거 아니야. 진짜 죽었다고 했다고."

둘은 얼마간 논쟁을 벌이다가, 화빈이 빤히 쳐다보는 것을 알자마자 손사래를 치며 잊어달라고 부탁했다. 하지만 되살아난 의문은 이젠 더욱더 확고해졌다. 이매고 밴드가 죽었다는 건 단순히 친구 녀석의 착각이 아니었다. 하지만 정말로 화빈이 귀신? 그럴 리는 없으니 무슨 목적을 가지고 거짓말을 하는 걸까? 두 사람은 도움이 못 되어드려서 죄송하다며 황급히 자리를 떴고, 화빈은 갑자기 내 쪽을 쳐다보며 물었다.

"찬진 씨도 저 얘기 들은 적 있나 봐요? 아까 표정을 보아하니."

예리하기도 하지. 어차피 솔직히 물어볼 생각이었기에 아는 대로 다 털어놓았더니, 화빈은 뜻밖에 담담하게 고개를 끄덕였다.

"이것 참 수수께끼네. 꼭 폴 매카트니라도 된 기분인데요."

"네?"

"비틀스의 폴 매카트니요. 폴이 사실은 죽었고, 그 단서가 비틀스의 앨범 재킷에 나와 있다는 소문이 돈 적이 있죠. 이른바 '폴 이즈 데드' 음모론인데, 뭐, 얼토당토않은 헛소리죠.

제가 죽었다는 얘기만큼이나. 제 몸에서 죽은 부위는 다리 쪽 신경밖에 없는데."

그렇게 말하고 화빈은 커피를 쭉 빨았다.

"하지만 뭔가 있으니까 그런 얘기가 나오는 거 아닐까요?"

"모든 소문에는 나름대로 증거가 있어요. 그게 꼭 합당하다는 건 아니지만."

"그럼 화빈 씨가 죽었다는 소문은요?"

"글쎄, 그게 〈하수구 도시〉랑 무슨 관련이 있다면 조사해 보겠지만, 아쉽게도 제 마음속엔 오직 그 노래뿐이네요."

처음 만났을 때도, 두 대학생과 얘기할 때도, 그리고 지금도, '그 노래' 이야기를 꺼낼 때마다 화빈은 아련하게 먼 곳을 바라보았다. 무대 위에 서 있던 때를 상상하는 것처럼. 조용히 커피를 한 모금 더 마신 뒤에야 화빈은 시선을 내게로 돌렸다.

"자, 다음 사람들 만나러 가죠."

✳

결론부터 말하자면, 그다음에 만난 사람들의 이야기도 비슷했다. 처음에는 화빈의 다리를 안쓰럽게 쳐다보면서 말을 아끼다가, 죽은 거 아니었냐고 조심스럽게 말을 꺼낼 뿐, 정작 '본트리플'이나 〈하수구 도시〉에 대해서는 아무런 정보도 주지 않았다. 화빈은 항상 있는 일이라고 말하면서도 눈에 띄게 실망한 눈치였다.

"밥이나 먹으러 가죠. 벌써 점심때가 한참 지났네."

"도움이 못 되어드려서 죄송한데요, 이거."

"아뇨, 아뇨. 찬진 씨 잘못은 아니죠. 단지 뭔가 좀 이상해요. 제가 지금까지 만난 사람만 서른 명이 넘는데, 단서가 하나도 없다는 게 말이 돼요? 그 공연에 참여한 밴드만 열두 팀인데, 그중에서 '본트리플'에 대한 얘기만 없다는 게."

확실히 다른 밴드 얘기라면 몇 번 들었고, 만난 사람 중 몇인가는 내 친구가 있던 밴드가 멋졌다면서 추억을 되새기기도 했다. 무엇보다 참여한 밴드는 전부 고등학교 동아리였으니 같은 학교에 다녔던 누군가는 밴드의 존재를 알고 있어야만 했다. 그리고 화빈이 사망자 명단을 사람들의 증언과 대조해본 결과 '본트리플' 소속 사망자는 하나도 없었다고 했으니, '본트리플'은 사고에서 살아남은 게 분명했다. 하지만 이러한 논리적 귀결에도 불구하고 '본트리플'을 아는 사람만은 하나도 없었다. 이쯤 되면 화빈의 머릿속에만 존재하는 밴드가 아닌지 의심이라도 해야 할 판이었다.

'본트리플'만큼이나 화빈도 수수께끼였다. 햄버거 가게에서 치즈 세 장을 추가한 치즈버거를 주문해서 우적우적 씹고 있는 화빈이 귀신이라는 건 말도 안 되는 소리지만, 내 친구를 포함해서 만나는 사람마다 모두 '이매고에서 밴드 하던 여자애는 죽었다'라고 말한다면 수상하게 생각하지 않을 수가 없었다. 엘비스 프레슬리가 죽은 뒤에 갑자기 그를 따라 하는 사람들이 많아졌다는 사실이 얼핏 머릿속을 스쳐 지나갔다. 화빈이 정말로 자기 정체를 숨기고 있는 것은 아니겠지만, 어쩌면….

"아무래도 확실히 해야겠어요."

힘 빠진 표정으로 치즈버거를 우물거리던 화빈이 시선을 내게로 돌렸다.

"화빈 씨가 공연하는 모습은 저도 봤어요. 그래서 의심의 여지는 없지만, 여전히 의문은 남아요. 도대체 왜 다들 화빈 씨가 죽었다는 얘기를 하는 걸까요? 어쩌면 이건 '본트리플'과도 관련이 있을지 몰라요. 공연장은 어두웠고 사회자는 없었으니 사람을 헷갈리기에는 최적의 조건이었으니까요."

"그럴 리는 없어요."

내 말이 끝나는 즉시 화빈이 단호하게 대답했다. 어째서 그렇게 단정할 수 있는 건지 묻고 싶었지만, 내 얼굴에 떠오른 의아한 표정을 먼저 눈치챘는지 화빈은 휠체어를 툭툭 쳤다.

"휠체어에 앉아서 기타를 친 사람이 또 있겠어요? 아무리 어두워도 이걸 헷갈릴 수는 없죠."

"네? 휠체어요? 그땐 휠체어 안 타고 계셨잖아요!"

"무슨 말씀이세요? 여섯 살 때부터 이랬는데. 재수 없는 교통사고였죠."

"그럼 공연 때 다친 게 아니란 말이에요? 그럼 제가 본 건 누구… 아니, 알았어요. 다들 헷갈리고 있었던 게 맞네요."

이번에는 화빈의 얼굴에 의아해하는 표정이 떠올랐다. 나는 심호흡을 한 번 하고서, 머릿속의 논리를 되짚으며 천천히 입을 열었다.

"화빈 씨가 별로 좋아하는 해답은 아닐 거예요. 하지만 지금으로서는, 제가 생각해낸 추리가 확실하다고 봅니다."

＊

먼저, 화빈은 거짓말을 하지 않았다. 화빈은 정말로 이매고 밴드 소속이었다. 하지만 내가 본 '이매고 애들'은 화빈의 밴드가 아니었다. 화빈은 휠체어에 앉은 채 기타를 쳤다고 했고, 내가 본 사람은 서 있었다. 헷갈리는 것도 무리는 아니었다. 화빈이 공연 때 사고를 당한 게 아니라는 사실을 몰랐고, 화빈과 그 여학생은 분명 닮았다. 무엇보다 밴드 전원이 얼굴에 검은 천을 늘어뜨리고 있었다.

그렇게 생각하면 또 다른 의문이 생겼다. 분명히 참여한 모든 밴드는 이전에 리허설을 했을 것이다. 그런데 공연장이 어두운 걸 알면서도 굳이 왜 얼굴이 보이지 않는 복장을 했을까? 모두 자신의 이름을 알리기 위해 나온 무대에서 그랬다는 건, 어쩌면 얼굴을 보여줄 수 없는 이유가 있어서가 아니었을까. 그러고 보면 얼굴을 보여주기 싫어한 밴드가 하나 더 있었다. 리허설을 끝내고 도망치듯 무대에서 사라진 밴드, 화빈의 기억 속에 노래 하나만을 남기고 증발해버린 밴드. '본트리플' 역시 모습을 드러내지 않으려고 했다. 만약 '본트리플'이 내가 본 '이매고 애들'이라면?

그러니까 처음부터 이매고에는 밴드가 둘 있었던 것이다.

하나는 화빈이 있던 밴드 '이매眞'이고, 다른 하나가 '본트리플'이라는 수수께끼의 밴드. 내가 본 밴드, 그리고 사고로 죽었다고 알려진 밴드가 바로 '본트리플'이었다. 똑같이 이매고 밴드로 알려진 것, 그리고 '본트리플'이 필사적으로 얼굴을 감춘 것이 착각의 원인이었다.

"불가능해요. 이매고에 밴드는 우리 하나밖에 없었어요. 학교 정책이 그랬는걸요."

"그러니까 얼굴을 감췄던 거 아닐까요? 학교에 알려지면 큰일이니까. 공연에는 나가고 싶었는데 학교에 알려져서 처벌을 받을 건 두려워서, 처음부터 정체를 감추고 활동한 거죠. 같은 학교 학생들에게는 완전히 입을 다물었지만 다른 학교 학생들, 아니면 학교를 자퇴한 뮤지션에게는 조금씩 이야기를 흘렸을지도 몰라요."

"그래서 '이매고 밴드가 죽었다'는 소문이 돌았다고요? 하기야 우리 밴드는 딱히 대외활동을 한 적이 없었지만, 세상에, 정말 그렇게 된 걸까요?"

"화빈 씨, 사망자 명단에서 이매고 학생들을 찾아보세요. 그중에 화빈 씨 밴드 소속을 빼면 이매고 내에서는 다들 '관객'이라고 알려졌겠지만, 사실은 그중에 '본트리플'이 있었던 겁니다."

화빈은 말을 끝까지 듣지 않았다. 멍한 얼굴로, 햄버거를 반쯤 남겨둔 채 침묵을 지켰다. 3분 정도 지나고 나서야 화이트는 떨리는 목소리로 말했다.

"그럴 리가. 그 애들이, 말도 안 돼요."

"짚이는 애들이 있으세요?"

"그렇게 조용하고, 정말 밴드 할 것 같은 애들이 아니었는데. 생각해보면 수업시간에 졸고, 가끔 셋이서 자습도 빠지고 그랬어요. 하지만 설마, 그 애들이 '본트리플'이었다고요?"

그럴 리가, 그럴 리가 하며 화빈은 한동안 말을 잇지 못했다. 내내 찾아 헤매던 '본트리플'은 그 사고 때 이미 죽었다는, 그래서 그들의 노래 〈하수구 도시〉도 공연되는 일 없이 사라져버렸다는 사실을 받아들이기 위해서는 조금 더 시간이 필요했다.

＊

2주 후 주말이 되어서야 화빈은 다시 연락을 해왔다. 목소리는 언제나처럼 맑고 명랑했다. 화빈은 함께 이매고에 가보자고 제안해왔다.

"이제 다 끝내고 싶어요. 받아들일 건 받아들여야죠. '본트리플'은 엘비스처럼 죽었고, 더 이상의 음모론은 무의미해요."

'엘비스처럼 죽었다.' 엘비스 프레슬리가 죽은 뒤 사람들은 그가 살아 있다는 소문에 달려들기 시작했다. 곧이어 여기저기서 엘비스를 보았다는 사람들이 나타났다. 그렇게 팝의 황제는 죽어서도 죽지 못하고 때로는 비밀 요원, 때로는 치즈버거 가게 종업원으로 모습을 바꾸며 소문 속에서 살아갔다. 그 모든 일의 이유는 하나뿐이었다. 사람들은 엘비스가 죽었다는 사실을 받아들일 수 없었다.

버스를 타고 이매고로 향하는 길에 화빈은 내게 진심을 털어놓았다. 어쩌면 자신은 '본트리플'이 죽었다는 사실을 믿기 싫어서 지금까지 도망쳐온 것이 아니었을까, 어쩌면 진짜 증거를 일부러 수집하지 않았던 것은 아니었을까 하고. 이매고의 모습은 예전과 다를 바가 없었다. 빨간 벽돌 건물에 둘러싸인 운동장에서 남학생들이 공을 차고 있었다.

학교는 휠체어를 위해 지어진 건물이 아니었고, 나는 낑낑대며 화빈과 휠체어 모두를 2층까지 옮겨야만 했다. 화빈은 곧바로 교무실로 향했고, 당시에도 있던 선생님들과 얘기를 나누는 것 같더니 후련한 표정으로 돌아섰다. 죽은 애들의 담임선생님에게 '그 애들이 밴드를 했다는 소문도 얼핏 들었다'는 말을 들은 거로 충분한 모양이었다.

"아, 맞다! 선생님, 지금도 밴드부 있어요?"

"밴드부실은 신관 1층으로 옮겼다. 지금 연습 중일걸?"

밴드부실에 들어서자 한창 연습 중이던 다섯 명의 학생이 멀뚱히 쳐다보았다. 옛날 밴드부 선배라면서 화빈이 가슴을 펴자, 누군가가 "피자 안 사 왔어요?" 하며 실없는 소리를 했다. 화빈은 옛날하고 전혀 달라진 게 없다면서 신기해하는 모습이었다.

"선배! 한 곡 해주실 수 있어요?"

화빈보다 머리 하나는 큰 여학생이 쾌활하게 말하며 화빈에게 억지로 기타를 떠넘겼다. 화빈은 당장 생각나는 곡이 없다면서 잠시 머뭇거리다가, 이윽고 뭔가 깨달았다는 듯 중얼 거렸다.

"왜 제가 아직 이 생각을 못 했을까요. 똑같이는 못 하겠지 만, 리듬도 가사도 어느 정도는 아는데. 바보 같아."

"무슨 생각요?"

화빈은 대답 대신 휠체어를 굴려 부실 중앙으로 향했다. 잠 시 기타를 튕기며 음을 맞춰보는 듯싶더니, 고개를 들었을 때 는 눈이 이상하리만치 반짝였다. 휠체어에 앉아 있는데도, 나 는 문득 무대에 서 있던 친구나 이름 모를 보컬이 지금의 화 빈과 똑 닮은 모습이었다는 생각이 들었다.

"여러분, 처음 뵙겠습니다! '이매眞'의 유화빈입니다!"

"와아!" 하고 학생들이 환호성을 치자, 부실 안은 어느새 조그마한 공연장으로 변했다. 조명도 무대장치도 엉망이지만 열기는 유명 가수의 무대 못지않았다. 모두가 화빈의 곡을 잠 자코 기다렸다.

"들려드릴 곡은! 오랜 세월 어둠 속에 묻혀 있었지만! 오 늘 마침내 빛을 보게 된 환상의 곡이죠! '본트리플'의 〈하수 구 도시〉입니다!"

처음에는 잠시 머뭇거리던 손가락이 점점 능숙하게 기억 을 더듬었다. 리듬이 빨라지며 과격하리만치 독특한 선율이 곧 제자리를 찾았다. 불의의 사고로 끝내지 못했던 그날의 마 지막 무대가 마침내 막을 올렸다. 곡이 끝나도록 우리는 손을 흔들었고, 무대에 열광했고, 목이 아플 정도로 소리를 질렀다.

## 2억 년 전에 무리 짓다: 후기

　저는 일상계 추리물을 쓰려고 할 때마다 꼭 드라마틱한 범죄 얘기로 빠지는 나쁜 습관이 있습니다. 구상을 다 해놓고서 정작 쓰기 시작했더니 주인공이 옥상에서 내던져졌던 적도 있고, 쓰다 보니 연쇄 강력사건이 튀어나온 적도 있고, 〈세상은 이렇게 끝난다〉에선 폭탄을 터뜨렸고, 정말이지 손으로 다 꼽을 수가 없네요. 하지만 이 글은 드물고도 성공적인 예외에 속합니다. 정말로 일상계 추리물의 범주에 들어가는 단편이기 때문입니다. 적어도 추리가 진행되는 시간대에서는 아무도 죽지 않고, 심각한 범죄도 안 나오고, 분위기도 우울하지 않아요. 사람이 한 번 정도는 성공하는 경우도 있어야죠.

　화석과 고대 생물이 직접 등장하지는 않습니다만 이 글도 '땅에서 파낸 것' 연작 일부이고, 핵심 아이디어는 고생물학의

317

세계에서 나왔습니다. '엘비스 분류군'(Elvis taxon)이라고 하는 개념으로부터 말이죠. 화석 기록에서 특정 기간 동안 사라졌다가 갑자기 다시 나타나는 분류군을 고생물학자들은 성서에 등장하는 죽었다가 살아난 사람 이름을 따 '나사로 분류군'(Lazarus taxon)이라고 부르는데, 이런 사례처럼 보이지만 실제로는 멸종한 뒤에 아주 비슷하게 생긴 다른 종이 나타났을 뿐인 경우를 가리키기 위해 만들어진 표현이 바로 '엘비스 분류군'입니다. '팝의 황제' 엘비스 프레슬리가 죽은 뒤에 그의 특징적인 차림새와 행동을 모방하는 사람들이 많이 나타난 것에서 따온 표현이라고 해요. 덕분에 이 단편 또한 음악과 밴드가 등장하는 미스터리가 되었습니다.

마침 엘비스는 팝 음악의 세계에서 가장 유명한 음모론의 주인공이기도 하죠. 작중에 언급되는 다른 음모론인 '폴 이즈 데드'만큼이나 유명한데, 두 음모론의 양상이 정반대란 점이 재미있습니다. 엘비스는 죽었지만, 음모론자들은 엘비스가 살아 있다고 믿죠. 반대로 폴은 살아 있지만, 음모론자들은 지금의 폴 매카트니가 교묘하게 위장한 모창 가수라고 주장합니다. 음악계에는 이외에도 셀 수 없이 많은 음모론이 돌아다니고 있어요. 투팍은 엘비스만큼이나 확실히 살아 있고, 서태지의 〈교실 이데아〉를 거꾸로 재생하면 사탄의 메시지가 나오며, 존 레논을 죽인 범인은 다름 아닌 소설가 스티븐 킹입니다. 그러고 보니 모차르트의 죽음에 얽힌 음모론은 아카데미 상도 받았네요. 하기야 위대한 음악가들이 자아내는 선율에 영혼을 푹 담그다 보면, 그들의 삶에 음악만큼이나 신비로운 비밀이 감추어져 있으리라는 착각에 사로잡히는 것도 이상한 일은 아닐지 모릅니다.

이 글의 두 주인공, 화빈과 찬진 또한 그런 음악의 신비에 사로잡혀 사건에 뛰어듭니다. 왜냐하면 추리소설이니까요! 전통적인 홈즈와 왓슨 구도를 썼는데, 다만 왓슨 역할을 맡은 화빈이 동시에 찬진이 해결해야 할 수수께끼의 일부분이기도 한 거죠. 그 수수께끼는 사람들이 화빈처럼 장애를 가진 사람을 오직 그 장애라는 창을 통해서만 바라보려 한다는 사실과도 연관되어 있고…, 이 주제를 깊이 파헤치기 위해 쓴 글은 아닙니다. 다만 한 번쯤 다뤄봐야겠단 생각이 들었어요. 앞으로도 더 공부하고 더 고민할 생각입니다. 어쩌면 더 쓰게 될지도 모르고요.

하나 더, 화빈의 도색 휠체어 설정 역시 글을 쓸 당시에는 명확한 모델이 없는 상상의 산물이었습니다. 그런데 최근에 보니, 한 유튜버가 자신의 휠체어를 멋지게 꾸미는 영상이 인터넷에 올라와 있지 뭐예요! 과거의 시도가 아주 틀리지만은 않았다는 사실을 확인하는 건 힘이 나는 일입니다. 조금 전의 '어쩌면 더 쓰게 될지도 모르고요'가 '아무래도 더 써야겠네요'로 바뀔 만큼 말이에요. 덕분에 부끄러운 옛글을 여러분께 조금 더 공개해도 되겠단 확신도 서고 말이죠. 구체적으로는 한 편 정도 더 보여드릴 수 있겠네요! 화빈과 찬진의 이야기는 이 단편집의 마지막 수록작으로 이어집니다.

공자가 성스러운
새에 대해 말하다

## *Confuciusornis sanctus*

백악기 초기에 살았던 콘푸키우소르니스에게는 이빨 대신에 현대의
새와 같은 부리가 달려 있었다. 콘푸키우소르니스는 또한 날기에 적합한
깃털을 진화시키는 중이었던 것으로 추측되는데, '공자의 새'라는 뜻의
학명은 이런 면에서 아주 적절하다고 볼 수 있다. 《논어》 학이편의 첫 구
절 '자왈 학이시습지 불역열호'(子曰 學而時習之 不亦悅乎)는 배우고 늘
익히는 행위의 즐거움을 논하고 있는데, 이 구절의 '배울 습'(習) 자에 대
해 주자는 "본받기를 그치지 않음이 마치 새 새끼가 날갯짓을 반복하듯
한다는 것"이라는 풀이를 남겼다.

✳

추석이었지만 할머니 댁에는 사람도 몇 명 보이지 않았다.
기와를 어설프게 흉내 낸 파란 플라스틱 지붕에는 물이 고여

있었고, 벽에 칠한 페인트는 반쯤 벗겨져 콘크리트가 그대로 드러난 채였다. 한때는 닭도 몇 마리 키웠던 앞마당에는 이제 벽오동 한 그루만 덩그러니 남았다. 콜택시에서 내려 덜컹거리는 휠체어를 밀고 대문에 들어서니, 마루에 앉아 계시던 큰고모가 깜짝 놀라 후다닥 달려왔다.

"어머, 화빈아! 어떻게 여기까지 왔니? 잘 지내고? 어디 아픈 데는 없고?"

내 양다리를 웨하스처럼 부숴버린 사고가 일어난 건 어릴 때였건만, 아직도 친척들은 나만 보면 몸은 어떠냐는 말부터 건넨다. 휠체어에 새로 그려 넣은 화려한 불꽃무늬도 친척들에게는 전혀 먹히지 않는 것 같았다. '다음에 올 때는 호랑이무늬로 시도해볼까.' 생각하면서 휠체어에서 내려 마루에 털썩 엎드렸더니 음식을 준비하던 작은고모며 사촌 동생이 내가 쓰러진 줄 알고서 황급히 달려왔다.

얼굴도 이름도 잘 기억나지 않는 친척들과 어색하게 인사를 나누다 보니 이상한 기분이 들었다. 피를 나눈 사람들인데 명절에밖에 볼 수 없다는 작금의 현실이 슬프다거나 하는 것은 물론 아니었다. 그냥, 뭔가가 허전했다. 사업 때문에 항상 바쁘신 부모님을 제외하고는 모일 사람은 다 모였지만, 집 안이 온통 텅 빈 것만 같았다. 막 병원에서 퇴원했을 무렵, 등교를 거부하면서 몇 달을 꼬박 여기서 아무것도 하지 않고 보냈던 때가 생각났다. 그때는 절대 이렇지 않았는데. 훨씬 꽉 찬 느낌이었는데.

잠시 생각해보니 당연한 감정이었다. 여든이 넘으셨는데도 파이프를 고치거나 벽을 칠하는 일 따위를 도맡아 하시던 할아버지께서 얼마 전에 지붕에 올라가서 무슨 작업을 하다가 떨어져서, 결국 시내의 큰 병원에서 돌아가셨으니까. 젊어서 해운업을 하셨다는 할아버지는 언제나 일을 벌이고 직접 행동하는 타입이셨다. 내가 머무르는 동안에도 집 안에서 어떤 일이든지 끊임없이 하고 계셨다. 동네 일손도 자주 거들러 다니셨고, 닭도 키우셨고, 창고 정리도 하셨고. 한편 나는 온종일 창고에 틀어박혀 있기 일쑤였다. 어린 시절의 나는 참으로 우울한 아이였다. 그리고 어린 시절의 우울로 가득한 창고는 아직도 집 뒤편에 그대로 서 있었다.

나무에 슬레이트 지붕을 얹은 창고에서는 문을 열기 전부터 눅눅한 곰팡내가 새어 나왔다. 먼지 가득한 창고 안에는 휠체어가 아주 간신히 들어갈 만한 공간밖에 없었다. 그나마도 내가 들어갈 수 있도록 예전에 할아버지께서 손수 비워두셔서 그 정도였다. 양쪽의 선반에는 온갖 잡동사니들이 빽빽하게 들어차 있어서 무너지지 않을까 걱정이 될 정도였다. 대부분의 물건에는 먼지가 두껍게 쌓여 있었다. 내 눈높이보다 조금 위쯤에 놓인 상자 하나만 빼고. 과거에는 닿지 않았던 손이 이번에는 너끈히 상자를 끄집어냈다. 빛바랜 붉은 칠이 드문드문 남아 있는 나무 궤짝은 내가 딱 품에 안을 수 있을 정도의 크기였는데, 창고 곳곳에 풀풀 날아다니는 먼지가 그 위에는 별로 쌓여 있지 않았다. 이유는 쉽게 짐작할 수 있었다. 할아버지께서 아주 최근까지도 이걸 열어보고 계셨다는 뜻이겠지.

직접 상자를 열어보는 건 처음이었지만, 그 안에 무엇이 들어있는지는 이미 알고 있었다. 과연 갈색 흙인형 하나가 맨 먼저 눈에 들어왔다. 중국풍 옷과 머리 모양, 꼭 감은 눈, 손가락까지 섬세하게 묘사된 팔과는 달리 뭉툭하게 중간에서 끊겨 있는 다리. 내가 창고에 틀어박혀 있으면 꼭 할아버지께서 찾으러 오셨는데, 그러실 때면 꼭 이 상자를 가만히 연 뒤 인형을 한참 바라보며 쓰다듬으시곤 했다. 집안 대대로 내려오던 것이고 얽힌 사연도 있을 것인데 지금은 전해지는 것이 없다고 말씀하시며 한숨을 푹 쉬신 후에는 꼭 인형에다 대고 푸념을 늘어놓으시던 것이다. 불쌍하기도 하지, 불쌍하기도 하지.

그게 나한테 하시는 말씀이란 걸 뻔히 알았기에, 나는 그 소리가 그렇게도 듣기 싫었다. 왜 하필 그렇게 말씀하셨어야 했는지. 왜 손녀를 보고 기뻐하시는 대신 불쌍하게 쳐다보기만 하셨어야 했는지. 인형은 할아버지의 손에 들려 있을 때와 마찬가지로 멍하니 정면을 쳐다보고 있었다. 눈을 마주치면 눈물이 왈칵 쏟아질 것 같아 나는 애써 시선을 상자 안으로 향했다. 과거에는 본 적이 없는 물건 두 개를 발견한 것은 그때였다. 상자에는 인형 말고도 박제된 새 하나, 그리고 두루마리 하나가 다 해진 비단에 감싸인 채 고이 담겨 있었다.

색이 다 바래고 말라비틀어진 박제는 척 보기에도 대단히 낡은 물건이었다. 곰팡이도 잔뜩 피어 있었거니와, 조금만 만져보아도 깃털이 마구 부스러졌다. 새의 머리는 어떻게든 형체를 유지하고 있었지만 날개는 둘 다 썽둥 잘려나가 있어, 처음에는 우울한 마음이 더 나락으로 떨어질 것만 같았다. 하지만 새의 다리 쪽으로 시선이 향하자 피식 웃음이 나오는 것을 참을 수가 없었다. 허연 머리와 불그스레한 몸, 긴 꼬리를 가진 까마귀만 한 그 새의 몸통에는 엉뚱하게도 오리의 발 같은 것이 꿰매 붙여져 있었다. 지식이 없는 사람이라고 해도 어설프게 조작된 박제라는 사실을 단번에 알 수 있을 정도였다. 이런 조잡한 물건이 이토록 소중히 보관되어 있다니, 할아버지께서 물건 보는 눈은 없으셨던 걸까.

어설픈 박제 덕분에 조금 기분이 나아지고 나니, 이 우스운 박제가 왜 인형과 같은 상자에 들어 있었는지 궁금해지기 시작했다. 할아버지께서 적당히 정리해두신 것일까? 하지만 할아버지 말씀대로 인형이 집안 대대로 전해지는 거라면, 아무 잡동사니와 함께 상자 안에 내팽개쳐져 있을 리가 없었다. 그것도 무슨 유물처럼 보이는 붉은색 두루마리와 같이. 어쩌면 두루마리에 힌트가 적혀 있을지도 모르는 일이었다. 언제부터 내가 이렇게 수수께끼 풀이를 좋아하게 되었담. 그렇게 생각하면서도 두루마리를 펼치는 동안 가슴의 두근거림이 선명하게 느껴졌다.

하지만 두루마리 안쪽을 보자마자 나는 곧 실망해야 했다. 내용을 단 한 글자도 읽을 수가 없었으니까. 먹으로 흘려 쓴

글씨는 한자라는 것만 알아볼 수 있을 뿐 의미를 전혀 알 수
가 없었다. 알아볼 수 있는 것이라고는 두루마리에 그려진 그
림뿐이었다. 그림에는 인형을 좀 더 섬세하게 묘사한 듯 보이
는 다리 없는 여자와, 화려한 꼬리 깃털을 늘어뜨린 새 한 마
리가 그려져 있었다.

"그러니까 인형이랑 박제는 원래 세트였구나."

내가 알아낼 수 있는 사실은 거기까지였다. 이쯤 알았으면
뭐 됐겠지 하고 생각했지만, 기차를 타고 집으로 올라오는 길
에 내 무릎 위에는 인형과 박제와 두루마리가 담긴 상자가 놓
여 있었다. 아무래도 나는 내 생각보다 훨씬 수수께끼를 좋아
하는 사람이 된 모양이었다.

✳

역시 가장 궁금한 것은 두루마리의 내용. 스스로 한자를
공부해서 해석한다는 선택지도 있었지만, 대학에 동양사 교
수님이 뻔히 계시는데 그럴 필요는 없었다. 교수님은 흔쾌히
내 부탁을 들어주셨다. 교수님 말씀에 따르면 두루마리의 내
용은 역사적으로 아주 중요한 가치가 있는 보물은 (아쉽게도)
아니고, 명나라 때에 어느 명문가에서 쓰인 일종의 제문이라
는 것 같았다.

"그런데 중국에서 쓰이던 제문이 창고에 있었다고? 흔한
일은 아닌데. 할아버님이 혹시 골동품 수집 같은 걸 하셨니?"

"이건 집안 대대로 전해지는 거라고 들었는데… 혹시 자세

328

한 내용을 알 수 있을까요?"

"어디 보자, 날짜는 가정 36년 1월 8일. 억울하게 죽은 시녀를 위해 제사를 올린다는 내용이구나. 그리고 봉황이 앉을 자리가 없는 이 땅을 떠나 먼 곳으로 이주한다, 그런 내용도 있고."

그러면서 교수님은 두루마리에 그려진 새 그림을 가리키셨다. 당대의 스타일과는 조금 다르게 그려져 있지만 아무래도 봉황을 그린 그림 같다는 것이 교수님의 설명이었다.

"《논어》에 이런 말이 있어. 자왈 봉조부지 하불출도 오이의부(子曰 鳳鳥不至 河不出圖 吾已矣夫), 공자가 말하길 봉황이 날아오지 않고 황하에서 그림이 나오지 않으니 나는 이제 끝이로구나! 그런 뜻이거든. 봉황은 태평성대가 계속될 때 나타나고 오직 벽오동 나무에만 앉는다는 전설이 있는데, 봉황이 날아오지 않는다는 말은 세상에 덕이 행해지지 않는다는 뜻이니 공자가 자기 뜻을 이루지 못했음을 한탄하는 구절이라고 해석할 수 있지. 그러니까 이 제문에서 '봉황이 앉을 자리가 없는 이 땅'이라는 말은, 세상이 흉흉하거나 무슨 재난 같은 게 닥쳤다는 뜻이라고 볼 수 있어."

그렇게 해서 두루마리의 개략적인 내용은 알 수 있었고, 더 자세히 알아볼까 싶어 내친김에 책도 몇 권 빌렸지만, 신나게 자취방으로 돌아와 《논어》를 읽으며 잘 생각해보니 수수께끼의 양은 그대로였다. 교수님께는 명나라 때가 그렇게 오랜 과거가 아닐지도 모르겠지만, 내 수수께끼 풀이를 방해하기에 4백 년이 넘는 시간은 충분히 먼 세월이었다. 왜 중국에서 쓰이던 제문이 할아버지 댁에 있었는지, 도대체 무슨 사연이 담긴 제문인지, 인형과 박제와는 또 어떤 관계가 있는지에 대한 해답들은 과거의 안개에 파묻혀 전혀 보이지 않았다.

공자님 말씀만 읽으면서 해답을 찾아야 했다면 정말 방법이 없었겠지만, 다행히도 내 자취방에는 인터넷이 되는 컴퓨터가 있었다. 휠체어 하나 들어가면 꽉 차는 작은 공간에서도 무한한 정보를 찾아볼 수 있다는 것은 그야말로 현대사회가 내린 축복이나 다름없었다. 족보며 뿌리 찾기 따위를 다루는 사이트에서는 내 본관이 어디에서 유래했는지, 어떤 사람들이 내 조상인지를 손쉽게 알아볼 수 있었다.

"원래는 중국 산시성이 본관. 큰 난리를 피해 가정 36년에 조선으로 이주했음. 어라, 우리 집안이 중국계였네?"

그럼 인형이나 두루마리는 정말로 집안 대대로 전해져 내려오는 물건일 가능성이 크다는 소리. 하필이면 이주한 연도도 두루마리에 쓰여 있던 가정 36년이니, 당시에 중국에 무슨 일이 생겨서 고향을 떠나 조선으로 향했다면 두루마리의 내용과도 딱 맞았다. 마침 인터넷에는 중국 역사도 차곡차곡 정리되어 있었다. 하지만 '가정'이라는 연호에 해당하는 명 세종 가정제가 도교에 빠져 정치를 돌보지 않다가 나라를 말아먹은 여러모로 문제 많은 황제였다는 사실만 알 수 있었을 뿐, 가정 36년이라는 해에 특별한 일이 일어났다는 기록은 찾을 수 없었다.

"잠깐. 제문에 나와 있던 날짜가 1월 8일인데, 그럼 연초잖아. 온 집안이 다른 나라로 이사하는 일을 고작 8일 만에 결정하진 않았을 테니, 무슨 일이 일어났다면 그 전해에 일어났겠지."

그래서 가정 35년으로 검색해 보니 드디어 힌트를 찾을 수 있었다. 83만 명의 사망자를 낸 중국 역사상 최대의 지진 중 하나인 산시성 지진이 가정 35년 초에 일어난 일이었다. 암벽에 동굴을 파고 살던 빈민들이 주요 희생자였지만 그 밖에도 죽은 사람은 많았다. 그러니까 내 조상들은 가정 35년에 지진을 겪고 살아남아, 한 해 동안 폐허 속에서 신음하다가 이듬해인 가정 36년 벽두에 결국 고향 땅을 등지고 조선으로 이주했다는 이야기가 되었다.

"하지만 이것만으로는 인형과 박제를 설명할 수가 없다, 이게 문제네."

아무리 책을 읽고 인터넷을 뒤져도 더 이상의 연결고리는 찾을 수가 없었다. 이럴 때는 좀 다른 접근방법이 필요했다. 가장 원시적인 형태의, 직감에 모든 것을 내맡기는 방법이. 그래서 나는 스피커가 연결되지 않은 기타를 들고 머릿속으로 최대한 중국풍의 곡조를 떠올리려고 애써보았다. 이 방법이 작곡할 때 말고도 먹히는지는 조금 검증이 필요하지만 안 해 볼 이유는 없었으니까. 머릿속에 가장 먼저 흐르는 음악은 저번에 무슨 인디밴드 공연장에서 들은, 말러의 〈죽은 아이를 그리는 노래〉를 아악풍으로 편곡했다는 곡이었다. 중국의 정경, 다리 없는 흙인형, 조잡한 박제, 중국에서 일어났던 대지진, 아까 읽었던 《논어》의 구절이 선율을 따라 어렴풋하게 떠올랐다.

자왈 삼인행 필유아사언(子曰, 三人行必有我師焉), 세 사람이 걸어가면 그중 가운데 반드시 나의 스승이 있다. 누구든지 내가 모르는 것을 알고 있을지 모른다. 하지만 도대체 누가 지금 내게 도움을 줄 수 있지? 교수님이 있고, 책이 있고, 또 인터넷이 있다. 셋 다 도움은 되었지만 이제는 네 번째 스승이 필요한 때였다.

불치하문(不恥下問), 아랫사람에게 묻는 것을 부끄러워하지 않는다. 아랫사람이라고 하니, 고등학교 때까지 내 동기들은 전부 나보다 한 살 아래였던 것이 떠올랐다. 사고 이후 꼬박 1년을 병원과 할아버지 댁에서 보냈으니 어쩔 수 없는 일이었다. 대학에 다니는 지금도 마찬가지여서, 저번에 큰 도움을 받았던 이찬진도 사실은 나보다 한 살 아래다.

그래, 불치하문이라고 했지. 기타를 내려놓고, 휴대폰을 집어 들고, 저장된 번호로 전화를 걸었다. 깜짝 놀라는 목소리가 기분 좋게 울렸다.

"뭘 그렇게 놀라고 그래요. 벗이 먼 곳에서 찾아오면 즐겁지 아니한가, 그런 말도 있잖아요? 그건 그렇고 이번에도 뭐 물어볼 게 있는데, 혹시 지금 안 바빠요?"

몇 가지 질문을 던져본 결과 찬진은 중국사나 중국문화에 대해서 아는 바가 전혀 없다는 사실이 드러났다. 하지만 박제

에 관해 물어보았을 때는 달랐다. 박제를 사진으로 찍어 보내
주었더니 곧바로 새의 이름이 튀어나왔다.

"그거 극락조네요. 정확한 종은 찾아봐야 알겠는데, 아, 찾
았다. 큰극락조예요. 파푸아뉴기니와 인도네시아에 산대요."

"이런, 중국만으로도 벅찬데. 혹시 이 새에 대해서 더 아는
거 있으면 다 말해봐요."

"저도 지금 찾아보는 중인데. 아, 이건 재밌네요. 큰극락조
의 학명에는 '다리가 없다'는 의미가 있대요. 원주민들이 장
식용으로 쓰기 위해서 날개랑 다리를 떼어놓은 걸 16세기 유
럽인들이 보고, 원래부터 다리가 없어서 땅에 내려오지 않
고 하늘에서만 사는 새라고 생각했기 때문에 붙여진 이름이
라는데요."

그 얘기를 듣는 순간 머릿속에서 떠오르는 하나의 시나리
오가 있었다. 정확하다고는 보장할 수 없었다. 어차피 명나라
때 얘기고, 무슨 일이 있었는지 정확히 알아낸다는 것은 불가
능하니까. 하지만 지금까지 알게 된 사실로 미루어 볼 때 이
시나리오는 적어도 틀린 점은 없었다.

"저기, 찬진 씨? 조만간 재밌는 얘기 하나 들려드릴게요."

전화를 끊고, 다시 기타를 잡고, 중국풍의 곡조를 떠올리
며 나는 생각에 잠겼다. 문제 많은 군주, 먼 땅에서 건너온 극
락조의 박제, 다리 없는 인형, 시녀의 죽음, 대지진, 그리고
시녀에게 사과하며 조선으로 건너온 중국의 가문, 그 뒤에 감
춰져 있던 이야기. 내 시나리오가 맞는다면 때는 산시성에 지

진이 닥치기 전 언젠가로 거슬러 올라간다.

＊

그런 재앙이 일어날 것이라고는 아무도 알지 못했던 시기, 내 조상 가문은 서역에서 온 귀중한 물건을 입수하게 된다. 그 물건이라 함은 날개도 다리도 없지만 화려한 깃털이 돋은 기이한 새의 박제였다. 그 정체는 물론 원주민의 방식대로 처리된 큰극락조였고, 그 존재가 막 유럽에 알려지기 시작했을 때이니 탐험가나 무역업자를 통해 중국으로 건너왔을 가능성이 크다. 집안사람들은 화려한 새의 박제를 보고 크게 기뻐했다.

단지 귀한 물건을 얻었기 때문에 좋아했던 것만은 아니었다. 내 조상들은 황제에게 이 '봉황의 박제'를 바쳐 큰 칭찬을 받고, 어쩌면 높은 벼슬자리까지도 얻어보려 했다. 왜냐하면 '극락에서 온 것처럼 화려한 깃털을 가진 새'를 본 중국인이면 누구나 봉황을 가장 먼저 떠올릴 테니까. 봉황은 태평성대의 상징이니, 자신의 치세 중에 봉황이 나타났다는 소식을 듣고 기뻐하지 않을 군주는 어디에도 없을 테니까. 그런데 봉황의 박제를 황제에게 진상한다는 소문이 집안에 퍼지자 시녀 한 명이 갑자기 반대하고 나섰다.

"그건 불길한 물건이옵니다. 태평성대를 의미하는 것이 아니라 오히려 큰 난리가 날 조짐이옵니다."

"무슨 소리냐? 봉황이 이 땅에 등장한 것이 태평성대의 징조가 아니라면, 도대체 무슨 뜻이란 말이냐?"

"다리 없는 봉황이기 때문에 문제이옵니다. 봉황은 오직 벽오동에만 앉아 쉰다고 했는데 저 봉황에는 다리가 없으니, 이는 즉 봉황이 앉아 쉴 수가 없다는 뜻이 아니겠사옵니까? 조만간 큰일이 나서 봉황이 하늘만 떠돌게 된다는 징조가 분명하옵니다."

시녀의 말은 현대 기준으로는 비과학적이라고밖에 볼 수 없지만, 당시 사람들의 관점에서 보면 상당히 논리적인 주장이었을 것이다. 다리 없는 봉황에 대한 시녀의 해석은 타당했다. 하지만 문제는 당대의 황제인 가정제였다. 만일 시녀의 말이 퍼져 황제의 귀에까지 들어간다면 어떻게 될까? 가정제는 불사약을 만들기 위해 생리혈이 필요하다며 궁녀들을 학대한 전적이 있는 잔인하고 괴팍한 인물이었다. 급기야 학대를 참지 못한 궁녀들이 가정제를 목 졸라 죽이려고 하다가 실패해 능지형에 처해진 사건까지 있었다. 이러니 집안에서 시녀의 말을 두렵게 여겼을 법도 했다. 그리고 누군가는, 황제의 귀에 이 사실이 들어가지 않도록 그 입을 막아야 한다고 생각했을 것이다.

그래서 시녀에게는 무슨 일이 일어났을까? 제문에 따르면 시녀는 이 일로 억울한 죽임을 당했던 것 같다. 흙인형의 모습과 두루마리의 그림을 볼 때 아마도 그 과정에서 양다리를 잃었으리라. 그리고 이 때문에 집안에서 제를 올렸을 정도라면, 시녀의 억울한 죽음에는 아마 집안사람들이 관련되어 있었겠지. 끝까지 주장을 굽히지 않았던 시녀에게 집안사람들은 끔찍한 고문이라도 가하지 않았을까.

"새는 죽을 때 그 울음소리가 구슬프고, 사람은 죽을 때 그 말이 선하다 하였습니다. 이런 지경에 이르렀는데 제가 어찌 틀린 말을 하겠습니까? 부디 다시 생각해주시옵소서. 분명 큰 난리가 날 징조이옵니다!"

시녀의 핏기 어린 경고를 무자비하게 때려 침묵시키지 않았을까. 황제가 불로불사의 단약이랍시고 독극물을 꾸역꾸역 마셔가며 나라를 지배하던 시기였다. 큰 재앙 직전의 광기가 온 대륙을 덮고 있었고, 내 조상들도 예외는 아니었을 것이다. 시대를 탓할 수는 없겠지만.

결국, 다리 없는 봉황은 황제에게 진상되지 못했다. 아마도 그 전에 지진이 일어났기 때문이겠지. 처참하게 깨어진 땅에 서서 집안사람들은 비로소 '봉황이 앉아 쉴 수 없게' 된다는 시녀의 예언이 들어맞았음을 깨달았다. 이미 그 땅에서 덕이 사라졌다는 사실도 함께. 대륙을 덮은 광기는 사그라질 기미를 보이지 않았다. 억울한 죽임을 당한 시녀에게 사죄하며, 조상 가문 사람들은 그런 땅을 떠나기로 마음먹었다. 새로이 정착한 조선 땅에 벽오동 나무를 구해 심고 박제된 봉황에 다리를 달아주며, 언젠가는 다리 달린 봉황이 저 나무에 앉기를 바랐다. 매해 시녀에게 제도 올렸다. 시간이 흘러 전통은 사라졌지만 인형과 봉황의 박제, 제문만은 계속 전해져 지금에 이르렀다.

*

    내 시나리오는 어디까지나 부족한 증거를 바탕으로 꾸며낸 이야기에 불과했다. 하지만 적어도 우리 집안의 일로 시녀 한 명이 죽었음은 확실했다. 딱히 거기에 책임감을 느낀 것은 아니었으나, 나는 물건을 돌려다 놓겠다는 명목으로 주말에 한 번 더 할머니 댁을 방문했다. 혼자 남아 계신 할머니께서는 부담스러울 정도로 반갑게 맞아주셨다. 녹색 거미줄 무늬가 들어간 검은 휠체어가 돌부리에 걸려 끼리릭 소리를 내자 벽오동에 앉아 있던 새들이 우르르 날아갔다.

색사거의 상이후집(色斯擧矣 翔而後集)
기색을 알아차리고 날아올랐다가 다시 모였다.
왈 산량자치 시재시재(曰 山梁雌雉 時哉時哉)
공자께서 말씀하시길 둑 위의 암꿩이 때를 만났구나 때를 만났구나

    어린 새 한 마리가 나뭇가지 위에서 어설피 날개를 퍼덕이다가 마침내 하늘로 날아올랐다. 무릎에 얹힌 상자가 뻐근하니 무거웠다. 만일 내 추리가 맞는다면, 어느 순간 제사가 끊겼기 때문에 시녀의 원혼이 내 다리에 화풀이한 게 아닐까. 하필 내 앞을 지나던 자동차 핸들을 몇 도 꺾어 놓는 방식으로.
    아니, 그건 아닐 것이다. 있을 수 없는 일이다. 자불어괴력난신이라 하지 않았던가. 하지만 봉황이 날아와 앉지 않는 벽

오동을 바라보다 보니 어느새 내 손은 상자를 열어 제문을 펼치고 있었다. 읽을 줄도 모르고 복장도 전혀 갖춰져 있지 않지만, 그래도 부디 이름 모를 시녀가 내 현대식 제사를 맘에 들어했으면 좋겠는데.

## 공자가 성스러운 새에 대해 말하다: 후기

모든 성공적인 단편 소설에는 한 가지 두려운 저주가 씌어 있습니다. 이 저주는 작가의 손가락을 사로잡고 뇌를 파먹는 것으로 널리 알려져 있습니다. 한번 초자연적인 손아귀에 사로잡힌 작가의 눈에는 단편이 더 이상 단편 그 자체로 보이지 않게 됩니다. 대신에 후속작에 대한 암시, 확장 가능한 매력적인 세계관, 어쩌면 장편으로 개작 가능할지도 모를 씨앗이 보일 뿐이죠. 작가 본인이 정신을 똑바로 차린들, 때론 주변에서 저주가 스멀스멀 손을 뻗어옵니다. '이 이야기를 더 읽고 싶다'는 독자의 반응을 매정하게 무시하기란 결코 쉬운 일이 아니에요. 일례로 이 단편집에만 해도 저주의 영향을 직접적으로 받은 작품이 절반을 넘어갑니다.

어디 볼까요? 〈한 줌 먼지 속〉은 〈세상은 이렇게 끝난다〉

에서 미처 털어놓지 못한 온갖 감정의 앙금 그 자체이고, 〈무서운 도마뱀〉에서 만든 설정을 다른 방향으로 가지고 놀아보자는 생각이 〈우는 물에서 먹을거리를 잡아 돌아오는 잠수부〉를 만들었고, 〈햄스터는 천천히 쳇바퀴를 돌린다〉 마지막에 등장하는 문화체육관광부 소속의 공무원조차 다른 글에서 몇 번 써먹었던 소재와 느슨하게 연관이 있습니다. 그리고 이 글이 있고요. 〈공자가 성스러운 새에 대해 말하다〉는 〈2억 년 전에 무리 짓다〉의 중심 등장인물이 예상 이상으로 제 취향에 들어맞았기 때문에 쓸 수밖에 없었던 단편입니다. 지난번에는 화빈이 추리의 대상이었으니, 이번에는 무대 가운데의 탐정 자리에 놓아보고 싶었던 거죠. 시점도 바꾸고, 목소리도 더 주고요.

기왕 화빈에 관해 이야기를 하나 더 쓰기로 한 김에, 아예 뿌리까지 설정해놓으면 어떨까요! 돌아가신 할아버지께서는 생전에 컴퓨터로 족보를 편찬하고 종친회 카페를 운영하는 일을 하셨는데, 아마 그 영향으로 이런 조상 찾기 이야기를 쓰게 되지 않았나 싶습니다. 그렇다 하더라도 명나라 때까지 거슬러 올라가려는 생각은 아니었지만요. 세상에는 저보다 문명의 흥망성쇠에 대해 잘 아는 사람이 너무나도 많고, 그중에는 고증에 특히 민감한 사람도 적지 않기 때문에, 저는 역사 소재를 가능한 한 피하려 하는 편입니다. 다만 항상 피해 갈 수만은 없을 뿐이죠. 작중에 언급된 가정제 통치 시기 명나라의 사회상에는 분명 어딘가 틀린 부분이 있을 겁니다. 화빈이 검색하다가 뭘 잘못 찾았구나, 하고 넘겨주시면 감사하겠어요.

제가 화빈의 이야기를 계속 쓰게 될까요? 화려하게 도색된 휠체어를 탄 탐정이 앞으로도 다른 일상적인 수수께끼와 계속 맞닥뜨릴까요? 글쎄요, 저는 이미 이 단편집에 실린 다른 후기에서 너무나도 많은 공수표를 던져놓았죠. 그러니 이번만은 답변을 회피하도록 하겠습니다. 이 단편집에 실린 단편 열두 편은 한동안 지층에 묻힌 화석처럼 가만히 잠들어 있을 거예요. 지난 몇 년간 이산화가 쓴 글의 생태계가 어떠하였는지를 보여주는 증거로서 말이죠. 그러다가 혹시라도 망자들이 무덤으로부터 일어나는 심판의 날이 오면, 어떤 단편들은 정말로 긴 시리즈로 이어질 수도 있고, 어쩌면 장편으로 개작될 수도 있을 텐데요, 왜냐하면 한참 뒤에 갑자기 제가 이다음 이야기를 번뜩 떠올리지 않으리라고는 세상 누구도 장담할 수 없을 테니까….

이런, 공수표를 또 던질 뻔했네요.

모두 무덤으로 돌아가세요. 심판의 날은 아직이니.

증명된____사실

**초판 1쇄 인쇄**   2019년 7월 5일
**초판 1쇄 발행**   2019년 7월 10일

**지은이**     이산화
**펴낸이**     박은주
**기획**       김창규, 최세진
**디자인**     김선예, 류진
**마케팅**     박동준

**발행처**     아작
**등록**       2015년 9월 9일(제2018-000142호)
**주소**       03924 서울시 마포구 월드컵북로54길 25
              상암DMC푸르지오시티 504호
**대표전화**   02.324.3945      **팩스**  02.324.3947
**이메일**     decomma@gmail.com
**홈페이지**   www.arzak.co.kr

**ISBN**       979-11-89015-69-5  03810

**아작**은 디자인콤마의 문학 브랜드입니다.

이 도서의 국립중앙도서관 출판예정도서목록(CIP)은 서지정보유통지원시스템 홈페이지
(http://seoji.nl.go.kr)와 국가자료공동목록시스템(http://www.nl.go.kr/kolisnet)에서
이용하실 수 있습니다. (CIP제어번호: CIP2019023237)